When

完璧なタイミングを科学する

The Scientific Secrets of Perfect Timing

ダニエル・ピンク 著
Daniel H. Pink
勝間和代 監訳
Kazuyo Katsuma

講談社

When——完璧なタイミングを科学する

タイミングは重要ではない。タイミングこそすべてなのだ。
——マイルス・デイヴィス

はじめに

ターナー船長の決断

1915年5月1日土曜日の午後12時半、一隻の豪華客船《オーシャンライナー》が、ハドソン川のマンハッタン側にある54番埠頭から、イギリスのリバプール港に向けて出港した。乗客乗員合わせて1959人のなかには、気分がすぐれない者もいたにちがいない――潮流《タイド》のせいではなく時流《タイム》のせいで。

前年の夏に第一次世界大戦が勃発し、イギリスはドイツと交戦状態にあった。ちょうどその頃、イギリス諸島に隣接した海域は交戦地帯だと、ドイツが主張し始めた。客船はその海域を通過せねばならなかった。出港の数週間前、在米ドイツ大使館はアメリカの主要紙に、「イギリス帝国または同盟国の船舶」には「自己の責任において乗船されたし」と、乗船予定者に警告を発する公告を出した。[1]

ところが、乗船をキャンセルした者はごく少数だった。何しろ、この客船はもう200回以上も、大西洋航路を無事故で横断していたのだ。世界有数の大型高速客船であり、無線電信を装備し、十分な数の救命ボートも積載していた（その3年前に沈没したタイタニック号の教訓を活かしたのである）。それに、おそらく最大の理由は、この航行を担当するのが、経験豊富なウィリアム・トーマス・ターナー船長だったからだ。58歳の無骨なターナーは、船長として輝かしい名声を築き上げ、「頼もしい堤防のごとき体軀」の持ち主だった。[2]

出港後5日間、客船は何事もなく大西洋を横断した。だが5月6日、アイルランド沖へと航行中に、ドイツの潜水艦、すなわちUボートが付近を潜航しているとの連絡を受けた。ターナーはただちに船長室を出て、水平線を見渡して迅速な決断を下せるようにブリッジに陣取った。

5月7日金曜日の朝、濃霧のため、ターナー船長は沖合160キロのところで21ノットから15ノットに減速した。昼頃には霧が晴れ、遠くの海岸線を視認できるようになった。天気は快晴で海は穏やかだった。

午後1時、船長や乗組員は知らなかったが、ドイツのUボート指揮官ヴァルター・シュヴァイガーが客船を発見した。その1時間後に、ターナーは不可解な2つの決断を下した。1つは、視界良好で波は穏やかであり、Uボート潜航の可能性を承知していたのに、最大速度の21ノットではなく、やや加速した18ノットで航行したことだ。航海中、最高速度で航行すればどんな潜水艦にも追いつかれないと、船長は乗客に太鼓判を押していた。もう1つは、午後1時45分頃に、5分ですむ簡単な方法ではなく、45分もかかる「四点方位法」という方法を用いて、船の位置を計測したことである。この四点方位法を用いるためには、ジグザグに舵を切るのではなく、航路を直線にとらなくてはならなかった。Uボートの追跡と魚雷攻撃をかわすには、ジグザグ航行が最適だった。

午後2時10分、ドイツの魚雷が客船の右舷に命中し、大きな穴が開いた。水しぶきが高々と上がり、粉々になった船の設備や破片が甲板に降り注いだ。数分後、ボイラー室が1つ、また1つと浸水した。こうした破損の影響で再び爆発が起こった。ターナーは船外に投げ出され、乗客たちは悲鳴を上げながら救命ボートに飛び乗った。魚雷攻撃を受けてからちょうど18分後、客船は横倒しになり沈み始めた。

潜水艦が与えた打撃を確認したシュヴァイガー指揮官は、艦を沖に向けた。彼が、この豪華客船ルシタニア号を沈没させたのである。

乗船していた1941人のアメリカ人のうち123人を含む、1200人近い人々が犠牲になった。この事件は第一次世界大戦をエスカレートさせ、海戦のルールを書き換え、さらにはアメリカを大戦に引きずり込むきっかけにもなった。だが、およそ100年前の5月の午後に厳密には何が起きたのか、いまだ解明されていない点もある。攻撃直後に実施された2回の調査は、満足のいくものではなかった。イギリス当局者は軍事機密の漏洩を危惧し、最初の調査を中断した。2回目の調査は、マージー卿と呼ばれたイギリス人判事、ジョン・チャールズ・ビガムが率いた。タイタニック号の沈没についても調査を担当した人物だ。マージー卿は、ターナー船長と船舶会社に罪はないと判断した。ところが、審問終了の数日後、マージー卿は「ルシタニア号の一件は、忌まわしい汚れた仕事である！」として、この事件から手を引き、報酬の受け取りも拒否した。[3] 20世紀を通して、ジャーナリストは新聞の切り抜きや乗客の日記をじっくり調べ、実際に何が起きたのか手がかりを求めて、ダイバーに沈没船を探索させた。作家や映画制作者は、憶測に満ちた本やドキュメンタリーを今なお生み出している。

アメリカを戦争に引き込むために、イギリスはルシタニア号を故意に危険にさらしたのではないだろうか、それどころか沈没をたくらんでいたのではないか？　客船には少量の軍需品が積載されていたが、実はイギリスの戦争遂行に荷担する、強力な大型武器の輸送に利用されていたのではないか？　当時海軍大臣だった40歳のウィンストン・チャーチルが、これに何らかの関与をしていたのではなかろうか？　助かった乗客の1人が船長を「災難を引き起こしたまぬけ」と称したように、沈没から生還したターナー船長は、有力人物たちの手駒にすぎなかったのではないか？　それとも、別の者が主張するように、船長は軽い脳梗塞を起こしていて判断力に問題があったのではないだろうか？　いまだ全容が公開されていない調査や審問では、大掛かりなもみ消しが行われたのではないだろうか？[4]

確かなことは誰にもわからない。調査報告や歴史分析や露骨な憶測が100年以上も行われているが、決定的な答えは見つかっていない。しかし、これまで誰も考えなかった、もっと単純な説明がつく可能性がある。21世紀の行動科学と生物科学を用いて新たな視点で解釈すると、現代海運史上の大惨事であるこの件には、それほど悪意に満ちた説明は当てはまらないかもしれない。ことによると、ターナー船長は単に判断を誤っただけなのかもしれない。もしかすると、彼が判断を誤ったのは、午後に決断を下したせいなのかもしれないのだ。

本書のテーマはタイミングである。タイミングがすべてだと誰もが知っている。ただ、わたしたちがタイミングについてよく知らないことが問題なのだ。人生は「いつ」という決断を際限なく突きつける。いつ転職すべきか、いつ悪い知らせを伝えるべきか、授業の時間割をどう組むべきか、いつ結婚に終止符を打つべきか、いつ走るべきか、いつプロジェクトや相手に真剣になるべきか。だが、こうした決断の大半は、直感や当て推量といった曖昧模糊としたものによって下される。タイミングはアートだと思われている。

タイミングとは実は科学であることを、わたしは本書で伝えるつもりだ。人間の状態に関する新たな見識と、賢い働き方やより良い生き方について役立つ指針を授ける、多面的で学際的な研究が、次々と登場している。書店や図書館に行けば、さまざまな事柄について〝やり方を手引きする〟本があふれている。友だちを作る方法、他人に影響を与える方法、1ヵ月でタガログ語を話す方法、などなど。その数たるや膨大なので、今では1つのカテゴリーでくくられているほどだ――いわゆる〝How To〟本である。一方、本書はまったく新たなジャンルの本だと考えてもらいたい――〝いつすべきか手引きする〟本、つまり〝When To〟本だ。

過去2年間、怖いもの知らずの著者と2人のリサーチャーは、まだ広く知られていないタイミングの科学について明らかにするために、経済学、麻酔学、人類学、内分泌学、時間生物学、社会心理学などの分野の700を超える文献を読んだ。本書はその研究を用いて、人間の経験に大いに影響するのにわたしたちの視界から隠れがちな問題について、数百ページにわたり検証する。なぜ始まりが――素早いスタートであれ誤ったスタートであれ――これほど重要なのか？　なぜわたしたちは途中で――プロジェクトやゲーム、人生の途中でさえも――ときに意欲を失い、またときに奮起したりするのだろうか？　物事の終わりを迎えようとするとき、なぜわたしたちは終着点にたどりつこうとしてさらに頑張るのか、あるいはペースを落として意味を見つけようとするのだろうか？　ソフトウェアの設計であれ合唱であれ、どのようにして他者とタイミングを合わせるのか？　学習を妨げる時間割がある一方で、なぜある種の休憩時間が生徒のテスト結果を向上させるのだろうか？　過去について考えたときと、未来について考えたときとでは、人のふるまいが変わるのはなぜだろうか？　つまるところ、タイミングという目に見えない力を考慮し、マイルス・デイヴィスいわく、重要どころかタイミングがすべてというほどの力を認めて、組織や学校や人生をどのように築いたらよいのだろうか？

本書は多数の科学分野を網羅している。よって、本書を読めば多くの文献の内容を知ることができる。出典を注に明記したので、さらに深く掘り下げることもできる（あるいはわたしの仕事をチェックできる）。一方で、これは実用的な本である。各章末に、「タイム・ハッカーのハンドブック」として、見識を実行に移すためのツールやエクササイズ、アドバイスをまとめた。

では、どこから始めようか？

まずは、時間についての疑問から始めよう。古代エジプトで作られた人類初の日時計から、16世紀のヨーロッパで作られた初期の機械時計、19世紀の標準時間帯の設定にいたるまで、時間の歴史を学ぶと、時間の〝自然〟単位とされているものの多くが、実は、わたしたちの祖先が時間を囲うために作った柵であることに気づくはずだ。秒、時、週などの単位は、すべて人間が作り出したものだ。歴史家のダニエル・ブアスティンによれば、時間を区切ることによって、「人類はようやく自然の周期的単調さから解放されることになる」[5]。

だが、ある時間単位だけは人間の支配が及ばないままであり、それはまさに、ブアスティンの言う周期的単調さの典型だ。地球は、地軸を中心に一定の速度で、決まったパターンで回転しており、一定の間隔でわたしたちに光と闇をもたらす。地球の自転1回を、わたしたちは1日と呼ぶ。時間を分け、設定し、評価する方法として、1日はおそらくもっとも重要だ。そこで本書の第1部は、この点からタイミングの探究に取りかかる。

科学者は1日のリズムについてどんなことに気づいたのか？　パフォーマンスの向上や、健康の増進、満足感を深めるために、その知識をいかに利用したらいいか？　それに、ターナー船長の例からうかがえるように、わたしたちはなぜ午後に重大な意思決定をすべきではないのか？

When――完璧なタイミングを科学する◎目次

第2部　開始・終了・その間

第3章　開始

「最初が肝心という意識を多くの人が、抱いている。現在のタイミングの科学は、わたしたちの予想以上に、スタートが大きな影響力を持つことを明らかにした。スタートは、わたしたちが考えるよりもはるかに長期間影響し、影響は最後まで残るのである」

【タイム・ハッカーのハンドブック】

第4章 中間地点

「中間地点に達すると、落ち込む場合もあれば、飛躍する場合もある。もう半分も時間を無駄にしてしまったと、頭の中で警鐘が鳴る」

「意味を伝え考えを明らかにするために、動詞には、過去、現在、未来などの時制がある。わたしたちが発するほとんどすべてのフレーズには時制が伴う」

第1部

1日

第1章

日常生活——朝・昼・晩のパターンと完璧なタイミング

自分が何をしているのか知らずに、人は日々を過ごしている！
——ウィリアム・シェイクスピア『空騒ぎ』

世界の人々の感情の状態を測定したいなら、地球をぐるりと取り囲むほど大きなムードリング【指にはめている人の心の変化を反映して色が変わるとされる指輪】を見つけたいなら、ツイッターを利用するのも悪くないだろう。10億人近い人たちがツイッターのアカウントを所有し、毎秒およそ6000件のツイートが投稿されている。[1] この短いメッセージ、つまりユーザーの発言が、無数に集まってデータの海を作り出している。社会科学者はその海をかき分けて、人間の行動を理解することができるのだ。

数年前、コーネル大学の2人の社会学者、マイケル・メイシーとスコット・ゴールダーが、84

ヵ国240万人のユーザーが2年間に投稿した、5億件以上のツイートを分析した。2人はこの宝の山を用いて人間の感情を測定したいと考えた。とりわけ、「ポジティブな情態」（情熱、自信、機敏さなどの感情）と「ネガティブな情態」（怒り、無気力、罪悪感などの感情）が、時間とともにどのように変化するのか突き止めようとした。2人はこの5億件のツイートを1つ1つ読んだわけではない。この投稿を、LIWC（Linguistic Inquiry and Word Count：言語調査と言葉のカウント）という、強力かつ広く利用されているテキスト解析プログラムに読み込ませ、それぞれの言葉が伝える感情を評価したのだ。

メイシーとゴールダーは、人々の覚醒中に驚くほど一貫性のあるパターンが存在することを発見し、高名な『サイエンス』誌にその結果を発表した。ポジティブな情態――つまり、投稿者が活動的でエネルギーにあふれ、希望に満ちていることが現れている言葉――は、概ね午前中に高まりを見せ、午後に急に落ち込み、夕方になると再び高まった。ツイッター利用者がアメリカ人でもアジア人でも、ムスリムでもアスリートでも、黒人でも白人でもその他有色人種でも、関係なかった。「時間が影響を与えるパターンは、異質な文化でも地理的に離れた場所でも、同じように現れた」と2人は発表した。つぶやいたのが月曜日でも木曜日でも関係なかった。平日のパターンは基本的に同じだった。週末には少々異なるパターンが見られた。土曜日と日曜日には、

訳注は【 】で示した。

ポジティブな気分は午前中に高まり、
午後に落ち込み、夕方に再び高まる。

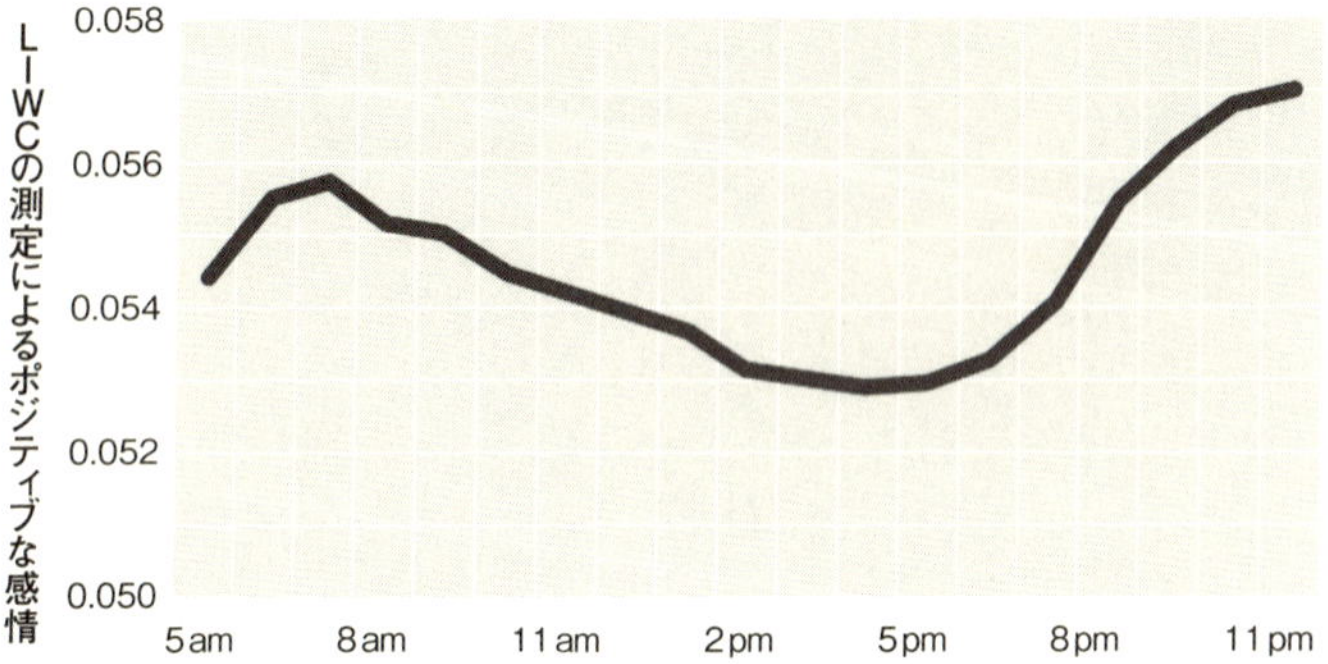

ポジティブな感情が平日よりも少し高めだった――それに午前中のピークは、平日よりも2時間遅かった――が、全体的な流れは平日と同じだった。[2] アメリカのように広大で多様性に富む国家でも、アラブ首長国連邦のように国土が狭く均質性の高い国家でも、日々のパターンは奇妙なほど一致していた。それをグラフに表すと上のようになる。

大陸も時差も関係なく、潮の満ち引きが規則的にくり返されるように、1日における変動――ピーク、谷、回復――は同じだった。わたしたちの日常生活の背後には、隠れたパターンがある。このパターンは重要かつ思いもよらないものであり、ここから明らかになることがある。

このパターンがどこから生まれ、どんな意味を持つのか解き明かすきっかけとなったのは、18世紀のフランスのある仕事部屋の窓辺に置かれた、鉢植えのオジギソウだった。仕事部屋とオジギソウは、高名な天文学者ジャン＝ジャック・ドルトゥス・ドゥ・メランのものだった。１７２９年の初夏の晩、ドゥ・メランは机に向かって、18世紀フランスの天文学者でも21世紀のアメリカの作家でも、重大な仕事を抱えているときにしがちなことをしていた――窓の外を眺めていたのだ。夕闇が迫るなか、ドゥ・メランは窓辺のオジギソウの葉が閉じていることに気づいた。その日の昼間、窓から日の光が差し込んでいるとき、オジギソウの葉は確かに開いていた。このパターン――晴れた朝に葉が開き、日が落ちる頃になると葉が閉じる――を発見し、彼のなかに疑問が湧き上がった。この植物はいかにして周囲の状況を感知するのだろうか？　日光による明暗のパターンが崩れたら、どうなるだろうか？

そこで彼は、自分の仕事を先延ばしにして、期せずして人類に貢献することになったある実験を行った。ドゥ・メランは鉢植えを窓辺から戸棚の中に移し、扉を閉めて日光を遮断した。翌朝、扉を開けてオジギソウを調べたところ、何と、戸棚の中は真っ暗なのに、葉は開いていた。ドゥ・メランはこの実験を数週間続けた。部屋に一筋の光も差し込まないように、窓に黒いカーテンをかけた。葉のパターンは変わらなかった。オジギソウの葉は、朝に開いて、夜に閉じた。オジギソウは外部の光に反応しているのではなかった。オジギソウの内部に組み込まれた時計に従っていたのだ[3]。

３００年近く前のドゥ・メランの発見以来、沼に潜む単細胞生物からミニバンを運転する多細胞生物にいたるまで、ほぼすべての生物に体内時計があることを科学者は証明してきた。この体内時計は、生物が適正に機能するために重要な役割を果たしている。実は体内時計は、全生物の日々のバックビートを定める、いわゆる概日《サーカディアン》リズム（英語の circadian の語源であるラテン語のシルカ circa は「概ね」、ディエム diem は「日」を意味する）を統率しているのだ（ドゥ・メランの鉢植えのオジギソウから、時間生物学と呼ばれる生体リズムの新分野が、まさに花開いたのである）。

脳の中心より下方にある視床下部に位置する、米粒ほどの大きさの、視交叉上核（ＳＣＮ：suprachiasmatic nucleus）と呼ばれる約２万個の細胞群が、わたしたちにとって体内のビッグベンにあたる。ＳＣＮが体温をコントロールし、ホルモンを調節し、夜眠りについて朝目覚めるというリズムを生み出すのに役立っている。ＳＣＮが司る１日は、地球が１回自転するよりも少し長く、約24時間11分である。[4] よって、わたしたちに内蔵されている時計は、社会的手がかり（仕事のスケジュールやバスの時刻表など）や環境的合図（日の出と日没）を用いて、「エントレインメント」と呼ばれる、内部と外部のサイクルを同調させる微調整を行う。

結果として、ドゥ・メランのオジギソウのように、人間も日々規則正しく、言わば「開いたり閉じたり」するのだ。そのパターンは誰もが同じわけではない。ちょうど、わたしの血圧と脈拍があなたの血圧と脈拍と、さらに言えば、20年前または20年後のわたしの血圧と脈拍と、まったく同じではないように。けれども、大まかな輪郭は驚くほどよく似ている。そうでない場合でも、どのように違うかは見当がつく。

時間生物学者やその他研究者は、メラトニンの生成や代謝反応など、生理機能を調べることから着手したが、この研究は現在、感情や行動の分野にまで拡大している。彼らの研究は、人間の感情や行動に時間に基づく驚くべきパターンがあることを解き明かしつつある。これによって、日常生活をどのように構成したらいいか、指針を示すことができるのだ。

朝一番の収支報告書がポジティブな理由

ツイートの数がいくら膨大でも、わたしたちの普段の感情をのぞき込む手段にはならない。ツイッターを用いて人々の気分を評価したその他の研究でも、メイシーとゴールダーの発見とほぼ同じパターンが見つかったが、この媒体と方法論には限界がある。[5] ソーシャルメディアでは、人は世間に対して自分の理想の顔を見せる傾向があるので、理想に適わない、本当の感情を隠している可能性がある。そのうえ、膨大なデータ解析に必要な高性能の分析ツールが、皮肉や嫌味、その他人間の心の機微を必ずしも見抜けるとはかぎらない。

行動科学者には辛い、わたしたちの考えや感情を理解するために有効な、別の方法がある。そのなかの1つに、時間ごとの感情の変化の図表化にとくに適したものがある。これは1日再構築法（DRM：Day Reconstruction Method）という方法で、ノーベル経済学賞受賞者のダニエル・カーネマンと、オバマ政権下で大統領経済諮問委員会の委員長を務めたアラン・クルーガーを含む、5人の研究者によって開発された。DRMを用いて、回答者は前日を再構築する。つまり、自分の行動や、その最中に感じたことをすべて時系列で記すのだ。たとえば、ＤＲＭの調査によると、どんな日でも通勤時に幸福感が一番低くなり、いちゃついているときにもっとも高くなるという。[6]

２００６年、カーネマンやクルーガーをはじめとする研究者グループは、ＤＲＭを用いて、「見逃されがちな情態の質、すなわち1日の間に見られるその周期性」を評価しようとした。まず、多彩な人種や年齢、所得、教育を背景に持つ９００人強のアメリカ人女性に協力を求め、「前の日を、映画のなかの連続する場面やエピソードとして」思い出してもらった。各場面やエピソードは15分から2時間ほどだ。女性たちにはそれから、各エピソードのとき何をしていたか記して、そのときの感情を、12の形容詞のリスト（うれしい、ストレスを感じた、楽しい、いらだたしい、など）から選択してもらう。

研究者がその数字をデータ処理したところ、１日の間に「終始一貫して2つのピークがある分布パターン」が見られることが判明した。参加者の女性のポジティブな感情は午前中上昇し、正午頃に「感情的な最適点」に達する。すると、一転して良い気分は落ち込み、午後は低いままで、夕方になりようやく上向きになる。[7]

その例として、うれしい、温かな気持ち、楽しいという、３つのポジティブな感情を示したグラフを次に紹介する（縦軸は、参加者が評価した自分の気分を表す。数字が大きいほどポジティブで、小さいほどポジティブではなくなる。横軸は、午前7時から午後9時までの1日の時間を示す）。

午前中にうれしく感じる気持ちが高まり、
午後になると弱まり、夕方になると再び高まる。

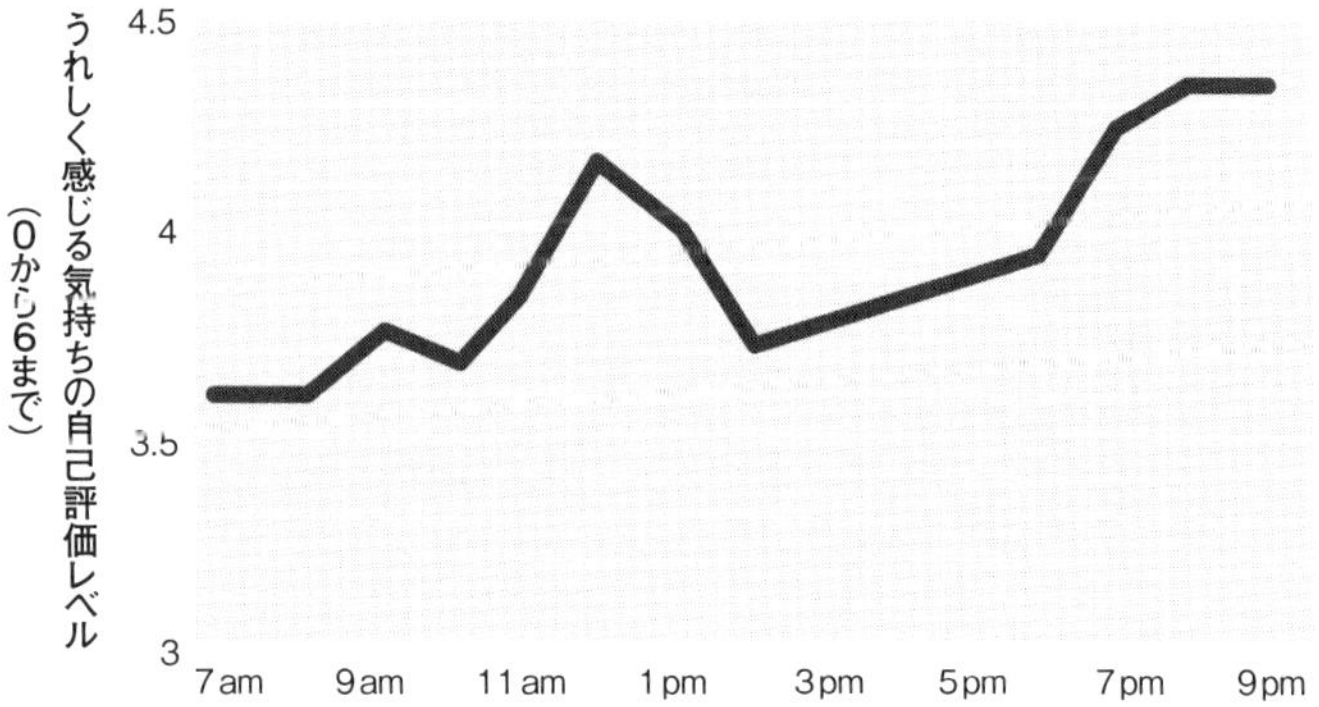

午前中に他人に対して温かな気持ちが高まり、
午後になると弱まり、夕方になると再び高まる。

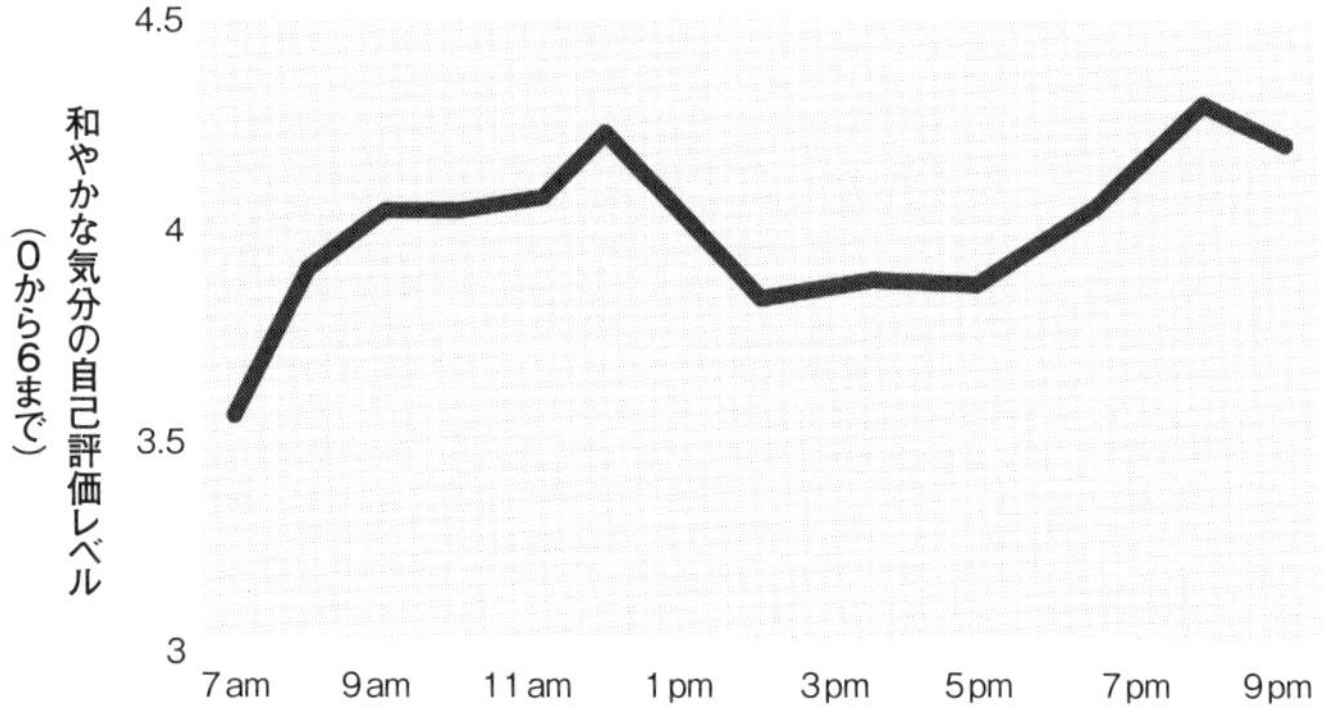

午前中は楽しい気分が高まり、
午後になると弱まり、夕方になると再び高まる。

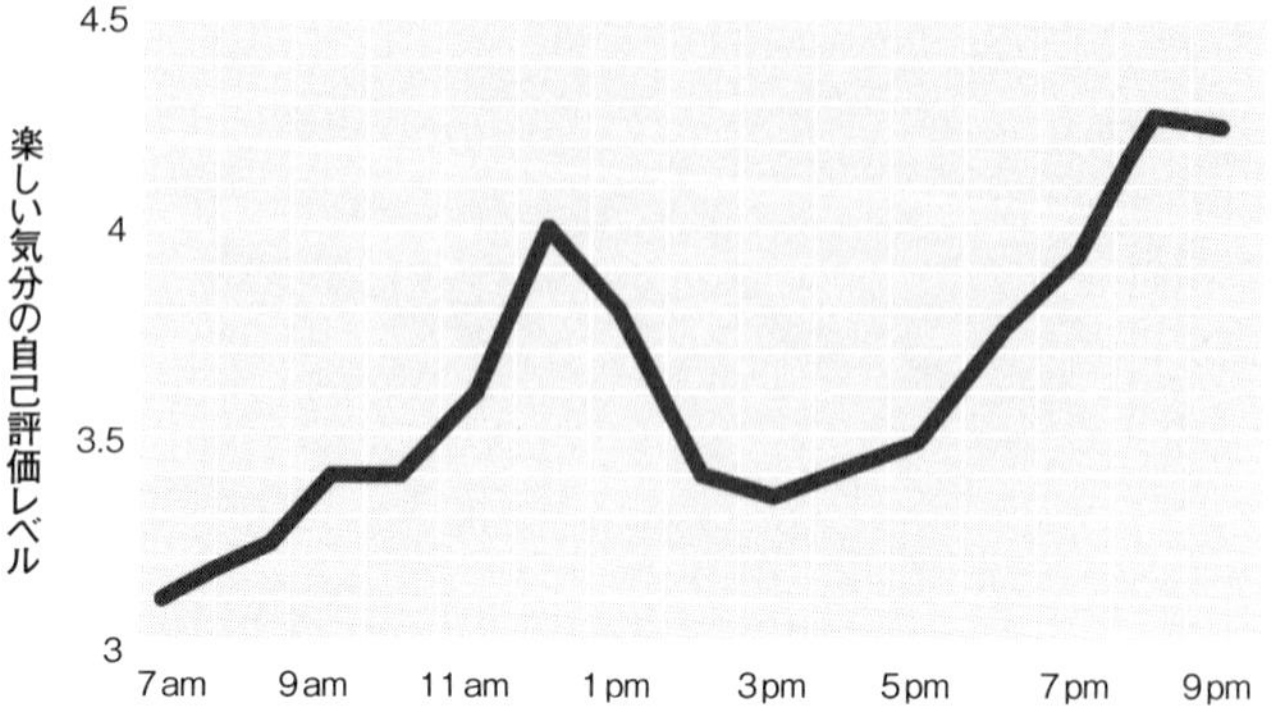

3つのグラフはまったく同じというわけではないが、おおよその形は基本的に同じである。さらに言えば、このおおよその形――およびそれが示す1日のサイクル――は、20ページのグラフとよく似ている。早い時間に急な山形が現れ、がくんと落ち込み、その後回復している。

人間の感情のようにとらえどころのない問題に関しては、どんな研究や方法論も決定的ではない。このDRMでは女性だけを対象にしていた。加えて、何をといいつを読み解くことは難しい。「楽しい気分」が正午に最高値になり午後5時に最低値になる理由の1つは、わたしたちはこの時間帯に誰かと交流して（ランチタイムに交流する人が多い）、交通渋滞に巻き込まれること（夕方に起こる傾向がある）を嫌がるからだ。とはいえ、このパターンは規則正しく何度も反復されるので、看過できない。

ここまでは、研究者がDRMを用いて、ポジティブ

感情のバランスは午前中に上昇し、午後に下降したのち、夕方に再上昇する。

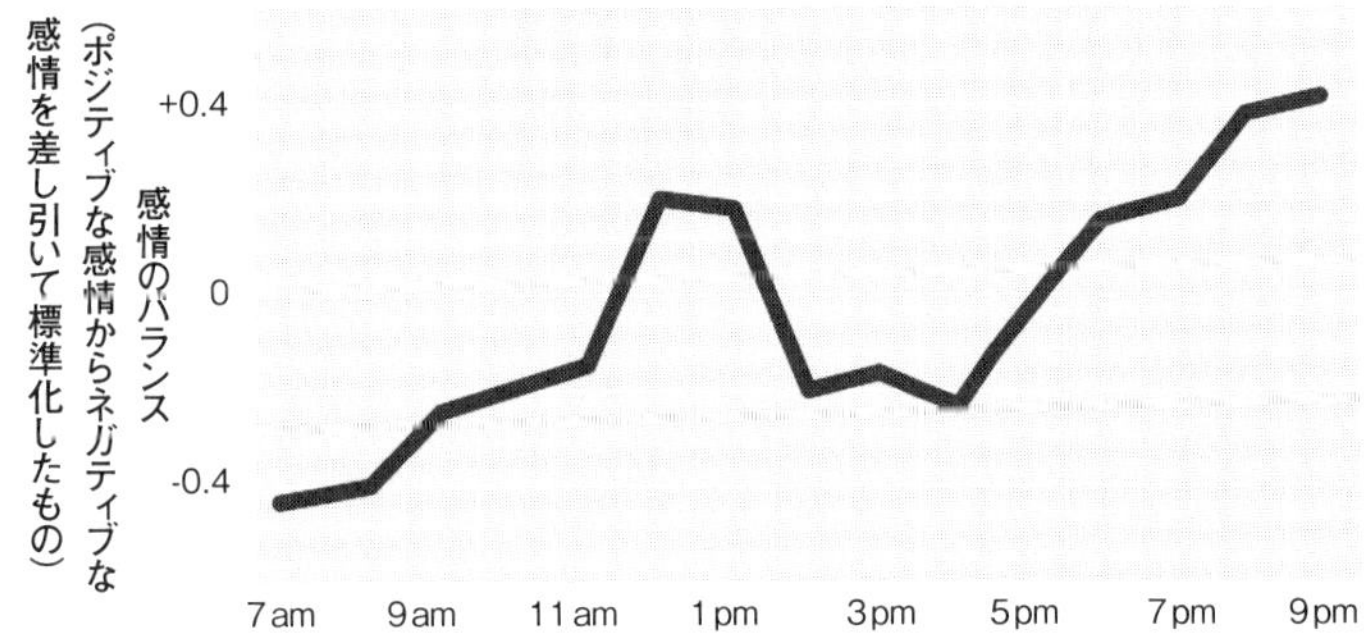

な感情について発見したことだけを紹介した。ネガティブな感情——ストレスを感じる、不安になる、煩わしいなど——の起伏については取り上げなかったが、一般的に、午後に上昇し、夜が近づくにつれて下降するという、ポジティブな感情とは逆のパターンを示した。しかし、研究者たちが２つの感情を結合させると、きわめて顕著な結果が出た。上のグラフは、「総合的な良い気分」を表したものである。うれしく感じた気持ちの時間ごとの評価から、ストレスを感じたときの評価を差し引いたものだ。ここでも、ピーク、谷、回復の形が見られる。

気分は内面の状態だが、外部にも影響を与える。隠そうとしても、感情はどうしても外に漏れるものだ。その漏れ出た感情が、こちらの言葉や行為に他者がどのように反応するかを方向づける。

これについては、缶入りスープで有名な会社を例に取ろう。

２００1年から11年にかけて、コナントはキャンベルスープ・カンパニーのＣＥＯを務めた。一目見ればそれとわかる缶で有名な、誰もが知っているブランドの企業だ。在任中、コナントの尽力で会社は活性化し、着実な成長に立ち戻った。ＣＥＯならみなそうだが、コナントも複数の仕事を同時にこなしていた。彼がとくに冷静沈着に対処していたのは、企業生命にとって重要な慣行である、四半期ごとの収支報告だった。

コナントはかつて3ヵ月ごとに、2〜3人の補佐役（通常は同社のＣＦＯ、会計監査役、投資家担当責任者）とともに、ニュージャージー州のカムデンにある本社の役員室に赴いた。彼らは細長いテーブルの片側に座り、テーブルの中央に置かれたスピーカーフォンを通して、1時間の電話会議を行った。スピーカーフォンの向こうには、総勢１００人ほどの投資家やジャーナリスト、そして、彼らにとってとくに重要な存在である株式アナリストがいた。株式アナリストの仕事は、企業の強みと弱みを評価することだ。最初の30分間は、コナントがキャンベルスープ・カンパニーの前四半期の収入、経費、利益を報告する。次の30分間で、企業の業績についての手がかりを探るアナリストからの質問に、役員が答える。

キャンベルスープをはじめとするすべての公開会社にとって、収支報告に伴うリスクは大きい。アナリストの反応――企業の見込みについて、ＣＥＯのコメントが彼らに強気の印象を与えるか、弱気の印象を与えるか――次第で、株式の高騰や下落が起きる可能性がある。「針に糸を通さなくてはならない」とコナントは著者に言った。「責任を負い、公平な目で見て、事実を報告する必要がある。だがその一方で、会社を擁護し、事実を明らかにする機会でもある」。コナントの目標は一貫して「予測不能な市場から不確実性を取り除くこと」だという。「自分にとっては、このような収支報告が投資家との関係に周期的に確実性をもたらしてくれた」。

もちろんCEOとて人間なので、わたしたちと同じように、日々の気分の変化に影響を受ける。だが、CEOは精神的にきわめてタフで、意志が強く戦略的である。収支報告で述べる一言一句に、何百万ドルがかかっていることを承知しているので、万全の準備で収支報告に臨む。ならば、この収支報告がいつ行われても――CEOのパフォーマンスと企業の運命に――さして大きな影響を及ぼさないのではないだろうか?

アメリカのビジネススクールの教授3人が、これを突き止めようとした。彼らは6年半かけて、前述したツイッターの分析と似たような言語的アルゴリズムを用い、2100あまりの公開会社の2万6000の収支報告を分析するという、それまでに例がない研究を行った。開催する時間帯が、収支報告という重大な対話における感情の状態に影響を与えるかどうか、ひいては企業の株価に影響を与えるかどうかについて、検証したのである。

その結果、朝一番に行われた収支報告は、かなり楽観的でポジティブであることが判明した。だが、時間がたつにつれ、「ネガティブで、決然としなくなった」。昼食頃になると、雰囲気は少し上向きになった。収支報告の参加者が、精神的にも感情的にも充電したためだろうと、教授陣は推測した。しかし、午後になると、ネガティブなムードが再び色濃くなり、それがようやく回復したのは、株式市場の取引が終了したあとだった。さらに言えば、「業界の水準や、財政難、成長の機会、企業が報告しているニュースなどの要因を調整したあとでも」、このパターンは変わらなかった。[8] 言い換えれば、研究者が経済ニュース（企業の輸出のマイナスになる中国の景気後退）や企業のファンダメンタルズ（散々な四半期の収益を報告した企業）を織り込んだ場合でも、午後に行われる収支報告は午前中と比べて、「ネガティブで怒りっぽく、けんか腰になった」。[9]

おそらく、もっとも重要な点は、とくに投資家にとって重要な点は、収支報告開催の時間帯と、それによってもたらされる雰囲気が、企業の株価に影響を与えたことだろう。ネガティブな調子に反応して――実際の好材料または悪材料を調整したあとでも――株式は下落し、「遅い時間帯に収支報告を開催した企業にとって、一時的に不適正な株価がつけられることになった」。

株価はいずれ自然と適正価格に戻るとはいえ、これは驚くべき結果である。研究者たちが言及しているように、「収支報告の参加者は、ほぼ理想的な経済人《ホモ・エコノミクス》の権化である」。アナリストも幹部役員も、利害関係を承知している。収支報告を聞いている人だけではなく市場全体に関わることを、彼らは知っている。不適切な表現、ぎこちない回答、納得のいかない対応などは、株価の急激な下落を招き、企業の行く末と幹部の報酬を危険にさらすおそれがある。手堅い経営陣は、合理的にふるまうことを間違いなく意図しており、自分ではそうしていると思っているはずだ。だが、経済的合理性は、数百万年の進化の過程で作り上げられた体内時計には太刀打ちできない。「高報酬を受ける高度な経済主体でも、職務遂行では1日のリズムに影響を受ける」。[10]

これを調査した研究者たちによれば、この発見にはさまざまな意味があるという。この結果は、「１日のリズムが、コーポレート・コミュニケーションや、あらゆる職級の社員や企業の意思決定、およびパフォーマンスに影響を与えるという現象が、経済全体を通して広く行き渡っていることを示している」。この結果の意味するところは明々白々だったので、著者たちは学術論文としては珍しい行為に及んだ。具体的で実用的な助言を与えたのだ。

「企業幹部に本研究から学び是非とも考慮してもらいたい点は、投資家とのコミュニケーション、およびその他重要な経営判断や交渉は、１日の早い時間帯で行うべきだということである」[11]

わたしたちもこの助言を留意すべきだろうか（偶然にも、キャンベルは収支報告をたいてい午前中に開催していた）？　わたしたちの気分は決まったパターンをぐるぐるくり返す。すると、そのパターンはひそかに企業幹部の職務遂行に影響を及ぼす。ＣＥＯやＣＦＯなどの経営幹部レベルではないわたしたちも、早い時間帯に予定を入れ、重要な仕事は午前中に取り組むべきなのだろうか？　答えは、イエスでありノーである。

「論理的判断」はランチタイムまでに

リンダを紹介しよう。彼女は31歳。独身で、臆せず率直に意見を述べるタイプで、とても聡明だ。大学では哲学を専攻した。学生時代には、差別や社会正義の問題に深い関心を寄せ、反核デモに参加した。リンダの情報をさらに伝える前に、1つ質問させてほしい。彼女はどちらの人物である可能性が高いだろうか？

a. リンダは銀行の窓口係である。

b. リンダは銀行の窓口係で、フェミニスト運動に参加している。

この質問に対し、ほとんどの人はbと答える。そのほうが、直感的に理に適っているように思えるからだろう。正義感が強く、反核運動に参加し、専攻は哲学――確かに、積極的なフェミニストに聞こえる。だが、aという回答も正しいし、正しいはずである。これは事実を問う問題ではない。リンダは実在しない。見解上の問題でもなく、完全に論理に関する問題なのである。フェミニストの銀行員は――ヨーデルを歌う銀行員やコリアンダーが嫌いな銀行員と同様に――全銀行員のなかの小集団であり、小集団は、彼らがその一部として属する大集団よりも大きくなれない。* 1983年、ノーベル賞受賞者でDRMの開発者ダニエル・カーネマンと、共同研究者の故エイモス・トベルスキーは、「合接の誤謬《ごびゅう》」を説明するためにリンダ問題を発表した。[12] これは、人間の論理的思考がうまくいかない場合の一例である。

研究者がこのリンダ問題を異なる時間帯――たとえば、よく知られた実験では午前9時と午後8時――に出した場合、回答者が正しい答えにたどりつくか、認知の罠にはまるかは、問題に答えた時間により予想できることが多かった。１日の早い時間帯のほうが、遅い時間帯よりも、正しく解決する傾向がはるかに高かった。この発見に関しては、非常に興味深い、重要な例外が１つあった（これについては後述する）。だが、収支報告の企業幹部と同様に、回答者はたいてい１日の始まりのほうが好成績を上げ、遅い時間帯になるほど成績は下がった。[13]

同じパターンはステレオタイプについても当てはまった。ほかの参加者に、架空の刑事被告人が有罪か無罪か評価するよう指示した。〝陪審員〟は全員、その犯罪について同じ事実に目を通した。ただし、参加者の半数には、被告の名前をロバート・ガーナーと伝え、もう半数には、ロベルト・ガルシアと伝えた。午前中に決断を下した人々の間では、被告がガーナーでもガルシアでも、有罪評決に差はなかった。ところが、彼らが遅い時間帯に評決を下すと、ガルシアを有罪とし、ガーナーを無罪とする傾向が午前中よりも多く見られた。証拠を合理的に評価したことからわかるように、この回答者たちは午前中のほうが頭の切れが良かった。ステレオタイプに頼ったことが示すように、遅い時間になると彼らの判断力は鈍くなった。[14]

時間帯が知力に及ぼす影響について、科学者が評価に乗り出したのは、１世紀以上も前のこと

＊これについては、簡単な数学でも説明がつく。リンダが銀行の窓口係である可能性を２パーセント（０・０２）だとする。リンダがフェミニストだという可能性が、仮に99パーセント（０・９９）と桁外れに高いとしても、彼女が銀行の窓口係でフェミニストである可能性は、０・０１９８（０・０２×０・９９）。つまり、２パーセントに満たない。

だ。ドイツの心理学者ヘルマン・エビングハウスが実施した実験では、被験者は夜よりも午前中のほうが無意味な音節を効果的に記憶できた。それ以降、研究者はさまざまな知的活動について調査を続けてきた。その結果、３つの重要な結論が引き出された。

１つ目は、人間の認知能力は、１日中同じ状態ではないということだ。１日のうちで覚醒している16時間ほどの間、認知能力は変化する――たいていは、規則的で予測可能な形で。ある時間帯はほかの時間帯よりも、賢く敏捷であったり、ぼんやりしたり鈍かったり、創造力が高まったり低下したりする。

２つ目は、この日々の変動は予想以上に大きいということだ。「１日のなかで最高の状態のときと最低の状態のときのパフォーマンスの変化は、アルコールを摂取しない場合と法的に認められる量のアルコールを摂取した場合のパフォーマンスの変化に匹敵しうる」と、オックスフォード大学で神経科学と時間生物学を研究するラッセル・フォスターは指摘した。[15] 別の研究では、認知能力が必要とされるパフォーマンスにおける20パーセントの差異は、時間帯の影響によって説明がつくことがわかっている。[16]

３つ目は、わたしたちのパフォーマンスには、その作業の内容が関係するということだ。イギリスの心理学者サイモン・フォーカードはこう指摘する。「時間帯がパフォーマンスに与える影響から導かれる主たる結論は、特定の作業を行うのに最適の時間は、おそらくその作業の内容次第ということであろう」。

リンダ問題は分析的な作業だ。確かに少々厄介ではある。だが、特別な創造性や洞察力は必要ない。正解は1つだけで、論理でそれを導くことができる。成人が午前中にこの種の思考力を最高に発揮することは、山ほどの証拠によって裏づけられている。起床後、わたしたちの体温は緩やかに上昇する。体温の上昇により、エネルギーレベルと注意力は次第に高まる。すると、次にわたしたちの実行力や集中力、演繹力が高まる。ほとんどの人にとって、こうした鋭敏な分析能力は、午前中の遅い時間、もしくは正午頃にピークに達する。[17]

その理由の1つは、1日の早い時間帯のほうが、わたしたちは注意深いからである。リンダ問題の場合、彼女の大学時代の政治的経験が、わたしたちの注意をそらす材料となっている。この材料は、質問の答えを導くうえで関係ない。午前中、わたしたちの頭が注意深さを保っているときには、このように注意をそらすものを思考から遠ざけることができる。

しかし、注意深さにも限界がある。休憩せずに立ちっぱなしで何時間も見張っていれば、わたしたちの知力の見張り番は疲れてくる。こっそり抜け出して煙草を吸ったり、トイレに行ったりする。彼らがいなくなったとき、侵入者——ずさんな論理や危険なステレオタイプ、無関係の情報など——が忍び込む。注意力とエネルギーレベルは、午前中に上昇し正午頃に最高潮に達し、午後に急降下する傾向にある。[18] その下降に比例して、集中力や自己抑制力も下がる。わたしたちの分析力は、ある種の植物の葉と同じように閉じてしまうのである。

その影響は大きいかもしれないが、たいていは理解の範疇にある。たとえば、デンマークの生徒は世界中の生徒と同様に、自分たちが学んだこと、および学校の教え方を評価するために、毎年全国標準テストを受けなくてはならない。デンマークの子どもはこのテストをコンピューターで受ける。しかし、どの学校でもパソコンの台数は生徒数よりも少ないので、全生徒が同じ時間にテストを受けることはできない。結果として、テストを受けるタイミングは、各学校の時間割とコンピューターの利用可能台数に左右される。午前中に受ける生徒もいれば、午後に受ける生徒もいる。

ハーバード大学のフランチェスカ・ジーノと2人のデンマーク人研究者は、デンマークの生徒200万人の4年分のテスト結果を調査し、生徒がテストを受けた時間と突き合わせて、気がかりな、かつ興味深い相関関係を発見した。午前中に受けた生徒のほうが、午後に受けた生徒よりも点数が良かったのだ。実際、テストが行われた時間が1時間遅くなるにつれ、点数は少しずつ下がっていた。この遅い時間帯による影響は、親がやや低所得者であるか低学歴の場合に子どもに与える影響、もしくは年間で2週間欠席した場合に被る影響に匹敵するものだった。[19] タイミングがすべてではないが、大きな影響力があった。

これはアメリカにも当てはまるようだ。シカゴ大学の社会学者ノーラン・ポープは、ロサンジェルスで200万人近い生徒の標準テストの点数と学校の成績を調べた。その結果、学校の始業時間にかかわらず、「時間割の最後の2時間ではなく、最初の2時間に数学の授業を行った場合、数学の成績評価点は上がる」ことがわかった。カリフォルニア州全体のテストでも、同様の結果だった。ポープはその理由ははっきりしないとしながらも、「この結果は、とくに数学の場合には、早い時間の授業のほうが、生徒は効果的に学習できる傾向があることを示す」ものであり、学校は、「授業の時間割を再編成するだけで」学習を強化できることを示すものだとした。[20]

集中力が落ちる午後は「ひらめき」の時間

だが、仕事のスケジュールを組み直して、重要な仕事をすべて昼食前に詰め込もうとする前に、気をつけなくてはならないことがある。頭脳労働はみな同じではない。それを説明するために、またちょっとした問題を解いてもらおう。

アーネストは古銭商を営んでいる。ある日、素晴らしい青銅貨を持ち込んだ客がいた。その硬貨の片面には皇帝の顔が描かれ、もう片面には544BCと鋳造年が刻印されていた。アーネストはその硬貨を調べた――が、買い取らずに警察を呼んだ。なぜだろうか？

これは、社会学者から「洞察問題」と呼ばれている。系統立った、アルゴリズム的方法で論理的に考えても、正しい答えを導けない。一般的に、普通の人は洞察問題に対して、こうした秩序立った、段階を踏むアプローチで取りかかる。だが、やがて壁にぶつかる。壁をよじ登ることはできないし、打ち壊すこともできないと思い、お手上げだとあきらめてしまう人もいる。一方で、障害に阻まれ、いら立ちながらも、「なるほど！」と頭の中でぱっとひらめいて、事実を新たな目で見直すようになる者もいる。後者は問題を分類し直し、たちまち解決策を見つける。

（まだ硬貨の問題で頭を悩ませている方がいるだろうか？　答えを聞けば、「ああそうか」と思うはずだ。鋳造年は５４４ＢＣと刻印されているので、イエス・キリスト誕生の５４４年前ということになる。だが、そのような表示は、当時使われていなかったはずだ。なぜなら、その頃キリストはまだ生まれていなかったからだ。そのおよそ５００年後にキリストが生まれることを、当時の人々はもちろん知るよしもなかった。その硬貨は間違いなく偽物だ）

アメリカの心理学者マライカ・ヴィースとローズ・ザックスは、自分は午前中にもっとも思考力が冴えるという人たちに、この種の洞察問題を出した。彼らを２つのグループに分け、１つのグループは午前８時半から９時半の間に、もう１つのグループは午後４時半から午後５時半の間に、問題を解いてもらった。朝に思考が冴えるとする人たちの硬貨の問題の正解率は……午後のほうが高かった。「自分にとって最適な時間ではないときに洞察問題を解いた被験者は……最適時間に問題に取り組んだ被験者よりも、良い成績を収めた」という結果が出たのだ。[21]

いったいどういうことなのだろうか？

答えは、わたしたちの認知の城を守る見張り番にある。大半の人にとって、見張り番が警戒を怠らず、どんな侵入者でも撃退する構えができているのは、朝の時間帯なのだ。このような注意深さ——〝抑制制御〟と呼ばれる——は、気をそらすものを締め出し、わたしたちの脳が分析力を要する問題を解く際に役立つ。[22] ただし、洞察問題となると事情は異なる。これには、注意深さと抑制はさほど必要とされない。「頭の中でぱっとひらめく」のは、見張り番がいないときのほうが起きやすい。このように警戒が緩やかになったときに、集中を邪魔していたものが、ふるいをかけてばかりいたときには見逃していたかもしれない関連性に気づく手助けをする。分析問題にとって、抑制制御の欠落はバグだが、洞察問題にとって、それは仕様である。

この現象は「インスピレーションのパラドックス」と呼ばれることもある——つまり、「イノベーションとクリエイティビティは、少なくとも概日リズムに関しては、わたしたちが最高の状態でない場合に最大の力を発揮する」という考えのことだ。[23] 生徒たちは数学のような分析的課題に午前中のほうが健闘したという、デンマークとロサンジェルスの学校を対象にした研究結果が示すように、ヴィースとザックスは、自分たちの研究は、「学校の時間割を定めるときに、芸術関連科目や作文などの授業を、1日の最適時間に設定するよりも、それ以外の時間に設定したほうが、生徒は力を最大に発揮できるという可能性を示す」ものだと主張する。[24]

要するに、わたしたちの気分とパフォーマンスは、日中揺れ動くのである。ほとんどの人の場合、気分は共通のパターンに従う。すなわち、ピーク、谷、回復のパターンである。これによって、パフォーマンスには2つのパターンが形成されることになる。午前中、ピークを迎えている間、ほとんどの人はリンダ問題の解決を得意とする——明敏さ、注意力、集中が必要となる分析的仕事だ。ほとんどの人にとって、その日の遅い時間帯に現れる回復期は、硬貨の問題に向いている――つまり、抑制と決断力がさほど必要とされない、洞察的仕事のことだ（次章で説明するが、谷の時間に向いている作業はほとんどない）。わたしたちはまるでドゥ・メランの鉢植えの人間版だ。自分ではコントロールできない時計に従い、能力を閉じたり開いたりしている。

けれども、この結論には少々曖昧な表現が使われている。

わたしが「ほとんどの人」と表現したことに気づかれただろうか。この大きなパターンには、例外がある。とくに、パフォーマンスにおける重要な例外がある。

あなたが知人3人と一緒に並んで立っているとき、4人のうち1人は、ほかの3人とは異なる体内時計を持った異なるタイプの人間かもしれないのだ。

やや朝に強い「第3の鳥型」が組織のマジョリティ

1879年のある日、まだ夜明け前のことだ。トーマス・アルバ・エジソンはニュージャージー州メンロパークにある自分の研究所で、ある問題をじっと考え込んでいた。電球の基本原理は見つけていたが、低コストで耐久性があるフィラメントの役割を果たす材質が、まだ見つかっていなかった。1人で研究所の席に座り（良識ある研究員は家で寝ていた）、彼は何の気なしに、煤《すす》のような、炭素成分の材質をつまみ上げた。それはランプブラックと呼ばれる材質で、別の実験用にそこに置かれていたものだった。そして、親指と人差し指でそのランプブラックを丸め出したーーストレスボールを握りつぶしたり、ペーパークリップを小さなカップに投げ入れたりする行為の代わりに、19世紀のエジソンはそうした行為に及んだのだろう。

やがてエジソンの頭の上でーーこれを言うのは気が引けるがーーぱっと電球がひらめいた。何気なく指先でこすり合わせているうちにできた、細い糸状のカーボンが、フィラメントの役割を果たすかもしれない。エジソンは試してみた。それは明るい光を放ち、長い時間燃えて、フィラメントの問題を解決に導いた。わたしが今この文章を書いているときのように、おそらくみなさんも、夜、エジソンの発明で明るく照らされた部屋で本書を読んでいるのではないだろうか。

エジソンという夜型人間のおかげで、ほかの人々も夜型になることができた。「研究所で研究に没頭しているエジソンの姿は、真っ昼間よりも真夜中に見られることが多かった」と、ある伝記作家は記している。[25]

人間は誰もが同じように1日を経験するわけではない。「クロノタイプ」、つまり、わたしたちの生理機能と心理に影響を与える概日リズムの個人的パターンは、各自異なる。エジソンのようにクロノタイプが夜型の人は、朝日が昇ってずいぶんたってから起床し、朝が苦手で、午後の遅い時間か夕方になるまで最高潮に達することがない。クロノタイプが朝型の人もいる。彼らは朝になると難なく起床し、昼間は活力にあふれているが、夜を迎える頃にはエネルギーが切れる。

つまり、世の中にはフクロウのような者もいれば、ヒバリのような者もいるのだ。

フクロウ型とヒバリ型というたとえを耳にしたことがあるかもしれない。これはクロノタイプを端的に示す便利な表現だ。２種の鳥を用いて、人間の個性や傾向を分類できる。だが、現実にはよくあることだが、クロノタイプの実態はそれほど単純ではない。

人間の体内時計の違いを評価しようと最初に体系的に取り組んだのは、スウェーデン人とイギリス人の科学者だった。２人は１９７６年に、クロノタイプを判定するための19の質問を発表した。数年後、アメリカ人のマーサ・メローとドイツ人のティル・レネベルクという２人の時間生物学者が、ミュンヘン・クロノタイプ質問紙（ＭＣＴＱ：Munich Chronotype Questionnair）を作成し、こちらのほうが19の質問よりも広く利用されるようになった。この質問紙は人間の睡眠パターンを、「仕事のある日」（通常、特定の時間までに起きなくてはならない日）と「仕事のない日」（好きな時間に起きることができる日）に分けた。質問に答えると数値スコアが出る。これによると、著者はもっともありふれたタイプに当てはまった。「やや朝型」である。

ともあれ、世界でもっとも有名な時間生物学者であるレネベルクは、クロノタイプの判定に、さらに簡易な方法を提供している。現に、みなさんも今すぐできる。

「仕事のない日」、つまり特定の時間に起きる必要がない日の行動について考えてほしい。それから次の３つの質問に答えてみよう。

大半の人は第3の鳥。

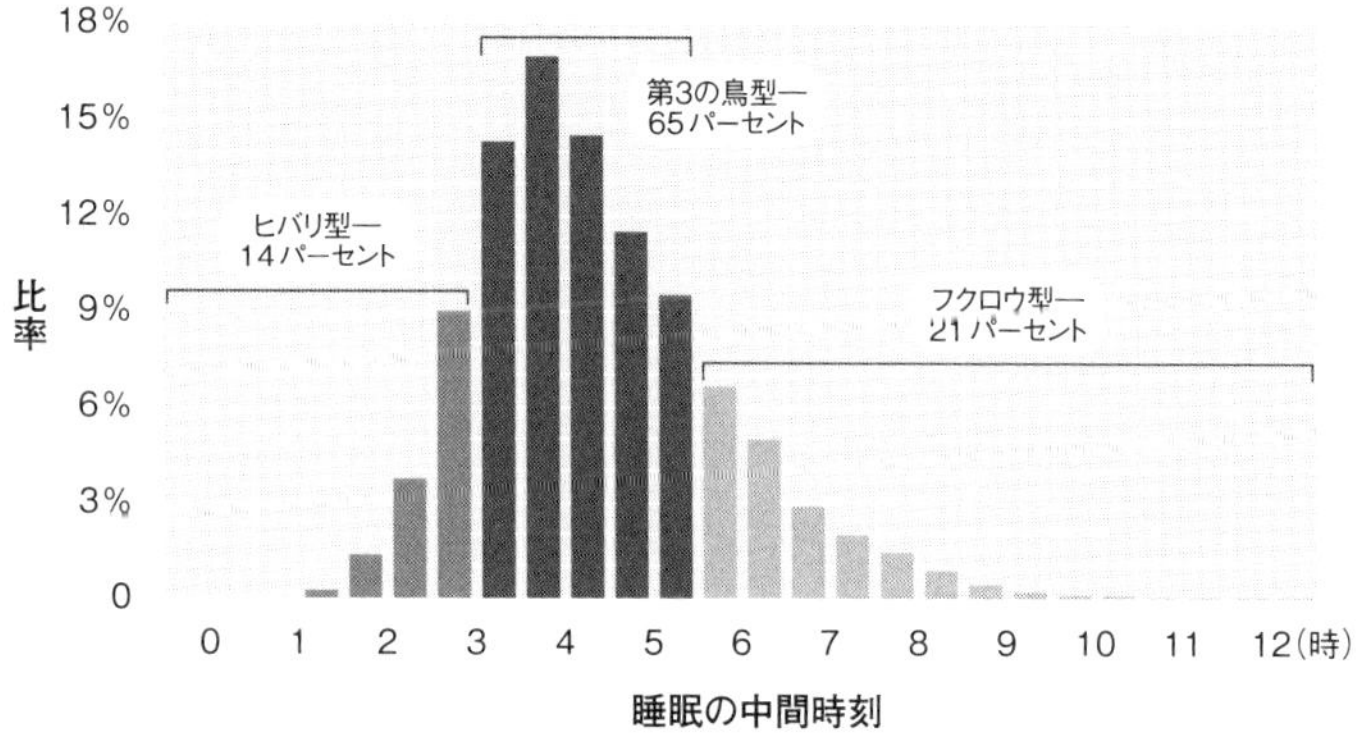

1. 通常、何時に眠るか？
2. 通常、何時に起きるか？
3. その中間は何時になるか？　つまり、睡眠の中間時刻はどこに当たるか？（たとえば、普通は午後11時半頃に寝て午前7時半に起きるなら、中間時刻は午前3時半になる）

次に、自分が上記のグラフ（レネベルクの研究で使われていたものだ）のどこに当てはまるか見つける。

おそらく、あなたは完全なヒバリ型でもフクロウ型でもなく、その間ではないだろうか──わたしはこれを「第3の鳥」と呼ぶことにした。* レネベルクとその他研究者は、「就寝時間と起床時間は、一定の集団内でほぼ正規分布を示す」ことに気づいた。[26] すなわち、人々のクロノタイプをグラフに描くと、釣鐘曲線になるということだ。前のページのグラフからわかるように、1つ異なるのは、フクロウ型は、ヒバリ型の数を上回るという点だ。生理学的にはともかく統計的には、フクロウのほうがロングテールに当たるのである。だが、ほとんどの人はヒバリ型でもフクロウ型でもない。数十年にわたる複数の大陸での研究によると、およそ60から80パーセントの人が第3の鳥に分類されるという。[27]「これは足のようなものだ」とレネベルクは言う。「足が大きい人もいれば小さい人もいるが、ほとんどの人の足はその間の大きさだ[28]」。

サイズや形をどうにかしようとしても、できることはあまりないという点においても、クロノタイプはやはり足のようなものである。長じてヒバリ型とフクロウ型になるのではなく、その型は生まれつきであるとすることで、クロノタイプの変動性については半分説明がつく。[29]驚いたことに、わたしたちがこの世に誕生した時期が、むしろ大いに影響する。秋か冬に生まれた人は、生来のヒバリ型である可能性が高く、春か夏に生まれた人は、生来のフクロウ型である可能性が高いという。[30]

遺伝の次にクロノタイプに対して重大な影響を及ぼすものは、年齢である。多くの親がため息交じりに認めるように、幼い子どもはおしなべてヒバリ型である。朝早く起きて、日中かまびすしく動き回るが、夕方すぎまでそのエネルギーはもたない。思春期を迎えると、ヒバリ型はフクロウ型へと変わる。休日には遅くまで寝ているようになり、午後遅くか夕方に元気になり、親が寝たあとで眠りにつく。ある調査によれば、ティーンエイジャーの睡眠の中間時刻は午前6時か7時と見積もられており、高校の始業時間とは必ずしもタイミングが一致していない。フクロウ型のリズムは20歳頃にピークに達し、その後の人生で徐々にヒバリ型に回帰する。[31] 男女の間でもクロノタイプの相違はある。とくに人生の前半でそれが顕著だ。男性は夜型に、女性は朝型になる傾向がある。しかし、この男女差は50歳頃からなくなっていく。レネベルクによれば、「60歳以上の人は概して、子どもの時分に輪をかけた朝型になる」という。[32]

つまり高校から大学の年頃はフクロウ型に偏るように、60歳以上と12歳以下はヒバリ型に偏るのだ。男性は一般的に女性よりもフクロウ型である。とはいえ、年齢や性別にかかわらず、ほとんどの人ははっきりしたヒバリ型でもフクロウ型でもなく、その中間の第3の鳥型に当てはまる。それでも、およそ20から25パーセントの人は、断固とした夜型である。彼らには、1日の背後に隠れたパターンを理解するために考慮すべき個性と行動が、はっきりと表れている。

まず、社会学者が「性格のビッグファイブ」——開放性、勤勉性、外向性、協調性、情緒不安定性——と呼ぶ性向が含まれる、個性から見ていこう。多くの調査で、朝型の人々は感じが良く、生産性が高いという結果が出ている——「内省的で、誠実で、愛想が良く、粘り強く、感情が安定している」男女は、指導力を発揮し、醜い衝動を抑え、将来の計画を立てる。[33] 朝型はポジ

＊クロノタイプを知るさらに簡単な方法もある。休日（または仕事のない日）は何時に起きるだろうか？　もし平日と同じ時間であれば、あなたはおそらくヒバリ型だ。平日より少し遅ければ、おそらく第3の鳥型だろう。かなり遅いならば——1時間半以上——おそらくフクロウ型だ。

ティブな感情が高めの傾向にあるので、多くの人はヒバリのように朗らかだ。[34]

一方でフクロウ型は、いくらか暗い性向を示す。ヒバリ型よりも開放的で外向的ではある。だが、彼らは情緒不安定でもある——しかも、衝動的で、センセーショナルなことを追い求める傾向があり、刹那的な快楽主義者であることが多い。[35]ヒバリ型よりも、ニコチン、アルコール、カフェインを摂取する傾向がある——もちろんマリファナやエクスタシー、コカインもその例に漏れない。[36]依存症や摂食障害、糖尿病、鬱に陥りやすく、不貞行為に走りがちである。[37]どうりで日中に顔を見せないわけである。それに上司が、早く職場に姿を現す者に献身的で有能だという評価を与え、仕事を遅く始める者に低い評価を与えるのもうなずける。[38]ベンジャミン・フランクリンも言っている。早寝早起きは、人を健康で金持ちで賢くする、と。

実のところ、そうでもない。フランクリンの「格言的知恵」を学者が検証したところ、「早起きが道徳的優越性に影響を与える理由」は見つからなかった。[39]不埒なフクロウ型は現に、素晴らしいクリエイティビティを発揮し、優れた作業記憶を示し、GMAT（Graduation Management Admission Test）などのテストで好成績を収める。[40]素晴らしいユーモアのセンスも備えている。[41]

問題なのは、企業や政府、教育体制を構成する人々の75から80パーセントが、ヒバリ型か第3の鳥型で占められているという点だ。フクロウ型は、右利きが幅を利かせる世界における左利きのようだ。彼らは右利きのために設計されたハサミやライティングデスク、キャッチャーミットの使用を余儀なくされる。フクロウ型がこうした趨勢《すうせい》にいかに対応しているかが、１日のリズムを見抜くためのパズルの最後のピースとなる。

ピークを見極めて生産性を上げる

ここで再びリンダ問題を取り上げよう。基本論理として、リンダが銀行の窓口係だけである可能性よりも、彼女が銀行の窓口係でありフェミニストでもある可能性は低い。ほとんどの人は午後８時より午前８時に取り組むほうが、リンダ問題を簡単に解ける。ところが、なかには〝逆の〟傾向を示す人もいる。午前８時よりも午後８時のほうが、合接の誤謬にはまることなく正しい答えを導く人たちもいるのだ。そんな変わり者は誰かというと、フクロウ型、つまりクロノタイプが夜型の人だ。彼らが模擬裁判で陪審員を務めたときも、同じ傾向を示した。〝遅い〟時間帯では、朝型と中間型の人々が、ステレオタイプ的判断――同じ事実であっても、ガルシアを有罪、ガーナーを無罪と宣告した――を下したのに対し、夜型はこれと反対の傾向を示した。夜型は、〝早い〟時間帯にステレオタイプ的判断を下したが、時間がたつとともに、注意深く、公平で、論理的になったのだ[42]。

５４４ＢＣと刻印された硬貨が偽物だと突き止めるような、洞察問題を解決する能力についても、やはり反対だった。ヒバリ型と第３の鳥型のひらめきが冴えるのは、午前よりも遅い時間、つまり抑制が低下する、最適ではない回復期の段階だった。一方でエジソンのようなフクロウ型は、〝彼らにとって〟最適ではない朝早い時間帯のほうが、ごまかしをやすやすと見抜いた。[43]

よって、最終的に重要になるのは、タイプと作業と時間の整合性なのだ。社会学者はこれを、「同時的効果」と呼ぶ。[44] たとえば、普通は夜間の運転のほうが危険性は高いはずだ。だがフクロウ型にとって、朝は、注意力と警戒心が発揮される彼らの生来のサイクルと一致しないので、昼間の運転のほうが危険な目に遭いやすい。[45] 一般的に、若者のほうが年配者よりも記憶力は優れている。しかし、同時性を考慮に入れると、年齢に基づく認知の差異は縮まり、ときにはまったくなくなる。複数の調査から、記憶力テストを午前中に受けた場合、年長の成人は若い成人と同じ脳部位を用いているが、午後以降に受けた場合、年長者は午前中とは異なる（よってあまり効果的ではない）部位を用いていることが判明した。[46]

同時性は、わたしたちの倫理行動にまで影響を与える。２０１４年、２人の研究者が、人は午後と比べて午前中のほうが、嘘をついたり仕事をごまかしたりしない傾向にあることを突き止めた。彼らはこれを「午前の道徳性効果」と名づけた。だが、その後の研究で、この効果が現れる一因は、単にほとんどの人が朝型か中間型のクロノタイプだからだということが判明した。夜型を考慮した場合とその効果は、これよりも微妙である。確かに、朝型の人は午前の道徳性効果に当てはまる行動を見せる。ところが夜型の人は、午前中よりも夜のほうが、道徳的な行動をとる。２人の研究者は、「個人のクロノタイプと時間帯の適合が、時間帯だけの場合よりも、その個人の倫理性をさらに正確に予測する」と述べている。[47]

誰もが、ピーク、谷、回復の3つの段階を1日の間に経験するのだ。わたしたちのおよそ4分の3（ヒバリ型と第3の鳥型）は、この順番で経験する。だが、残りの4分の1であるフクロウ型は、1日を似て非なる順番で経験する――回復、谷、ピークの順番だ。

この発想を探るため、わたしは仕事仲間である研究者のキャメロン・フレンチに、芸術家や作家、発明家の1日の周期性を分析するように頼んだ。彼は資料として、メイソン・カリーの好著『天才たちの日課――クリエイティブな人々の必ずしもクリエイティブでない日々』【原題 "Daily Rituals: How Artists Work" フィルムアート社】を用いた。この本は、ジェイン・オースティンからジャクソン・ポロック、アントニー・トロロープ、トニ・モリソンまで、161人のクリエイターの仕事と生活の日々のパターンをまとめたものだ。フレンチは、彼らの日々の仕事のスケジュールを、一心不乱に仕事をする、まったく仕事をしない、それほど集中して仕事をしない、に振り分けた。これは、ピーク、谷、回復のパターンといくらか似ている。

たとえば、作曲家のピョートル・イリイチ・チャイコフスキーは午前7時から8時の間に起床し、その後読書をして、お茶を飲み、散歩に出かけた。午前9時半にピアノに向かい、数時間、作曲を行った。その後昼食のために休憩をとり、午後に再び散歩に出かけた（チャイコフスキーは、散歩は創造力に欠かせないと考え、ときには2時間も散歩することがあった）。午後5時に仕事に戻り、午後8時の夕食まで数時間ほど仕事をした。その150年後、作家のジョイス・キャロル・オーツも似たようなリズムで活動している。オーツは「通常、午前8時か8時半から、午後

1時まで執筆する。それから昼食をとり、午後4時に執筆を再開するまで休憩し、午後7時頃に夕食をとる」[48]。チャイコフスキーもオーツも、ピーク・谷・回復のリズムを持つ類の人々だ。

異なるリズムで1日を過ごすクリエイターもいる。小説家のギュスターヴ・フローベールは、成人後の大半を母親の家で過ごしたが、午前10時に起床したあと、入浴して身支度を整え、パイプをふかすなどして1時間を過ごした。午前11時頃、「家族と一緒に食卓を囲み、彼にとっては朝食兼昼食となる食事をとった」。それからしばらくは姪の勉強を見てやり、午後のほとんどを休憩と読書に費やした。午後7時に夕食をとったあと、母親が午後9時頃に床に就くまで、「母親の話し相手をして過ごし」、そのあとで執筆を始めた。夜型のフローベールの1日は、回復から谷、ピークへと、反対方向に繰り広げられた[49]。

フレンチがクリエイターたちの1日の過ごし方を振り分け、誰がいつ何をしたのか表にまとめると、著作中のクリエイターの約62パーセントが、ピーク・谷・回復のパターンだった。つまり、午前中に集中して仕事をし、次にまったく仕事をしない時間を過ごし、その後、さほど負担のかからない仕事を短時間集中して行っていた。クリエイターの約20パーセントは、逆のパターンで、フローベールのように午前中に回復し、遅い時間帯になってから本格的に仕事に取りかかる。残りの約18パーセントは、独特な過ごし方をしているか、十分なデータがとれなかったので、どちらのパターンにも当てはまらなかった。3つ目のグループを除くと、クロノタイプの比率がわかる。ピーク・谷・回復のパターンと、回復・谷・ピークのパターンは、3対1になる。

では、みなさんにとってこれはどんな意味があるのだろうか？

本章の最後に、「タイム・ハッカーのハンドブック」を掲載し、タイミングの科学をあなたの日常生活に活かすための戦術や習慣、ルーティンなどを紹介する。しかし、そのポイントはきわめて単純だ。自分のタイプを見つけ、自分が取り組む作業の内容を理解し、適切な時間を選べばいい。まだ気づいていない自分のパターンは、ピーク・谷・回復なのか、それとも回復・谷・ピークなのか？　それから、同時的効果を求めるようにする。スケジュールをあまり自分でコントロールできない場合でも、注意力と明快な思考力が求められる最重要の仕事は、ピークの時間帯に入れるようにしよう。2番目に重要な仕事、もしくはひらめきを要する作業は、回復の時間帯に入れよう。ルーティンワークをピークの時間帯にまぎれ込ませてはいけない。

あなたが上司の立場なら、この２つのパターンを理解して、部下がピークの時間帯を守れるようにすべきだ。たとえばティル・レネベルクは、個人のクロノタイプに応じて従業員の仕事のスケジュールを再編成するという実験を、ドイツの自動車工場と製鉄所で行った。すると、生産性が著しく向上し、ストレスが減り、仕事の満足度が上がった[50]。あなたが教育者なら、いつどんな授業をしても同じだと考えてはいけない。どの授業とどんな種類の作業を午前中に割り当てたらいいか、どれを午後以降に割り当てたらいいか、真剣に検討すべきである。また、自動車の組み立てであれ子どもの教育であれ、谷の時間に気をつけることも、やはり重要になる。これについては後述するが、中間の時間帯は、わたしたちが認識する以上に危険な時間帯なのだ。

適した時間帯の見分け方——3つのステップ

第1章では、1日のパターンの科学的背景について探った。ここでは、みなさんが日々のタイミングを決めるときの指針としてその科学を使えるように、簡単な3つのステップ、つまりタイプ別に作業時間を定める方法を紹介する。

まず、本書43ページに記載した3つの質問に答えるか、オンラインのミュンヘン・クロノタイプ質問紙（MCTQ）を用いて（http://www.danpink.com/MCTQ）、自分のクロノタイプを見きわめよう。

次に、すべきことの内容を見きわめる。黙々と集中的な分析を要することか、俯瞰した洞察を要することか？　もちろん、すべての作業が分析と洞察にきれいに分かれるわけではないので、どちらかに決める必要がある。あるいは、面接官は午前中のほうが気分が良い傾向にあることを心得て、仕事の面接で好印象を与えようとしているだろうか？　あなたのクロノタイプが支配する時間帯に、提示された仕事を受けるかどうかといった決断を下しているだろうか？

最後に、左の表を見て最適な時間帯を把握する。

適した時間帯一覧表

	ヒバリ型	第3の鳥型	フクロウ型
分析的作業	早朝	早朝から午前半ばにかけて	夕方前および夕方から夜にかけて
洞察的作業	夕方前／夕方から夜にかけて	夕方前／夕方から夜にかけて	午前中
感銘を与える	午前中	午前中	午前中(フクロウ型には残念だが)
意思決定を行う	早朝	早朝から午前半ばにかけて	夕方前および夕方から夜にかけて

たとえば、あなたが弁護士でヒバリ型の場合、準備書面を作成するなら、比較的朝早い時間帯に、調査と記述を行うべきだろう。あなたがソフトウェアのエンジニアでフクロウ型の場合、比較的重要でない作業は午前中に行い、もっとも重要な仕事は、夕方前から夜にかけて行うべきだろう。ブレインストーミングをする場合、メンバーの大半は第三の鳥型の可能性が高いので、夕方前の時間帯に設定すべきだろう。自分のタイプと取り組む作業を把握したら、時間を決めるのはたやすくなる。

「完璧なタイミング」を知っておく

適した時間帯をさらに細かく知るためには、1週間かけて、自分の行動を体系的に追跡してみることだ。まず、1時間半ごとに鳴るように携帯電話のアラームをセットする。アラームが鳴るたびに次の3つの質問に答える。

1．今、何をしているところか？

2．1から10までの数字で表すと、今どのくらい頭が冴えているか？

3．1から10までの数字で表すと、今どのくらい身体にエネルギーがみなぎっているか？

これを1週間続けて、結果を表にまとめる。大きなパターンから外れた傾向が見つかるかもしれない。たとえば、あなたの谷は午後、ほかの人よりも早く訪れるかもしれないし、回復は遅く訪れるかもしれない。

自分の行動を追跡するために、このページをスキャンかコピーしてもいいし、PDF版をわたしのウェブサイトからダウンロードすることもできる。
(http://www.danpink.com/chapter1supplement)

午前7時
今していること：
頭の冴え：1 2 3 4 5 6 7 8 9 10 該当なし
身体的エネルギー：1 2 3 4 5 6 7 8 9 10 該当なし

午前8時30分
今していること：

頭の冴え……1 2 3 4 5 6 7 8 9 10 該当なし
身体的エネルギー……1 2 3 4 5 6 7 8 9 10 該当なし

午前10時
今していること……
頭の冴え……1 2 3 4 5 6 7 8 9 10 該当なし
身体的エネルギー……1 2 3 4 5 6 7 8 9 10 該当なし

午前11時30分
今していること……
頭の冴え……1 2 3 4 5 6 7 8 9 10 該当なし
身体的エネルギー……1 2 3 4 5 6 7 8 9 10 該当なし

午後1時
今していること……
頭の冴え……1 2 3 4 5 6 7 8 9 10 該当なし
身体的エネルギー……1 2 3 4 5 6 7 8 9 10 該当なし

午後2時30分

今していること：

頭の冴え：1　2　3　4　5　6　7　8　9　10　該当なし

身体的エネルギー：1　2　3　4　5　6　7　8　9　10　該当なし

午後4時

今していること：

頭の冴え：1　2　3　4　5　6　7　8　9　10　該当なし

身体的エネルギー：1　2　3　4　5　6　7　8　9　10　該当なし

午後5時30分

今していること：

頭の冴え：1　2　3　4　5　6　7　8　9　10　該当なし

身体的エネルギー：1　2　3　4　5　6　7　8　9　10　該当なし

午後7時

今していること：

頭の冴え……1 2 3 4 5 6 7 8 9 10 該当なし
身体的エネルギー……1 2 3 4 5 6 7 8 9 10 該当なし

午後8時30分
今していること……
頭の冴え……1 2 3 4 5 6 7 8 9 10 該当なし
身体的エネルギー……1 2 3 4 5 6 7 8 9 10 該当なし

午後10時
今していること……
頭の冴え……1 2 3 4 5 6 7 8 9 10 該当なし
身体的エネルギー……1 2 3 4 5 6 7 8 9 10 該当なし

午後11時30分
今していること……
頭の冴え……1 2 3 4 5 6 7 8 9 10 該当なし
身体的エネルギー……1 2 3 4 5 6 7 8 9 10 該当なし

1日のスケジュールをコントロールできないなら?

どんな仕事でも、どんな肩書を持っていても、厳しい現実として、多くの人は自分の時間を完全にコントロールすることはできない。では、自分の1日のパターンのリズムが、日々の仕事のスケジュールと一致しない場合、どうしたらいいのだろうか? 妙薬は授けられないが、その弊害を最小限に抑える2つの戦略を授けることはできる。

1. 意識する。

次善の時間帯に活動していると心得るだけでも役立つ。自分のクロノタイプを、ささやかながら効果的に補正できるからだ。

たとえば、あなたがフクロウ型で早朝会議に出席せざるをえなくなったとしよう。その場合は、何らかの対策を講じるべきだ。まずは、会議で必要になることを前の晩にすべてリストアップする。会議室の席に着く前に、10分程度でいいので、外を少し散歩しよう。あるいは、コーヒーを買ってあげるとか、荷物を運ぶのを手伝うとか、同僚にちょっとした親切をしよう。気分が良くなるはずだ。会議中は、ことさら注意を払うようにする。たとえば、誰かに質問されたら、質問を正しく理解しているか確認するため、答える前にその質問を繰り返すといい。

2. 小さなことに取り組む。

大きな事柄はコントロールできなくても、小さな事柄なら変えられるだろう。あなたがヒバリ型か第3の鳥型で、午前中たまたま1時間空いたとしたら、メールで時間を浪費してはいけない。その時間を使って一番重要な仕事に取り組むべきだ。上司に訴えてみてもいいだろう。自分が一番実力を発揮できる時間帯を、上司にさりげなく伝えるのだ。ただし、それが組織のためになるという観点から伝えるべきである（「割り当てられた大きなプロジェクトに関して、午前中に多くのことをこなすつもりです――ですから、午前中はできるだけ会議に出席しないようにしたいのですが」などと伝える）。ともあれ、小さいことから始めよう。「カジュアル・フライデー」をご存じだろう。では、「クロノタイプ・フライデー」を提案してみてはどうだろうか。言わば、各自好きなスケジュールで働ける、月に1度の金曜日のことだ。週末最後に、あなたが自分のスケジュールを実際にコントロールできる時間を利用しよう。週末や休日に、同時的効果を最大にできるスケジュールを作るのだ。たとえば、あなたがヒバリ型で小説を書いているのなら、早起きして、午後1時まで執筆し、食料品の買い出しやクリーニングの受け取りは午後に回すようにすればいい。

運動の完璧なタイミング

これまではもっぱら、わたしたちの感情や認知面について述べてきた。では、肉体面はどうだろうか？　なかでも、運動に最適な時間はいつだろうか？　それは目標次第だと言える。あなたの決断に役立つように、リサーチに基づいた簡単な指針をここで紹介する。

午前中の運動は次の点で有効である。

- **減量**……それまで少なくとも8時間は食べていないので、起床時の血糖値は低い。身体を動かす燃料として血糖が必要なので、朝運動すると、身体は必要なエネルギーを供給するために、細胞に蓄積された脂肪を使うことになる（食後に運動すると、摂取したばかりの食物からエネルギーを消費する）。朝の運動はたいてい、食後に運動した場合よりも、20パーセント多く脂肪を燃焼する。[1]
- **気分を上げる**……有酸素運動――水泳やランニング、犬の散歩などもそうだ――は、気分を高めることができる。午前中に運動した場合、その効果を1日中享受できる。夕方に運動した場合には、良い気分で眠りにつける。
- **日課を守る**……午前中に運動すれば、運動を日課にできる可能性が高くなると指摘する研究もある。[2] よって、なかなか計画どおりにできない人は、午前中の運動で習慣を構築しよう。一緒に運動する決まった相手がいるなら、なおさら習慣化しやすくなる。

●**身体を鍛える……**生理機能は1日を通して変化する。たとえば、テストステロンというホルモンは午前中ピークに達する。テストステロンは筋肉を作るのに役立つので、ウェイト・トレーニングをするなら、早朝の時間帯に予定を入れるといい。

夕方前か夕方の運動は、次の点で有効である。

●**怪我の予防……**温まった筋肉はしなやかなので怪我をしにくくなる。だから運動前に身体を動かすことを「ウォーミング・アップ」と言うのだ。起床時の体温は低く、日中徐々に上昇して、夕方前から夕方にかけてもっとも高くなる。つまり、遅い時間帯に運動する場合、わたしたちの筋肉は温まっているので、怪我をしにくいということだ。[3]

●**最高の力を発揮できる……**午後の運動は怪我をしにくいだけではない。午前中よりも速く走れるし、重いものを持ち上げられる。この時間帯は1日のなかで肺機能がもっとも高まり、循環器はより多くの酸素と栄養素を身体に行き渡らすことができる。[4] さらに、力がピークに達し、反応時間が速くなり、視覚と手の反射的協調関係が研ぎ澄まされ、心拍と血圧が下がる。こうした要因によって最高の動きができるのだ。現に、かなりの数のオリンピック記録が、夕方前か夕方の時間帯に樹立されている。[5]

- **ワークアウトをもう少し楽しむ……**午前中とまったく同じエクササイズのスケジュールをこなしているのに、午後だとそれほど必死に努力していないように感じるものだ。[6] ということは、午後の時間帯にワークアウトすれば、心と身体にかかる負担を少しばかり軽減できるかもしれない。

良い朝を迎えるための4つのアドバイス

1. 目覚めたらコップ1杯の水を飲む。

日中、まったく水分を摂らないで8時間過ごすことなどめったにないはずだ。ところが、わたしたちは一晩の間にそれと同じことをしている。夜中にトイレに1～2度行くだけではなく、呼吸や皮膚からも水分は放出されるので、起床時にはやや脱水気味になっている。まずはコップ1杯の水を飲んで水分補給し、早朝の空腹を抑えて、目覚めを促そう。

2. 起きぬけにコーヒーを飲んではいけない。

目覚めたとき、身体はコルチゾールというストレスホルモンの分泌を始める。このホルモンは、ぼんやりした頭に弾みをつける役目を果たす。だが、カフェインはコルチゾールの分泌に干渉するので、寝起きのコーヒーが覚醒感を高めることはほとんどない。それどころか、早朝にコーヒーを飲むとカフェイン耐性を高めることになり、カフェインが効かないのでさらに何杯も飲む羽目になる。朝のコーヒーの好ましい飲み方は、起床して１時間か１時間半後に、最初の１杯を飲むことだ。その頃にはコルチゾールの分泌はピークに達し、カフェインが効果を発揮できる。[7] 午後に頭をすっきりさせたい場合、コルチゾールの分泌が再び減少する午後２時から４時の間ぐらいに、コーヒーを飲むといいだろう。

3．朝日を浴びる。

午前中だるさが抜けないようなら、できるだけ日光を浴びるといい。大半の電灯とは異なり、日光には幅広い色のスペクトラムがある。この特別な波長が目に入ると、睡眠ホルモンの分泌を中止し、覚醒ホルモンを分泌するよう脳に合図が伝わるのだ。

4．セラピーは午前中に行う。

最近登場した精神神経内分泌学という分野の研究によれば、セラピーは午前中に行うのがもっとも効果的だとされる。[8] その理由はやはりコルチゾールにある。これはストレスホルモンだが、学習を高める効果もある。午前中、コルチゾールがもっとも多く分泌されているときにセラピーを行えば、患者は集中し、助言を深く受け止められる。

第2章

休む力
——休憩・ランチ・昼寝とパフォーマンスの関係

午後は午前が思ってもみなかったことを知っている。

——ロバート・フロスト

少しの間、「悲惨病院」を訪問してみよう。

この病院では、患者が命に関わるほどの量の麻酔を受けるケースが、ほかの病院と比べて3倍も多く、術後48時間以内に死亡する患者数がかなり多い。この病院の胃腸科専門医は、ほかの病院の慎重な専門医と比べ、結腸内視鏡検査によるポリープの発見率が低く、患者の癌性の腫瘍は気づかれないまま成長した。内科医は、ウィルス性の感染症に不必要な抗生剤を処方する傾向が26パーセントも高く、これがスーパー耐性菌の発生を引き起こした。病院全体を見ても、看護師や介護士が患者に接する前に手を洗う回数が他施設と比べて10パーセント低く、患者は、入院前にかかっていなかった感染症に罹患する可能性が高くなっていた。

もしわたしが医療過誤を専門とする弁護士だったら――ありがたいことにそうではないが――こんな病院の向かいに事務所を開くだろう。わたしが夫であり父であれば――ありがたいことにわたしには妻子がいる――家族をこんな病院には行かせない。さらにわたしが人生を歩むうえでのアドバイスをあなたに授けるとしたら――善かれ悪しかれ、今本書でしていることだ――こうアドバイスするだろう。この病院にはかからないように。

「悲惨病院」は実在しないが、似たような病院は実在する。前述した内容はどれも、現代の医療センターにおいて、午前と比べて午後に起きることなのだ。ほとんどの病院と医療従事者は、本当に頭が下がるような働きをしている。医療での悲惨な出来事は、例外的で特殊な事例である。しかし、午後は患者にとって危険な時間帯になりうるのも確かだ。

起床してからおよそ7時間後に発生することが多い谷の時間帯には、何かしらが起きる。その場合、ほかの時間帯に起きるよりも危険性が高まる。

本章では、多くの人――麻酔専門医から学校の生徒、ルシタニア号の船長まで――が午後に大失敗するのはなぜかを検証する。次に、その問題の解決方法を探る。とくに、患者の安全を守り、生徒のテストの点数が向上し、さらには司法制度の公平度を増すことができる、2つの簡単な救済方法を明らかにする。その過程で（朝食ではなく）昼食がなぜ1日で一番重要な食事なのか、完璧な仮眠をとるにはどうしたらいいか、そして、1000年前からの慣習を復活させることが、なぜ個人の生産性と企業の業績を向上させるために必要なのかを学ぶ。

だが、その前にまず、ラミネート加工された黄緑色のカードが悲惨な事態を未然に防いでいる、実在する病院を見てみよう。

医療現場でわかった！　注意力を高める休止の効力

ここはミシガン州のアナーバー、曇天の火曜日の午後だ。わたしは生まれて初めて（それにおそらく最初で最後になるはずだが）手術着を着ている。隣には麻酔科医のケヴィン・トレンパー医師がいる。彼はミシガン大学医学部教授で、同大学の麻酔科長を務めている。

「わたしたちは毎年、９万人の患者を眠らせては起こしている」とトレンパー医師は語った。「彼らを麻痺させて身体を切り開くんだ」。トレンパー医師は、こんな魔法のような力をふるう、１５０人の医師と１５０人の研修医を監督している。２０１０年、彼の指示で医師の仕事の取り組み方が変わった。

手術台の上には、顎がひどく砕かれた、20代の男性がいる。近くの壁には大画面テレビがあり、手術着姿で手術台を取り囲むほかの５人――看護師、医師、臨床検査技師――の名前が表示されている。その一番上に、青い画面に黄色い文字で、患者の名前があった。真剣な面持ちをした、細身で30代の外科医は、早く手術を始めたくてうずうずしていた。だが、その前に、３キロ離れたクライスラー・センターでバスケットボールの試合をしている大学チームのように、彼らはタイムアウトをとる。

いつのまにか、彼らは一歩後ろに下がっていた。次に、大画面と、腰にぶら下げた小さな名刺大のカードを見て、互いにファーストネームを名乗り合い、９ステップの「麻酔導入前の確認」をチェックリストに従って進める。これは、患者を取り違えていないか確認し、患者の状態とアレルギーを頭に入れ、麻酔科医が使用する麻酔薬を理解し、必要となる特別な機器などを点検するリストだ。全員の紹介が終わり、すべての質問に答えたら――このプロセスにかかる時間は３分ほどだ――タイムアウトは終了し、麻酔科の若い研修医が、すでに鎮静剤を投与されていた患者を完全に眠らせるために、密封された袋を開けて器具を取り出す。今回の麻酔は簡単ではなかった。患者の顎がひどい状態なので、厄介なことに、研修医は口からではなく鼻から挿管しなくてはならないからだ。トレンパーが進み出て、その細長くしなやかな指で、鼻孔から喉へと管を通していく。まもなく患者は意識を失い、バイタルサインが安定し、手術を開始できるようになった。

すると、チームは再び手術台から一歩後ろに下がった。

各自が「切開前のタイムアウト」カードのステップを再点検し、全員の準備が整ったことを確認する。そうして、彼らは個人としても全体としても再び集中する。その状態になってようやく、全員がまた手術台に歩み寄り、外科医は顎の修復手術に取りかかる。

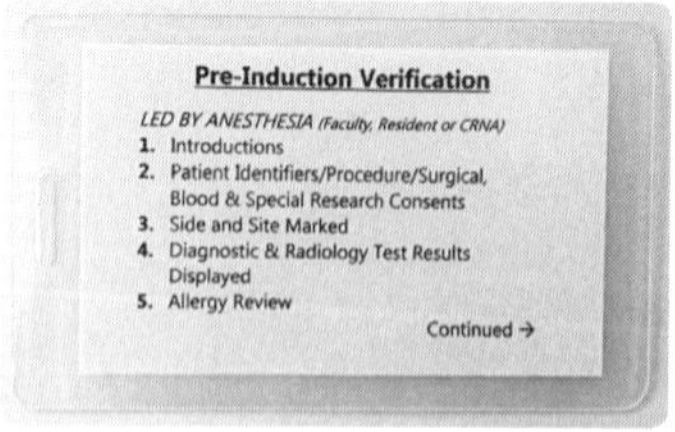

・「麻酔導入前の確認」

麻酔科医の指示による（教授、レジデント、CRNA）

1．紹介

2．患者の確認／手順／手術、輸血、特殊研究の同意

3．手術部位のマーキング

4．表示されている診断結果およびレントゲン結果

5．アレルギー再確認

→裏面に続く

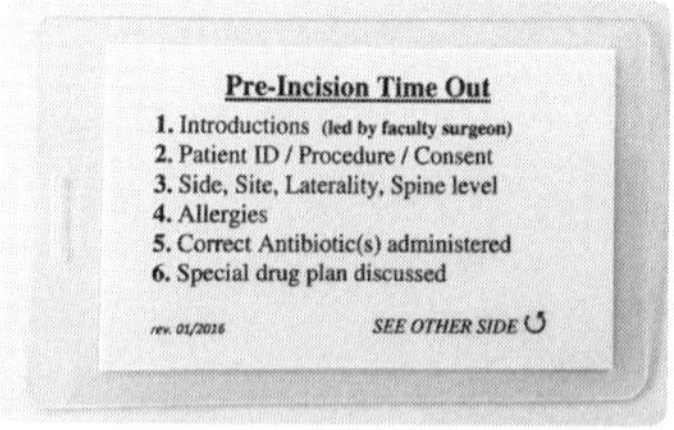

・「切開前のタイムアウト」

1．紹介（医学部外科医による）

2．患者ID／手順／同意

3．左右、部位、偏側性、脊椎レベル

4．アレルギー

5．的確な抗生物質投与

6．事前に話し合った特別な薬品計画

→裏面を見る

わたしはこのようなタイムアウトを、「注意力を高める休止」と呼んでいる。危険性の高い作業に取り組む前に、指示を見直してミスを防ぐために、しばし立ち止まる。「注意力を高める休止」は、ミシガン大学医療センターが、午後の谷の時間帯に悲惨病院と化すのを防ぐうえで、大いに役立ってきた。トレンパー医師がこの制度を導入してからというもの、看護の質は高まり、合併症は減少し、医師にも患者にも落ち着きが見られるようになった。

午後は、1日のなかのバミューダ・トライアングルだ。谷の時間帯は、多岐にわたる領域で、生産性や倫理、健康にとっての危険地帯に当たるのだ。麻酔がその一例である。デューク大学医療センターの研究者が、同病院で行われた9万件の手術を見直し、「麻酔の有害事象」を突き止めた。これは、麻酔科医によるミスや、患者に及ぼした危害、またはその両方を指すものだ。谷はとくに油断がならない時間帯だった。有害事象は間違いなく、「午後3時から4時の間に開始した事例で多発」していた。午前9時の問題発生の確率は約1パーセントだった。午後4時だと4・2パーセントだ。言い換えれば、誰かがあなたに麻酔薬を投与しているときに、何らかの失敗が起きる可能性は、ピークと比べて谷の時間帯には4倍も高くなるということだ。実際の危害（単なる不手際だけではなく患者に有害な影響を与えること）に関し、午前8時の確率は0・3パーセント、つまり1パーセントの10分の3だった。ところが午後3時の場合、その確率は1パーセントだった――100件につき1件生じる計算で、午前8時の3倍増となる。午後の概日リズムの低さが、医師の警戒心を緩慢にし、「麻酔管理などの複雑な業務に従事する者の仕事ぶりに影響を与える」と研究者は結論づけた。[1]

大腸内視鏡検査についても見てみよう。わたしも、大腸がん検診を受けたほうがいい年齢に達した。ただ、この研究結果を知った以上、検査予約を正午以降には入れないつもりだ。たとえばよく引き合いに出されるように、遅い時間帯になるにしたがい、内視鏡検査医はポリープ――大腸の小さな腫瘍――発見の可能性が低くなるという結果が、1000件を超える大腸内視鏡検査の研究から判明した。ポリープ発見の確率は、1時間ごとに5パーセント近く低下する。特定の日の午前と午後の差は歴然としていた。たとえば、午前11時に、医師は検査をするたびに平均で1・1個以上のポリープを発見した。しかし2時頃になると、午後の患者は午前と同じ患者だったにもかかわらず、その数の半分も見つけられなかった。[2]

この結果を知って、あなたなら、大腸内視鏡検査をいつ受けたいと思うだろうか。[3] そのうえ、別の調査によると、午後に検査を行う場合、医師は検査手順をすべてこなせない傾向があることもわかった。[4]

基本医療も、施術者がこのバミューダ・トライアングルにいる場合には悪影響を受ける。たとえば、医師が急性呼吸器感染症の患者に対し、不必要な抗生物質を処方する傾向は、午前と比べて午後は格段に高まる。[5] 次から次へと患者を診察するために意思決定力が次第に弱まり、患者の症状が抗生物質の効く細菌感染症なのか、抗生物質が効かないウィルス性の感染症なのか突き止めるより、ただその処方箋を書くほうが、医師にとっては楽になるのだ。

わたしたちは、患者とその症状（誰と何）にきちんと目を向ける、経験豊かな医師に診てもらいたいと思うものだ。だが、正確な診断を得るには、いつ医師に診てもらうかに、否応なしに影響を受けることが多い。

その背景には注意力の低下がある。２０１５年、フンチェン・ダイ、キャサリン・ミルクマン、デイヴィッド・ホノマン、ブラッドリー・スターツは、アメリカの30を超える病院で、手洗いに関する大規模な調査を実施した。まず、無線自動識別（ＲＦＩＤ：radio frequency Identification）機能を備えた殺菌剤ディスペンサーと、従業員のバッジに組み込まれたＲＦＩＤチップとが通信する仕組みを構築した。そのデータを用いれば、誰が手を洗ったか洗わなかったのか、観察できる。研究者たちは、合計４０００人を超える介護者（その3分の2は看護師）を調査した。調査期間中、介護者には１４００万回近い「手指衛生の機会」が生じた。結果はあまり芳しくなかった。平均すると、手を洗う機会があったときと、職業上手洗いの義務が生じたときを合わせた回数の半分以下しか、彼らは手を洗わなかった。彼らの大半は午前中に勤務を始めたのだが、さらに悪いことに、午後になると手を洗う回数は〝さらに減った〟。比較的まめに手洗いをしていた午前中から、比較的怠けがちになった午後への低下率は、38パーセントにものぼった。つまり、午前中は10回手を洗ったのに対し、午後は6回しか手を洗わなかったのだ。[6]

この影響は深刻だった。「わたしたちが発見した、一般的な勤務体制での手指衛生順守の低下は、本研究の対象となった病院を含む34の病院で、年間およそ7５００人の不必要な感染者と、年間約1億5０００万ドルのコストを生じさせる可能性がある」と研究者たちは発表した。この比率をアメリカの入院患者数に拡大してみると、谷の時間帯で生じるコストは莫大な数字になる。本来なら感染しなくてもすんだ感染者が60万人、１２５億ドルの追加コスト、本来なら死なずにすんだ人が3万5０００人となった。[7]

午後の時間帯は、病院の外にも致命的な影響を及ぼす。イギリスでは、睡眠に関連する自動車事故がとくに起きやすくなる時間帯が、24時間に2回ある。１つは、午前2時から午前6時の夜中から明け方にかけて。もう1つは、午後2時から午後4時にかけての午後の盛りだ。アメリカやイスラエル、フィンランド、フランス、その他でも、交通事故に同じパターンのあることが調査で判明している。[8]

あるイギリスの調査結果はさらに具体的で、仕事をする人が1日でもっとも非生産的になるのは、午後2時55分だとしている。[9] この時間帯に入ると、わたしたちは方向性を見失いがちになる。第1章で、人間は午後のほうが不誠実になる傾向があるという、「午前の道徳性効果」について触れた。その理由は、大半の人は、「午後よりも午前中のほうが、嘘やごまかし、窃盗、その他不道徳な行為に陥いる誘惑に負けない」からだという。[10] この現象はクロノタイプによってもいくらか異なり、フクロウ型は、ヒバリ型や第3の鳥型とは異なるパターンを示す。だがこの調査では、夜型がもっとも道徳的行動を示すのは午後ではなく、真夜中から午前1時半にかけてであることがわかった。クロノタイプにかかわらず、午後は、職業面でも倫理面でもわたしたちに悪影響を及ぼすおそれがあるのだ。

ただ、ありがたいことに、注意力を高める休止は、谷の時間帯が行動に及ぼす支配力を緩めてくれる。ミシガン大学の医師が示したように、警戒心を強める小休止を規則的に作業にさしはさむことにより、午後にせざるをえない困難な仕事に必要な集中力を取り戻せるのだ。重大な決断を下した前の晩に睡眠をとっていなかったターナー船長が、もし注意力を高める休止の時間をとり、Uボートを避けるためにルシタニア号はどのくらいの船速が必要で、船の位置の計測法として何が最適か、ほかの乗組員と検討していたらどうなっていたか、想像してもらいたい。

この単純な休止の成果を裏づける、励みになる事例がある。アメリカ最大のヘルスケアシステムの退役軍人保健局は、全米で１７０の病院を運営している。絶え間ない医療過誤の発生（多くが午後に起きた）を受けて、同局の医師チームは病院に包括的研修制度を導入した（ミシガン大学医療センターはこの取り組みをお手本にした）。その制度は、小休止を意図的に頻繁にとるというコンセプトが中心となっており、「ラミネート加工されたチェックリスト・カード、ホワイトボード、書面形式、壁に貼られたポスター」などのツールの利用が特徴だった。研修制度が導入されて1年後、手術死亡率（手術中または手術直後に患者が死亡する割合）は18パーセント低下した。[11]

とはいえ、多くの人は、他人の身体を麻痺させたり切り開いたり、または27トンのジェット機を操縦したり、戦場で部隊を指揮したりなど、命がけの責任が伴う仕事はしていない。著者をはじめとする多くの人たち向けに、もっと簡単に谷間の危険を避けて通れる、別のタイプの小休止がある。その「リフレッシュ休憩」という方法を理解するために、アメリカ中西部を離れて、スカンジナビアと中東に舞台を移そう。

学校から裁判所まで——リフレッシュ休憩の効力

第1章で、デンマークの全国標準テストの興味深い結果について紹介した。午後にテストを受けた生徒の成績は、午前中に受けた生徒の成績よりもかなり悪いという話だ。校長や教育政策立案者にとって、取るべき対策は言わずもがなに思われる——すべてのテストを、何としてでも午前中に実施することだ。一方で、研究者らは別の方法も発見した。それは学校やテスト以外にも応用でき、説明も実施もいたって簡単な方法である。

デンマークの生徒が、テストの前に20分から30分間の休憩をとって、「食べたり、遊んだり、おしゃべりしたり」したところ、彼らの成績は下がらなかった。それどころか、成績が上がったのだ。研究者によれば、「休憩時間は、時間帯による成績低下を上回るほどの成績向上をもたらした」[12]。つまり、午後にはテストの点数が下がる傾向にあるのに、休憩を取り入れたあとでは、下がった分以上に点数が上がったのだ。

午後、休憩をとらずにテストを受けた場合、年間の授業出席日数が足りないか、低所得または低学歴の保護者をもつ生徒と同程度の成績になった。ところが、同じテストでも20分から30分の休憩をとってから受けた場合は、通常より3週間多く授業を受けた生徒、高所得または高学歴の保護者のいる生徒と同程度の成績となった。しかも、この休憩は、成績の悪い生徒にもっとも大きな効果をもたらした。

あいにく、世界中の多くの学校と同じように、デンマークの学校は1日に2回しか休憩がない。それどころか、学校制度の多くが、厳格化と――何とも皮肉なことに――テスト成績の向上という名目で、休み時間やその他休憩時間を減らす傾向にある。だが、この研究の執筆者の1人であるハーバード大学のフランチェスカ・ジーノによれば、「毎時間、休憩をはさめば、テストの成績は遅い時間帯になるほど向上する」という。[13]

低学年の生徒の多くは谷の時間帯に悪い成績を収める傾向にある。これは、生徒の進歩について教師に誤った印象を与えると同時に、成績の低迷は、生徒が何をどのように学んでいるかに原因があると、管理者側が思い込むおそれもある。本当は、いつテストを受けるかに原因があるというのに。「こうした結果に対し、政策が影響を与えられることが2つある」と、デンマークの生徒のテスト結果を調べた研究者チームは述べている。「第1に、1日の学校時間および休憩時間の頻度と時間を決める際には、認知力の疲労を考慮に入れるべきである。適切な回数の休憩時間をはさむならば、1日の学校時間が長くても差し支えはない。第2に、学校責任制度はテストの成績について外部要因も考慮して調整すべきである……さらに直接的なアプローチは、できるだけ休憩直後にテストを実施するよう計画することであろう」[14]。

リフレッシュ休憩の5つのポイント

リンゴジュースを1杯飲んだり、数分走り回ったりすることが、8歳児の算数問題の取り組みに驚くほどの効果をもたらす。これは理に適っているように思われる。ところが、リフレッシュ休憩は、大きな責任を担う大人にとっても同様の効果をもたらすのだ。

イスラエルでは、2つの仮釈放委員会が、全イスラエルの40パーセントの仮釈放申請を処理する。判事が1人1人の受刑者の状況を聞いて、その運命について決定を下す。刑期を真面目に務め、更生の態度を示しているこの囚人を釈放すべきか、すでに仮釈放が認められているこの囚人に対し、追跡装置の装着なしの仮釈放を認めるべきか、各判事が決定権を握っている。

判事は冷静に、慎重に、賢明に、事実と法に基づき正義を行うことを目指している。だが、判事といえどもやはり人間であり、わたしたちと同じように1日のリズムの影響を受ける。黒いローブをまとっていても、谷の時間帯の影響は免れない。2011年、3人の社会学者（イスラエル人2人、アメリカ人1人）が、この2つの仮釈放委員会のデータを用いて、彼らの司法判断について検証した。その結果、判事は概して、午後よりも午前中のほうが好意的な判断を下す――

判事は休憩後に寛大になる。

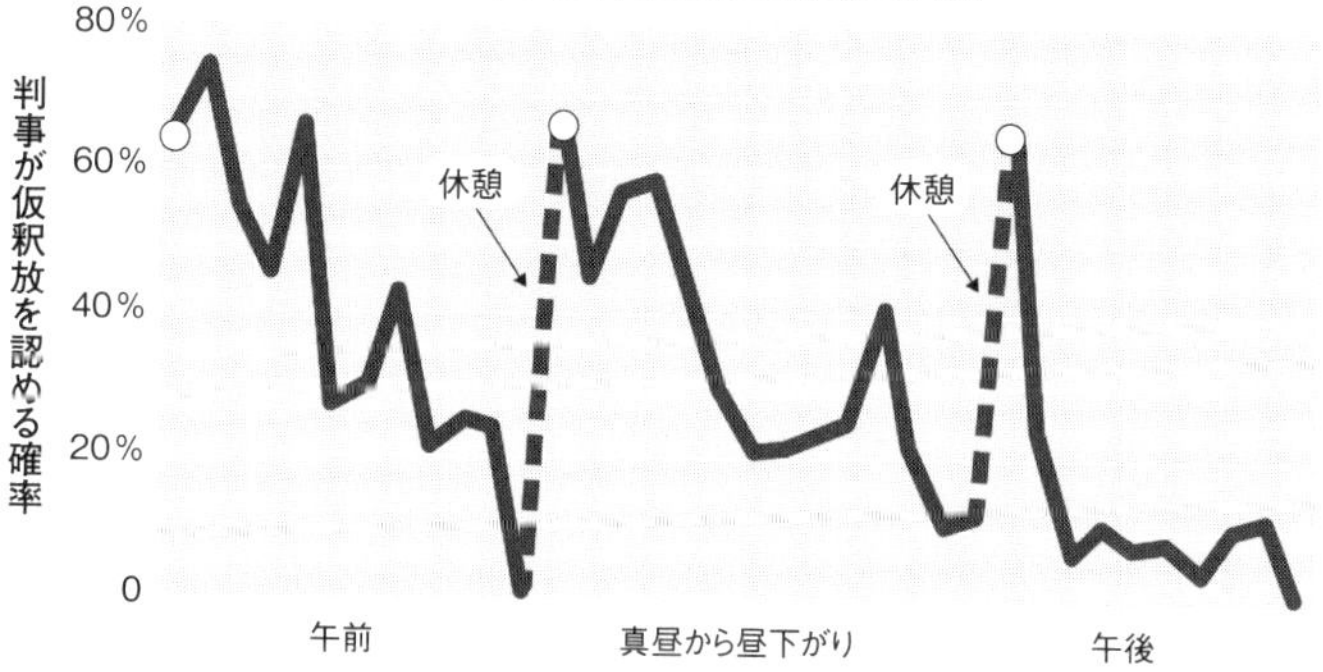

つまり、受刑者に仮釈放を認めるか、追跡装置なしの仮釈放を認めるなど——傾向にあることがわかった（この研究は、受刑者の種類、犯罪の重大性、その他要因を考慮に入れている）。しかし、判断のパターンは、単に午前か午後かの影響で決まるというよりも、さらに複雑で興味深いものであることがわかった。

上のグラフは、その結果を示したものだ。早い時間帯では、判事が受刑者に有利な判断を示す確率は、約65パーセントだった。しかし、時間がたつにつれ、その確率は下がっていく。昼前になると、ほとんどゼロに近くなる。よって、午前9時に審査を割り当てられた受刑者は仮釈放が認められやすくなるが、午前11時45分に割り当てられた受刑者が仮釈放を認められる可能性は、ほとんどなかった——状況の子細にかかわらず。委員会のデフォルト決定はたいがい仮釈放を認めないということなので、言い換えるなら、判事はある時間帯では現状を逸脱し、その他の時間帯では現状を強化したということになる。

だが、休憩後はどうなっただろうか。昼食をとるために最初の休憩を終えた直後、判事は寛容になる──つまり、デフォルトからの逸脱を厭わなくなる──が、その数時間後には強硬な姿勢になる。ところが、デンマークの生徒と同様に、2回目の休憩──ジュースを飲むか裁判所のジャングルジムで遊ぶための、午後の盛りのリフレッシュ休憩──をとったあと、判事に何が起きたか見てほしい。好意的な判断を下す確率が、朝と同程度まで戻ったのだ。

この影響について考えてもらいたい。もしあなたが、休憩後ではなく休憩直前に仮釈放委員会の面接を受けた場合、あと何年かはそのまま刑務所内で過ごすことになる可能性が高い──事件の事実関係のせいではなく、委員会に呼ばれた時間帯のせいで。研究者たちは、この現象を引き起こす原因を正確に特定できないとしている。食事をしたことにより判事たちの血糖値が上昇し、知的余力ができたのかもしれない。審理の席からしばらく離れたことで、気分が良くなったのかもしれない。たまっていた疲労が、休憩で解消されたのかもしれない（米国連邦裁判所に関する別の研究によれば、サマータイムに切り替わった直後の月曜日、つまり、誰もが平均で約40分の睡眠時間を失った直後、普段の月曜日と比べて、判事は約5パーセント長い実刑判決を言い渡すことがわかった）[15]。

どんな説明がつくにしろ、司法判断に関係のない、正義とは筋違いの要因──判事が休憩をとったかどうか、いつとったのか──が、ある人物が仮釈放されるかされないかを決定する際に、大きく影響したわけである。しかも、休憩が谷の時間帯の影響を軽減するという、この幅広く見られる現象は、おそらく「法的決定……財政的決定、大学入学許可など、その他重大な決定もしくは判断」にも当てはまるのだろう。[16]

谷の時間帯が毒であり、リフレッシュ休憩が解毒剤であるなら、このときにどんな過ごし方をしたらよいだろうか？ 唯一の答えはないが、科学が5つの指針を授けてくれる。

1．何もしないよりも何かしたほうがいい。

午後に注意力が低下する背景には、長時間1つの作業を続けると、達成目標を見失うという問題がある。これは、「馴化《じゅんか》」と呼ばれる現象だ。作業に短い休憩をはさむことで馴化を防ぎ、集中力を維持し、目標へのコミットメントを再び活性化できる。[17] 短い休憩は、たまにではなく頻繁にとるほうが効果的だ。[18] 生産性追跡ソフトウェアを制作するデスクタイムという会社は、「当社のもっとも生産的な10パーセントのユーザーには、効果的に休憩をとる能力という共通点がある」と主張する。独自のデータを分析した結果、仕事と休憩の具体的な黄金比を発見したという。仕事ができる人は、52分間働いたあとに17分間休憩をとる、と同社の調査は結論を出した。デスクタイムはこのデータを学会誌で発表していないので、その評価は人によって分かれるかもしれない。だが、短い休憩が効果的だという証拠はふんだんにある――それに、限られた時間に見合うだけの価値があるという証拠も。〝マイクロ休憩〟でさえ有用である。[19]

2. 動かないよりも動いたほうがいい。

座りっぱなしは喫煙と同じだと言われている。明らかに健康に害を及ぼす差し迫った危険だからだ。また座りっぱなしだと、谷の時間帯がもたらす危険にも影響を受けやすくなる。だから、就労時間中には、1時間ごとに椅子から立ち上がって5分間歩き回るだけでも、効果がある。ある研究によれば、1時間に5分の歩行は活力を高め、集中力を研ぎ澄まし、「その日1日を通して気分を良くし、夕方近くに生じる疲労感を減らす」という。こうした、研究チームいわく「活動のマイクロバースト」は、30分のウォーキング休憩を1回だけとるよりも効果があったという。そのため研究チームは、組織は「就労時間のどこかに、身体を動かすための休憩時間を導入すべきだ」と提案している。[20] 職場でごく短いウォーキング休憩を一定の時間ごとにとることも、モチベーションと集中力を向上させ、クリエイティビティを高める。[21]

3. 1人で過ごすよりも誰かと過ごしたほうがいい。

わたしたちのような内向型の人間にとっては、1人で過ごしても活力を満たせるものだ。しかし、リフレッシュ休憩に関する多くの研究は、他人と一緒に過ごす場合、とくに誰と一緒に過ごすかを自分で自由に選べる場合には、より大きな効果が生まれると指摘する。看護などストレスの大きな職業では、休憩時間を社交的に過ごすことにより、肉体的な緊張が最小限に抑えられ、医療ミスを防げるだけではなく、離職率も減らせる。このような休憩をとる看護師は、離職しない傾向が高い。[22] 同様に、韓国の職場を対象にした研究でも、休憩を社交的に過ごすこと――同僚と仕事以外のおしゃべりをする――は、休憩で認知的な活動（メールの返事を書くなど）や栄養を摂取する（スナックを食べる）よりも、ストレスを減らし、気分を良くする効果があると判明した。[23]

4. 屋内よりも屋外で過ごしたほうがいい。

自然に触れることは、エネルギーの充填に一番効果的かもしれない。[24] 樹木や植物、河川の近くにいると精神的に癒されるが、その効果をほとんどの人は理解していない。[25] たとえば、屋外を歩いた人は、屋内を歩いた人よりも晴れ晴れとして、エネルギーを補充して戻って来る。さらに言えば、屋外に行けば気分が良くなるとわかっている人でも、どれほど気分が良くなるかについては過小評価している。[26] 自然の中に数分間身を置くほうが、同じ時間を屋内で過ごすよりもいい。窓の外の自然の景色を眺めるほうが、パーティションを見ているよりも、効果的なマイクロ休憩となる。屋内でも植物に囲まれたところで休憩をとるほうが、植物のないところで過ごすよりも効果的だ。

5. 中途半端に離れるよりも完全に離れたほうがいい。

99パーセントの人は同時に複数のことはできないということが、今ではよく知られている。ところが、わたしたちは往々にして、メールのチェックや、仕事の問題について同僚と話すなど、認知的活動が必要になる別のことを休憩中にしようとする。だが、それは間違いだ。前述した韓国の研究では、リラックスすること（ストレッチしたり、何か楽しいことを考えたりするなど）でストレスが和らぎ、認知的活動をしていては得られないような、気分の高まりが得られることがわかった。[27] テクノロジーからまったく離れることも、「活力を高め、感情的な疲労感を軽減する」[28]。また、別の研究者が指摘するように、「物理的にオフィスから離れるだけではなく、心理的にもオフィスから離れることが重要である。休憩中にも仕事のことを考えていると緊張がほぐれない」[29]。

したがって、プラトン的な理想のリフレッシュ休憩を求めるなら、マフラーと帽子と手袋をきちんと身に着けて午後の寒さから身を守り、友だちと仕事以外の話をしながら、外を散歩してはどうだろう。

注意力を高める休止とリフレッシュ休憩は、わたしたちが外科医であれ広告マンであれ、エネルギー充電の機会となる。だが、これ以外にも検討に値する2つの休息がある。その2つとも、かつては職業人や個人の生活にしっかり根を下ろしていた。しかし近年、そんな休息をとるような生活は手ぬるく不真面目で、いつもノートパソコンをのぞき込み、メールをすぐにチェックするという21世紀の風潮とは対極にあるとして、蔑ろにされるようになった。次に述べるように、今、その2つに復活の兆しが見られる。

「デスク・ランチ」が仕事の質を下げる

今朝起きてから、報告書を提出するか、子どもたちを学校に送り届けるか、子どもたちのあとを追いかけるかする前に、あなたはおそらく朝食を食べただろう。ゆっくりテーブルについてきちんとした食事をとったわけではないかもしれないが、何かを口に入れて、夜間の絶食を終わらせたにちがいない。トースト1枚か小さなカップヨーグルトか何かを、コーヒーか紅茶とともに胃に流し込んだにちがいない。朝食はわたしたちの身体に力を与え、脳にエネルギーを供給する。また、新陳代謝にとってのガードレールでもある。朝食をとることで、その日やたらと腹いっぱいに食べることが避けられ、体重とコレステロールの上昇が食い止められる。こうした事実や恩恵は自明の理であるので、次の原則は栄養学の教養となっている。読者のみなさん、ご一緒にどうぞ——朝食は1日でもっとも大切な食事である。

朝食を毎日欠かさずとる者として、わたしはこの原則を支持する。だが一方で、科学雑誌を愛読する者として、わたしは次第にこれに疑念を抱くようになった。朝食の効能を示し、朝食を抜くことの過ちを指摘する研究の大半は、無作為化比較対照実験ではなく観察研究だからだ。これを主張する研究者たちは被験者の行動を観察しているが、対照群との比較はしていない[30]。つまり、彼らの発見は、相関性を示す（朝食をとる人たちは健康だと言えるかもしれない）が、必ずしも因果関係を示すものではない（すでに健康な人たちは、朝食をとる傾向が強いというだけかもしれない）。学者がもっと厳格な科学的メソッドを適用していたならば、朝食の恩恵に気づくのは難しかったはずだ。

一説によれば、「朝食を食べるべきか抜くべきかのいずれも……広く支持されている見解に反して、減量の効果は認められていない」という[31]。「（朝食について）信じられていることは……科学的根拠の域を越えている」という説もある[32]。実のところ、朝食の恩恵を示すいくつかの研究は業界団体に資金提供されていることもあり、疑念は深まるばかりだ。

わたしたちは朝食をとるべきだろうか？　従来の見解はイエスである。だが、イギリス有数の栄養学者で統計学者でもある人物によれば、「現在示される科学的証拠からは、あいにくこの一言しか言えない――わたしにはわからない、と[33]」。

したがって、朝食を食べたいなら食べればいいし、抜きたいなら抜いてもいい。だが、午後に訪れる危機を懸念するならば、軽んじられがちで、簡単に片づけられがちな昼食について、もっと真剣にとらえたほうがいい（「ランチをとるのは無能なヤツだ」という、1980年代の映画『ウォール街』の悪役、ゴードン・ゲッコーのセリフはよく知られている）。ある推定によると、アメリカのオフィス・ワーカーの62パーセントが、1日中仕事をしている席で昼食をかきこむそうだ。片手にスマートフォン、片手にふやけたサンドウィッチ、パーティションで区切られたスペースから絶望が漂ってくる——そんなわびしい昼食風景は、「悲しきデスク・ランチ」と呼ばれている。この名称は、オフィス・ワーカーたちが自分のみじめな昼食の写真をネットに投稿したことで生まれた[34]。けれども、そろそろもっと昼食に注意を払うべきだ。昼食はわたしたちが思っている以上に、日々のパフォーマンスにとって重要であることに、社会学者は気づきつつある。

たとえば、2006年、異なる11業種の800人のオフィス・ワーカー（大半がIT、教育、メディア）を対象に、自分の席を離れて昼食をとる人と、席で昼食をとる人に分けて調査が行われた。席を離れる人のほうが、職場のストレスに対処でき、その日1日のみならず年間を通して、疲労が少なく元気よく過ごす傾向を示した。

「昼食休憩」は、「認知機能や感情面で厳しい仕事をする従業員」にとってはとくに、「職場の健全性と福利を促進する、重要な環境を提供する」と、調査した研究者たちは指摘する[35]。高度な協力姿勢が求められる集団、たとえば消防士などにとって、食事をともにすることは、チームのパフォーマンスの向上にもつながる[36]。

だが、どんな昼食でも有効なわけではない。もっとも効果が上がる昼食休憩には、2つの重要な要素がある。自由裁量と離脱である。自由裁量——何を、どのように、いつ、誰と一緒にするかについて、自分がある程度管理すること——は、とくに複雑な業務においては、高いパフォーマンスを発揮するために重要となる。また、複雑な業務を一休みすることも同様に重要である。「昼食休憩をどう活用するか従業員がどの程度決められるかということが、従業員が昼食中に何をするかと同じくらい重要かもしれない」と研究チームは指摘する。[37]

また、離脱、つまり心理的にも物理的にも仕事から離れることも重要である。昼食中も仕事に意識を集中したままだったり、ソーシャルメディアでつながったりすることは疲労感を高めるが、仕事以外のことに意識を移せば、反対の効果があると、複数の研究で明らかにされている。長めの昼食や、オフィスから離れて昼食をとることは、午後に訪れる危機を予防する効果があるのだ。なかには、「仕事以外の環境で過ごすとか、リラックスできる行為のためのスペースを提供するなど、職場を離れられるさまざまな選択肢や方法を与えることで、組織が昼食時間の回復機能を促進できる」と指摘する研究者もいる。[38] 徐々にではあるが、組織もこれに対応しつつある。一例を挙げれば、CBREというトロントの商業不動産の大企業は、従業員がきちんと昼食時間をとれるようにと、デスク・ランチを禁止した。[39]

以上のような証拠と谷の時間帯の危険性を考え合わせると、よく言われるアドバイスを修正する必要性が高まってくる。読者のみなさん、ご一緒にどうぞ——昼食は1日でもっとも重要な食事である。

[コーヒー]+[昼寝]=[フロー]の法則

わたしは昼寝が嫌いだ。子どもの頃は好きだったかもしれない。しかし、5歳になってからこのかた、昼寝は赤ちゃん用マグも同然だとみなしてきた――つまり、乳幼児にはふさわしいかもしれないが、大人には情けない代物である、と。大人になってから一度も昼寝をしなかったというわけではない。ときには意図して昼寝をすることもあったが、たいていはうっかり寝てしまった。だが、目を覚ましたときに、頭がぼんやりとしてふらふらし、混乱することが多い。朦朧とする一方で、恥ずかしい思いでいっぱいになる。わたしにとって昼寝とは、セルフケアの一環というより自己嫌悪を引き起こすものである。自己管理の失敗と道徳心の弱さを示すものなのだ。

だが、最近その考えを改めた。それに伴い、自分のやり方も改めた。昼寝は適切にとれば、谷の時間帯への賢明な対策となり、貴重な休憩となりうる。研究によれば、昼寝には認知能力を高め、精神的、身体的健康を促進するという、2つの主要な効果がある。

多くの点で、昼寝はわたしたちの脳にとって整氷車の役割を果たす。普通の1日がわたしたちの精神の氷に残す、へこみやすり減り、傷をならしてくれるのだ。NASAの有名な研究では、操縦士は40分間の昼寝をしたあと、反応時間に34パーセントの改善が見られ、注意力が2倍になったという。[40] 同様の効果が航空管制官にも見られる。短時間の昼寝をしたあとで、管制官の注意力は増し、パフォーマンスも向上した。[41] 午後と夜間の勤務の直前に仮眠をとったイタリアの警察官は、仮眠をとらなかった警察官と比べて、交通事故が48パーセント少なかった。[42]

また、昼寝をしたあとは、注意力が高まるだけではない。カリフォルニア大学バークレー校の研究によれば、午後の仮眠は脳の学習能力を拡大するという。昼寝をする人の情報維持力は、しない人を楽々としのぐ。[43] 別の実験では、昼寝をした人はしなかった人よりも、またはその時間を別の活動に充てていた人よりも、複雑な問題を2倍解くという結果が出た。[44] 昼寝は、短期記憶と同時に、顔と名前を一致させるような、関連記憶も高める。[45] 昼寝が知力に与える恩恵は絶大であり、それはとくに年齢を重ねるほど顕著になる。[46] 昼寝に関する論文の概要によると、「ふだんから毎晩必要な睡眠をとっている人にとっても、気分、注意力、認知能力に関して、昼寝が相当な利益をもたらす可能性がある……加算、論理的推論、反応時間、記号認識などの作業に関する能力に対し、とくに有益である」という。[47] 昼寝は、エンゲージメントと創造力の強力な源である、「フロー」の状態も増やす。[48]

昼寝はまた、健康全般を増進する。2万3000人を6年間追跡したギリシャの大規模な調査では、昼寝をする人は心臓疾患による死亡率が37パーセントも低く、「アスピリンの服用か、毎日の運動と同じ程度の効果」が見られるという結果が出た。[49] 昼寝は免疫機能を強化する。[50] しかも、あるイギリスの研究によれば、昼寝を楽しみに待つだけで血圧が下がることもわかった。[51]

とはいえ、このような証拠を知ってからも、わたしは昼寝に対して疑念を抱いていた。それほど昼寝を毛嫌いしていた理由は、血管にオートミールを注入されたような、脳みそが油まみれの

20分以下の昼寝は睡眠慣性をもたらさない。

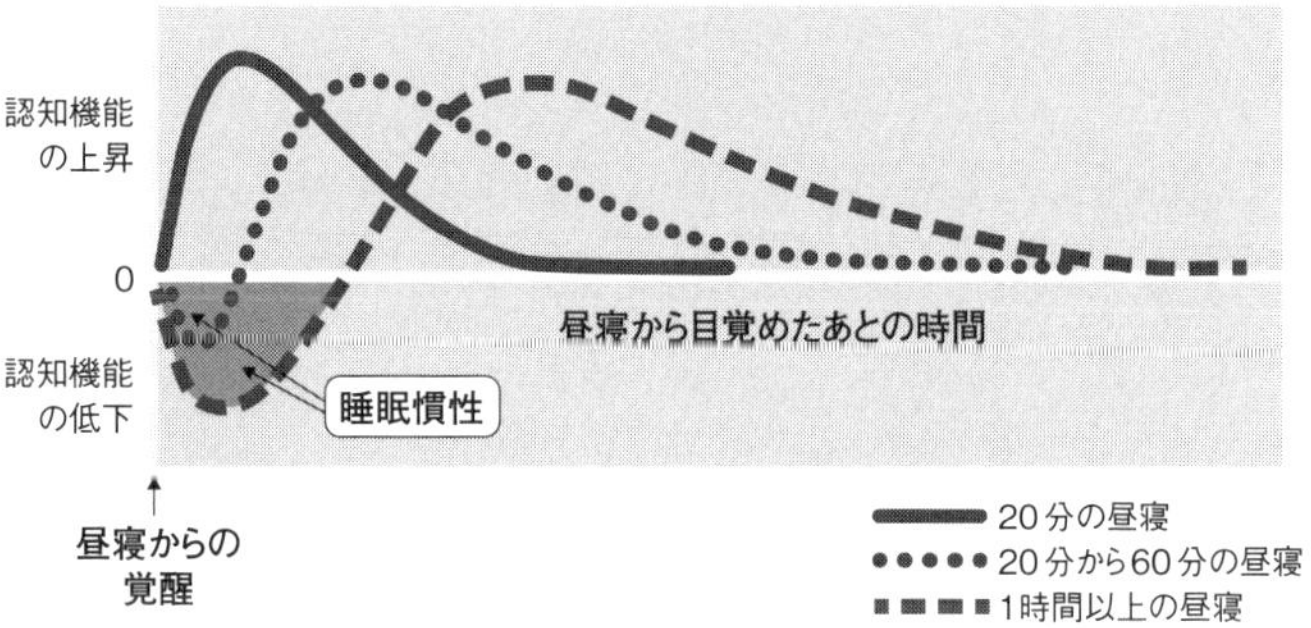

布切れになったような気分で目覚めるからだ。やがて重大なことに気づいた。わたしは間違った方法で昼寝をしていたのだ。

30分から1時間半ほどの昼寝は、長期的に見れば利点があるのだが、大きな代償も伴う。理想的な昼寝、つまり効果と効率性を兼ね備えた昼寝はこれよりもさらに短く、たいていは10分から20分の間である。たとえば、『スリープ』誌に掲載されたオーストラリアの研究によれば、5分の昼寝では、疲労の軽減や活力の再生、思考の鋭敏化などにほとんど効果がないことが判明した。ところが、10分間の昼寝には、3時間近く継続するプラスの影響があった。もう少し長めの昼寝もやはり効果的だった。だが、20分以上昼寝すると、わたしたちの身体と脳は代償を払うようになった。[52] この代償は「睡眠慣性」と呼ばれる。以前のわたしのように、目覚めたあと頭がぼんやりと、混乱した感じが残ることだ。睡眠慣性から回復するために必要なこと――顔を水でバシャバシャと洗い、びしょ濡れになったゴールデンレトリーバーのように上半身を震わせ、身体に糖分を補給しようと机の引き出しの中のチョコかキャンディをゴソゴソと探す手間などを含めた時間――は、前ページのグラフが示すように、昼寝の恩恵から差し引かれる。

10分から20分の短い昼寝の場合、覚醒した瞬間から、認知機能に対してプラスの影響が表れる。だが、それより少し長い昼寝の場合、覚醒後はマイナスの領域――これが睡眠慣性だ――で始まり、そこから抜け出さなくてはならない。1時間以上の昼寝をした場合には、低下した認知機能が昼寝前のレベルに戻るまでさらに時間を要し、その後ようやくプラスに転じる。[53] 約20年にわたる睡眠研究からは、健康な成人は一般に、「10分から20分の昼寝が理想的」とする分析結果が示された。この程度の短い昼寝は、「覚醒直後にパフォーマンスが求められる職場環境では、理想的である」。[54]

ところが、わたしはもう1つ間違いを犯していたことに気づいた。誤った種類の昼寝をしていただけではない。短時間の昼寝の効果を高める強力な（かつ合法的な）ドラッグを利用していなかったのだ。T・S・エリオットの詩の一節を拝借して言い換えるなら、わたしたちは自分の昼寝をコーヒースプーンで計るべきなのである。

ある実験がこれを裏づけている。3つのグループに分けられた被験者は、午後の半ば頃、自動車運転シミュレーターの席に座る前に、全員30分間の休憩をとった。そのとき、1つ目のグループは、偽薬《プラセボ》を飲んだ。2つ目のグループは、200ミリグラムのカフェインを摂取した。3つ目のグループは、200ミリグラムのカフェインを摂取してから短い昼寝をした。その後全員がシミュレーターを実践すると、カフェインのみのグループが偽薬のグループをしのぐ成績を出した。だがカフェインと昼寝のグループの成績は、ほかの2つのグループの成績をやすやすと上回った[55]。カフェインが血流に乗るまでには約25分かかるので、ちょうど昼寝を終える頃に、このグループはカフェインによって再び調子が上向いたのだ。その他の研究でも、カフェイン——コーヒーとして摂取されることが多い——摂取後、10分から20分の昼寝をすることが、眠気の予防とパフォーマンス向上のために理想的なやり方だという、同様の結果が判明した[56]。

わたしはと言えば、午後に20分間昼寝をする実験を数ヵ月続けたのちに、それまでの考えを変えた。昼寝反対派から昼寝支持派に転じ、昼寝が恥ずかしいという考えから、「ナプチーノ」*というコーヒー後の昼寝を楽しむスタイルを支持するようになった。

休憩は睡眠と並ぶ現代人の課題

スペイン政府は10年前に、明らかに非スペイン的に思われる一歩を踏み出した。公務員に対し、シエスタを禁止したのだ。スペインでは何世紀にもわたり、帰宅して家族と一緒に食事を

---

*ナプチーノの説明と完璧な昼寝のとり方については、本章の「タイム・ハッカーのハンドブック」を参照のこと。

し、短時間の睡眠をとるというスタイルで、午後の休息を享受してきた。だが、経済が低迷するスペインは、21世紀の現実を考慮することにした。共働き世帯が増え、グローバル化による世界的な競争が激化するなかで、この素敵な習慣はスペインの繁栄を阻害していた。[57] アメリカ人はこの動きに拍手喝采した。スペインがようやく、厳格な姿勢で、真摯に仕事に取り組むことになる。とうとう古いヨーロッパが現代になるのだ、と。

だが、現在一部で廃止されたシエスタが、甘えた慣習などではなく、実は天才のひらめきにも等しい、生産性を高めるイノベーションだったとしたら？

本章では休憩の重要性について、短い休憩でも大きな違いを生み出せることについて、検証してきた。注意力を高める休止は致命的な過ちを防ぎ、リフレッシュ休憩はパフォーマンスを高める。昼食と昼寝は谷の時間帯の危険を避けるのに役立ち、量的にも質的にも午後に優れた仕事をこなすために役立つ。科学の進歩によって、休憩は怠惰のしるしではなく、強靱さのしるしであることが明らかになった。

よって、シエスタの廃止を称えるのではなく、その復活を検討すべきではないだろうか。もっとも、現代のワークライフにふさわしい形態での復活を検討する必要はある。「シエスタ」という言葉は、ラテン語の hora sexta つまり、「6番目の時間」に由来する。この休憩がとられたのは、一般的に、夜が明けてから6時間たってからだった。ほとんどの人が屋外で働いていた古代、エアコンが発明される数千年前の時代には、真昼の太陽を避けることは肉体にとって絶対に必要だった。現代においては、午後の盛りの谷の時間帯を避けることは、精神にとって絶対に必要である。

コーランでも同様に、1000年前に現代科学と一致する睡眠段階を突き止め、昼間の休憩を命じている。「それはムスリムの文化に深く根づいた慣習であり、宗教的側面もある（スンナ）とする者もいる」とある学者は述べている[58]。

休憩は今後、科学的、世俗的側面により、組織の慣習に深く根づくようになるかもしれない。現代のシエスタとは、日中に2~3時間の休憩を全員に与えることではない。それは現実的ではないだろう。そうではなく、休憩を組織構造の重要な要素として扱うことを意味する。情け深い譲歩ではなく手堅い解決策として、休憩をとらえる。悲しきデスク・ランチを減らし、45分間オフィスの外に出るよう促す。学校の休み時間をなくすのではなく、それを確保し増やす。それは、従業員のためにオフィスに昼寝用スペースを設けた、ベン&ジェリーズ、ザッポス、ウーバー、ナイキにならうことかもしれない（とはいえ残念ながら、スウェーデンのある町が提案したように、従業員が自宅に帰りセックスできるように、毎週1時間の休憩を法制化することを意味してはいないだろう）[59]。

何よりも、自分たちの行動やその効率性についての考え方を変えることを意味するのだ。10年ほど前までは、4時間睡眠でしのげる人、徹夜で働く屈強な人がヒーローだった。断固とした献身ぶりを見せる彼らの姿に対し、そうでない人たちは無能で意志薄弱だとされていた。その後、睡眠科学が主流になるにしたがい、わたしたちはそうした態度を改めるようになった。不眠不休で働く人たちはヒーローではなかった。愚か者だった。彼らはおそらく平均以下の仕事をしていたのだ。その良からぬ選択のせいで、ほかの人々を傷つけていたのかもしれない。

今や休憩はかつての睡眠と同じ地位にある。かつて昼食抜きは自慢できることで、昼寝は恥ずべきことだった。もはやそうではない。

現在の「完璧なタイミングの科学」は、昔の人々がすでに理解していたことを肯定する。わたしたちは自分に息抜きの時間を与えるべきなのである。

【タイム・ハッカーのハンドブック】

休憩リストを作成する

みなさんはおそらくＴｏ－Ｄｏリストを使っているだろう。同じように、今度は「休憩リスト」を作ってみてはどうだろうか。毎日、終えるべきタスクや出席予定のミーティング、守るべき締め切りのリストの脇に、とるべき休憩のリストを作るのだ。

まずは１日３回の休憩から始めよう。いつその休憩をとるのか、どのくらいの時間をとるのか、そのときに何をするのかも記入する。できれば、その休憩の予定を自分の携帯電話かパソコンのカレンダーに入力するといい。あの耳障りなピンという音が休憩時間を知らせてくれる。スケジュールに入れたことは必ずやり遂げよう。

完璧な昼寝の方法

前述したように、わたしは間違ったやり方で昼寝をしていたことに気づき、完璧な昼寝の秘訣を学んだ。次の５つのステップを踏むだけでいい。

1. 午後の谷の時間を見つける。

メイヨー・クリニックによれば、昼寝に最適の時間は午後2時から3時の間だという。[1] さらに正確を期したいのなら、54ページで紹介したように、午後の時間帯の自分の気分とエネルギーのレベルを1週間記録するといい。おそらく、物事がうまくいかなくなる一定の時間帯があることがわかるだろう。多くの人にとって、それは起床からおよそ7時間後に当たる。それが自分にとって昼寝に最適な時間だ。

2. 静かな環境をつくる。

携帯電話の着信通知をオフにする。ドアを閉める。カウチがあれば座る。音や光を遮断するために、耳栓やヘッドフォン、アイマスクなどを使うといい。

3. コーヒーを1杯飲む。

真面目な話、効果的な昼寝にはナプチーノだ。摂取してから約25分間は、カフェインが完全に血流に取り込まれないので、昼寝の直前にコーヒーを飲む。あなたがもしコーヒーを飲まないなら、200ミリグラムのカフェインを含む別の飲み物をネットで探そう（カフェインを摂らない主義ならば、このステップは飛ばす。あるいはその主義を再検討する）。

4．携帯電話のタイマーを25分間に設定する。

30分以上昼寝をすると、睡眠慣性が生じ、回復までに余計な時間が必要になる。5分以下の場合、昼寝の恩恵はあまり受けられない。しかし、10分から20分間の昼寝ならば、注意力と精神機能が適度に高まり、昼寝前よりも眠たく感じることはない。大半の人はうとうとするまでに7分ほどかかるので、25分のタイマーが理想である。これならば、覚醒時にカフェインがちょうど効き始める。

5．一貫して繰り返す。

昼寝を習慣にしている人は、たまにしかしない人よりも昼寝の恩恵を受けているという証拠がある。もし午後に定期的に昼寝を取り入れることが可能ならば、日常生活の習慣にしてはどうだろうか。それが無理ならば、活力が間違いなく落ちているとき、たとえば前の晩の睡眠時間が短かった日や、普段よりストレスやすべきことが多い日などを選んで行うといい。

5種類のリフレッシュ休憩

休憩の効果を裏づける科学と、谷に立ち向かい気分とパフォーマンスを高めるために休憩が有効である理由については、もうすっかり理解されたはずだ。あなたはもう休憩リストまでも準備している。ただし、どのような休憩をとるべきかおわかりだろうか？ これについては正しい答えというものはない。次に紹介する休憩から1つ選ぶか、いくつか組み合わせ、その後のようすを見て、自分にもっとも適切な休憩を考案しよう。

1. マイクロ休憩

マイクロ休憩——エネルギー補給のための休憩は長々ととる必要はない。研究者たちが「マイクロ休憩」と呼ぶ、ほんの1分かそれより短い休憩でも効果的だ。[2] たとえば次のような方法を試してみよう。

- **20－20－20ルール**……作業に取りかかる前に、タイマーをセットする。20分ごとに、20フィート【約6メートル】離れたものを20秒間見つめる。パソコンで仕事をしているなら、このマイクロ休憩をとることで目が休まり、姿勢を正せるので、疲労を軽減できる。
- **水分補給**……すでに水筒をお持ちかもしれないが、今よりもかなり小さなものを使うようにする。中身がなくなったら——小さいので、もちろんすぐになくなる——給水器まで歩き、水を入れる。これには、水分補給、身体を動かす、エネルギーを回復させるという、３つの効能がある。

●気持ちをリラックスさせるために身体を揺り動かす……ごく簡単な休憩法の１つである。立ち上がって、１分間腕と足を揺らし、筋肉を動かし、腰をぐるぐる回し、再び腰を下ろす。

2. 身体を動かす――座りっぱなしでほとんど動かない人が多い。休憩にもっと動きを取り入れるといい。たとえば次のような選択肢がある。

●１時間ごとに５分歩く……前述したように、休憩で５分間歩行することは効果的である。これはほとんどの人に実行可能であり、谷の時間帯にとくに有効だ。

●オフィス・ヨガ……デスクで椅子に座ったままでヨガのポーズ――首を回したり腰をひねったり、手首を曲げ伸ばししたり、上半身を前屈させるなど――をとり、首や腰の緊張を緩め、タイピングする指を柔軟にし、肩をリラックスさせる。万人向けではないかもしれないが、試してみてもいい。「オフィス・ヨガ」で検索してみよう。

●腕立て伏せ……ご存じの腕立て伏せだ。最初の週は１日２回行う。翌週は１日４回、翌々週は１日６回行う。心拍数が上がり、雑念が払われ、おそらく少し力がつくだろう。

3. 自然に触れる——環境保護論者的な印象を与えるかもしれないが、自然の癒し効果は数々の研究によって裏づけられている。それに、自然に触れることでどれほど気分が良くなるかについては、世間では相変わらず過小評価されている。自然に触れるには、たとえば次のようなやり方が考えられる。

- **外を歩く**……もし数分間の時間がとれるなら、近くの公園をぐるりと1周するといい。自宅で仕事をしているのなら、飼い犬の散歩に行くといい。
- **屋外に出る**……オフィスの建物の近くに樹木やベンチがあれば、外に出てそこに座る。
- **外にいるつもりになる**……せいぜい観葉植物か、窓から外の木々を眺めることしかできない人もいるかもしれない。研究によれば、それでも効果があるという。

4. 他人と交流する——1人で過ごさないように。少なくとも毎回1人で過ごしてはいけない。誰とどのように過ごすかを自分で決められる場合、休憩はとくに効果を発揮する。次にいくつかの方法を紹介する。

- **誰かに連絡する**……しばらく話をしていない人に電話して、5分から10分間、近況報告をする。こうした「休眠中の結びつき」を復活させることは、人脈を強める素晴らしい方法だ。[3]あるいは、白分に力を貸してくれた人にメモやメールなどで、またはちょっと立ち寄るなどして、お礼をする時間に使ってもいい。感謝は――意義と社会的つながりの強力な組み合わせにより――気持ちを大きくリフレッシュさせる行為である。[4]

●**予定を組む**……気の合う同僚と一緒に定期的に散歩したり、カフェに行ったり、毎週1回井戸端会議をするなどの予定を立てる。こうした社交的休憩に伴う利点は、もし誰かが自分のことを当てにしていたら、休憩をとる機会が増えることにある。もしくはスウェーデン風に「フィーカ」を試してみよう。フィーカとは本格的なコーヒー・ブレイクで、スウェーデンの社員満足度と生産性が高い秘訣と考えられている。[5]

●**予定を組まない**……定期的な予定を組めないほどスケジュールが詰まっているなら、今週中に誰かにコーヒーを買ってあげよう。その人のところにコーヒーを持って行き、腰を下ろして、仕事以外のことについて5分間おしゃべりしよう。

5. 精神的ギアチェンジをする――わたしたちの脳は、肉体と同じように疲労に悩まされる。それが谷の時間帯が生まれる大きな要因だ。次のように、脳に休憩を与えよう。

●**瞑想**……瞑想は、とくに効果的な休憩――かつマイクロ休憩――の1つである。[6]カリフォルニア大学ロサンジェルス校（UCLA）のサイト（http://marc.ucla.edu/mindful-meditations）をチェックしてみよう。このサイトは、3分ほどの長さのガイド付き瞑想を提供している。

●意識的呼吸……45秒だけいいだろうか？　では、『ニューヨーク・タイムズ』紙に載っていたように、「大きく息を吸って、お腹を膨らませる。息を止める。5つ数を数えながらゆっくり息を吐き出す。これを4回繰り返す」[7]。これは意識的呼吸と呼ばれており、ストレスホルモンを抑え、思考を研ぎ澄ますことができるし、免疫機能が高まる可能性もある――しかも1分もしないうちに。

●元気を出す……ポッドキャストでコメディを聴く。ジョーク本を読む。少しの間1人になれるなら、ヘッドフォンをして1～2曲歌おう。犬の動画の視聴にリフレッシュ効果があるとする研究もある[8]（いや、本当に）。

タイムアウトと谷のチェックリストを作る

リフレッシュ休憩をとろうと思っても、重要な課題やプロジェクトから完全に離れることができない場合もある。谷の時間帯にいるときに、あなたやチームが仕事を進めやり遂げる必要があるなら、そのときこそ、タイムアウトとチェックリストが結びついた、注意力を高める休止をとるタイミングだ。

次に、どのように計画するのか示す。

谷にいるにもかかわらず、引き続き注意力や集中力を要するタスクやプロジェクトがあるなら、そのタスクの最中にタイムアウトを入れる局面を見つけるべきだ。ミシガン大学医療センターの黄緑色のカードをお手本にした、谷の時間のチェックリストを作成し、タイムアウトの計画を立てよう。

たとえば、あなたのチームは、今日の午後5時までに重大な企画案を提出しなくてはならないとする。チームには、オフィスの外に出て散歩する余裕などない。その代わり、締切時間の2時間前に、全員が集まるタイムアウトをスケジュールに入れる。チェックリストの項目は次のようになるだろう。

1. 全員が作業を中止し、1歩後ろに下がり、息を深く吸い込む。
2. 各自が30秒で、それぞれの進捗状況を報告する。
3. 各自が30秒で、次の段階について述べる。
4. 「足りないものは何か?」という質問に各自が答える。
5. その欠落した部分に取り組む人物を指名する。
6. 必要ならば、新たなタイムアウトの予定を決める。

超一流のバイオリニストは午前中に練習に励み、
午後に休憩をとり、夕方もう少し練習する。

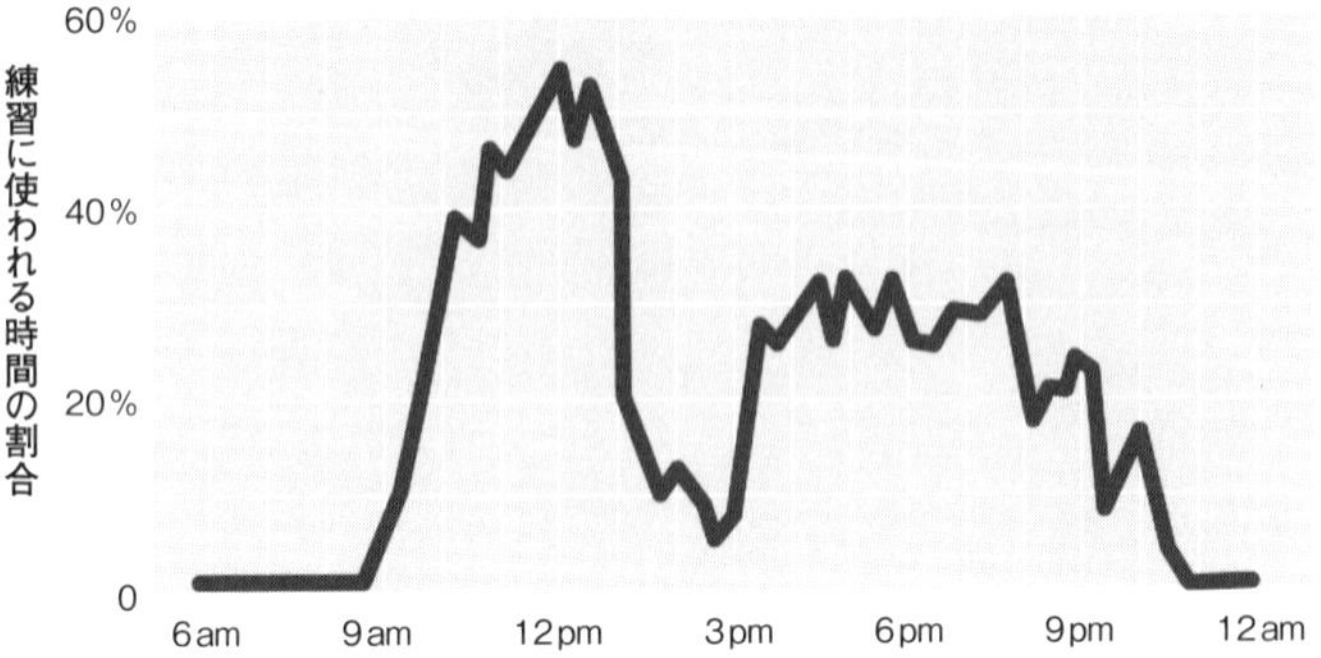

超一流が実践する休憩のとり方

アンダース・エリクソンは、「世界の専門家に関する世界的権威」である。[9] 飛び抜けたパフォーマンスを披露するトップ・プレイヤーたちを研究する心理学者のエリクソンは、彼らに共通点があることに気づいた。彼らは実に上手に休憩をとっているという。

プロのミュージシャンとアスリートの大半は、午前9時頃から本格的に練習を開始し、正午前頃にもっとも調子が良くなり、午後に休憩をとり、その後は夕方に数時間練習する。たとえば、超一流のバイオリニストたちの練習パターンは、上のグラフのようになる。

グラフの線形に見覚えはないだろうか?

エリクソンの研究によると、超一流とその他を区別する要因は、午後にしっかり休憩をとっているか否かだという。超一流のプロは午後に一息入れる（ルーティンの一環として昼寝をする者も多い）。これに対して、超一流でない者やアマチュアは、それほどきちんと休憩をとってはいない。スーパースターなら何時間でも活動を続けると思いがちである。ところが彼らは45分から90分間本格的な練習をしたあと、有意義なリフレッシュ休憩をとるのだ。

みなさんもこれを真似できる。プロのように休憩すれば、プロになれるかもしれない。

子どもに休憩を――真面目な休み時間のすすめ

学校は大変になる一方だ。とくにアメリカの学校は、将来を左右する試験、教師に対する厳格な評価、説明責任システムに対する現実的な取り組みなどを抱えている。このような評価基準は理に適っているものもあるが、弱点をなくそうとするあまり、大きな惨事を引き起こしている――休み時間のことだ。

全米の学校の約40パーセント（とくに低所得世帯の有色人種の生徒が多数通っている学校）が、休み時間を廃止するか、休み時間を昼食の時間に組み入れている。[10] 学校の将来が危機にさらされているというのに、遊び時間のようなうわついた時間をとる余裕はないと考えているのだ。たとえば、2016年、ニュージャージー州の議会は、公立の幼稚園から5年生まで、1日20分しか休み時間を認めないとする、超党派による法案を可決した。だが、クリス・クリスティ州知事は、校庭で過ごした時間を思い出させるような口調で、「バカげた法案だ」と主張し、拒否権を行使した。[11]

休み時間を認めないこうした頑なな態度は、完全に間違っている。休み時間は学習から逸脱したものではない。むしろ学習の一部なのだ。

長年にわたる研究から、休み時間は、子ども時代の生活のほぼすべての領域において生徒に恩恵を与えることがわかっている。学校に休み時間のある子どもは、さらに一生懸命勉強し、注意力散漫にならず、集中力が増す。[12] 学校の休み時間が少ない子どもより、好成績を収めることも多い。[13] そうした子どものほうが、社交術を上手に育み、大きな共感を示し、混乱を引き起こすことが少ない。[14] 彼らのほうが健康的な食事をとる。[15] 要するに、子どもに頭角を現してほしければ、教室から離れるようにさせたほうがいいのだ。

休み時間を活用するために学校ができることは何か？　次に6つの指針を示そう。

1. 昼食よりも前に休み時間を設ける。

15分間の休憩で十分だ。これは子どもの集中力にとって最適な時間である。また、休憩のおかげで空腹になり、昼食をよく食べられるようになる。

2. 必要最小限でOK。

休み時間に何をするかきっちり計画を立てる必要はないし、特殊な器具も必要ない。自分たちでルールを取り決めることが、子どもにとってはプラスとなる。

3．けちけちしない。

世界でも有数の高い成果を挙げているフィンランドの学校制度では、1時間ごとに15分の休み時間が設けられている。アメリカの一部の学校——たとえば、テキサス州フォートワースのイーグル・マウンテン小学校など——は、フィンランドにならい、低学年に1日4回の休み時間を与えて、生徒の学習能力を向上させた。[16]

4．先生に休憩を与える。

教師自身も休憩をとりながら交代で責務をこなせるように、休み時間の予定を組む。

5．体育を休み時間の代わりにしてはいけない。

体育の授業は学習の一環であり、休み時間の代用ではない。

6．どの生徒にも毎日とらせる。

罰として生徒から休み時間を取り上げないようにする。生徒が何かしくじったとしても、子どもの健やかな成長にとって、休み時間は欠かせないものだ。学校は毎日どの生徒にも必ず休み時間をとらせること。

第2部

開始・終了・その間

第3章

開始
——正しいスタート・再スタート・同時スタートの科学

何事も最初が肝心（Todo es comenzar á ser venturoso.）
——ミゲル・デ・セルバンテス『ドン・キホーテ』

健康に対する脅威からアメリカ市民を守る責任を担う連邦機関、アメリカ疾病予防管理センター（CDC：Centers for Disease Control and Prevention）は、毎週金曜日に罹患率および死亡率週報（MMWR：Morbidity and Mortality Weekly Report）を発行する。このMMWRは、多くの政府文書に見られるような無味乾燥な文体で書かれているが、内容はスティーブン・キングの小説ばりに恐ろしい。週報は毎回、新たな脅威を紹介する。それは、エボラ出血熱、肝炎、ウエストナイル熱などの有名な病気にかぎらない。ヒト肺ペストや、エジプトから輸入された犬による狂犬病、屋内スケートリンクの一酸化炭素濃度の上昇などの、あまり知られていない脅威も含まれる。

２０１５年8月第1週のＭＭＷＲは、普段と同じように警戒すべき内容に満ちていた。なかでも、５ページにわたるトップ記事は、アメリカで子をもつ親にとってゾッとするものだった。およそ２６００万人のアメリカのティーンエイジャーを危険にさらす病弊を、ＣＤＣが明らかにしていた。その脅威により、若者に次のようなおびただしい危険が降りかかるという。

- 「飲酒、喫煙、非合法ドラッグの使用などの、健康を害する危険行為に走る」傾向の高まり[1]
- 学業成績の低下
- 臨床的鬱病の症状
- 体重増加と、太り過ぎになる可能性

一方で、イェール大学の研究者は、窮地に立つティーンエイジャーの兄や姉世代に対する脅威を突き止めることに勤しんでいた。それは——今のところはまだ——彼らの身体的または精神的健康を脅かしてはいなかったが、彼らの生活を苦しめていた。この20代半ばから後半の男女は、行き詰まっていた。大学を卒業しても、学士号に見合う期待どおりの給与を得られず、その数年前に大学を卒業した世代と比べると、給与はかなり低かった。しかも、これは短期的な問題ではなかった。その後10年間かおそらくそれ以上、低賃金に苦しめられることになるのだ。それはこの20代の集団だけではなかった。１９８０年代に大学を卒業した、彼らの両親世代のなかにも、この弊害に苦しんだ者がおり、やはりその残滓を振り払おうとしていた。

こんなに多くの人がうまくいかなかったのはなぜだろうか？

その答えの全貌は、生物学、心理学、公共政策が複雑に絡み合っている。だが、その核心はきわめて単純だ。彼らが苦しんでいたのは、出だしでつまずいたからだ。

このティーンエイジャーたちの場合は、学校の始業時間が早すぎた。それが彼らの学習能力を損なっていた。また、20代の若者たちの場合、それにその親世代の一部も、彼らに何ら落ち度はないが、景気後退の時期にキャリアをスタートさせた。それが、最初の仕事以降長年にわたり、彼らの収入を低迷させていた。

成績不振のティーンエイジャーや伸び悩む賃金などの厄介な問題に直面すると、わたしたちは何が、というところに解決策を探す傾向にある。彼らの何がいけないのだろう？　現状を改善するために彼らに何ができるのか？　彼らに手を貸すためにほかの人たちは何ができるだろうか？

だが、もっとも納得のいく回答は、わたしたちが思う以上に、いつの領域に潜んでいることが多い。とりわけ、いつ――学校やキャリアを――始めるかは、個人や集団の運命に非常に大きな役目を果たす。学校の始業時間が午前８時半より早ければ、ティーンエイジャーの健康を損ない、成績に悪影響を及ぼすおそれがある。それが、今度は彼らの選択肢を狭め、人生の進路を変えてしまいかねない。彼らよりいくらか年長の世代の場合には、景気低迷期にキャリアを開始すればチャンスが限られるので、ある程度の年代になっても収入が伸びないおそれがある。スタートは、わたしたちが理解する以上に大きな影響力がある。それどころか、スタートは終了にとっても重要になるのだ。

わたしたちは必ずしも自分でスタートの時期を決めることはできないが、スタートに多少の影響を与えることはできる。それに、理想とは言えないスタートがもたらす結果にかなりの影響を与えられる。その処方箋は簡単だ。何かに取り組む場合には、始まりの威力を意識し、好スタートを切ることを目指すのだ。それに失敗しても、また新たに始めればいい。スタートに関して自分の力が及ばない場合には、他者と一緒にスタートを切れるよう協力を求めてもいい。正しいスタートを切る、スタートし直す、他者と一緒にスタートを切る——これが、始まりを確かなものとする3つの原則である。

朝8時30分の始業が学力低迷の原因

高校時代、4年間フランス語を勉強した。フランス語はほとんど覚えていないが、その授業について、よく覚えていることがある。わたしの欠点のいくつかは、それにより説明がつくかもしれない。マドモアゼル・イングリスの授業は1時間目で、わたしの記憶では、始業時間は午前7時55分頃だったと思う。17世紀のヨーロッパの言語アカデミーから、1980年代のオハイオ中部の公立高校まで、フランス語教師なら必ず生徒に尋ねるフレーズで、マドモアゼル・イングリスは授業を始めた。“Comment allez-vous?”（「ご機嫌いかが？」）

どんな日でもどの生徒でも、答えは毎回同じだった。“Je suis fatigué”（「わたしは疲れています」）。リチャードは fatigué だった。ロリは fatigué だった。わたしも fatigué だった。フランス語のわかる人がこのクラスを参観したら、27人の生徒はまるで奇妙なナルコレプシーに集団でかかっているように見えたことだろう。“Quelle horreur! Tout le monde est fatigué!”（「これはひどい！　全員が疲れている！」）

しかし、実際にはそれほど奇妙なことではない。わたしたちはみな、朝の8時前に何とか頭を働かせようとしていたティーンエイジャーにすぎなかったのだ。

第1章で説明したように、若年層に時間生物学的な大変化が起きるのは、思春期の頃である。彼らは生物学的衝動に身を委ね、夜遅く寝て朝遅く起きる。ちょうど夜型のピークに当たる時期で、この傾向は20代初めまで続く。

それなのに、世界中のほとんどの高校では、フクロウ型の最たる若者たちに、ヒバリ型で元気いっぱいの7歳児と同じスケジュールを強要しているのだ。結果として、ティーンエイジャーの生徒は睡眠時間を犠牲にし、その影響に苦しむ。小児科専門誌の『ピディアトリクス』誌によれば、「必要な睡眠時間をとらない青年は、鬱、自殺、薬物乱用、自動車事故のリスクが高い」という。「また、短時間睡眠と、肥満や免疫力の低下とのつながりを示す証拠がある」[2]。ティーンエイジャーより年下の児童は、午前中に実施される標準テストで好成績をとるのに対し、ティーンエイジャーの場合、午後以降のテストのほうが成績はいい。早い始業時間は、成績不振やテストの低得点と強い相関性がある。[3] 実際に、カナダのモントリオールにある、マギル大学とダグラス精神衛生大学研究所は、睡眠の量と質が、何とフランス語の授業における生徒のパフォーマンスの違いの大部分を説明することを発見した。[4]

その有害性を裏づける多数の証拠が見つかったので、米国小児科学会（ＡＡＰ：American Academy of Pediatrics）は２０１４年に、中学校と高校は始業時間を午前8時30分以前に設定しないよう求める政策方針を発表した。[5] 数年後、アメリカ疾病管理予防センター（ＣＤＣ）も、ティーンエイジャーの学習と福祉の向上において、「学校の始業時間の繰り下げは、集団に多大な影響をもたらす可能性がある」と主張した。

ニューヨーク州のドブス・フェリーから、テキサス州のヒューストン、オーストラリアのメルボルンにいたるまで、多数の学区がこの証拠を受け入れ、目覚ましい成果を挙げている。たとえばある研究では、始業時間を午前8時35分以降に変更した、ミネソタ、コロラド、ワイオミングの8つの高校の生徒９０００人の3年間にわたるデータを検証した。その結果、こうした学校では、出席率が上昇し、遅刻が減少したことがわかった。生徒は、「数学、国語、科学、社会科という主要科目で」以前よりも好成績を収め、州および全米の標準テストの成績も向上した。ある高校では、始業時間を午前7時35分から午前8時55分に繰り下げてから、生徒の自動車事故数が

70パーセント減った。[6]

７州の３万人の生徒を対象にした別の研究では、始業時間繰り下げを実施した2年後、高校卒業率が11パーセント以上も上がったことが判明した。[7] 学校の始業時間に関する論文は、始業時間繰り下げが「出席率の改善、遅刻の減少……成績向上」に符合すると結論づけた。[8] 教室だけではなく、生活のその他多くの領域でも、生徒に大きな改善が見られたことが、同じように重要な点として挙げられる。始業時間の繰り下げによって意欲が高まり、精神的安定性が増し、鬱の発症を減らし、衝動性を抑えるという結果が、多くの研究で示された。[9]

これは高校生にとどまらず、大学生にも恩恵を与える。米国空軍士官学校では、始業時間を50分繰り下げたことにより、学業成績が向上した。１限目の開始時間を遅くするほど、学生の成績は良くなった。[10] それどころか、『フロンティアズ・イン・ヒューマン・ニューロサイエンス』誌に掲載された、アメリカとイギリスの大学生を対象にした研究は、大学の講義の大半は午前11時以降が最適であると結論づけた。[11]

費用面でも手頃である。ある経済学者がノースカロライナ州ウェイク郡の学校制度を調査したところ、もっとも成績の悪い生徒に最大の効果が見られ、「始業時間の1時間繰り下げにより、標準テストの数学と読解で３パーセント上昇する」ことがわかった。[12] 彼は経済学者として、時間変更の費用便益比も算出し、政策立案者が用いるその他いかなる戦略よりも、始業時間繰り下げのほうが、教育努力に見合う価値があったとの結論を下した。ブルッキングス研究所もこの見解を支持する分析を出している。[13]

だが、全米の小児科医の訴えや公衆衛生を主導する連邦機関の訴えも、現状に挑んだ学校の実績も、そのほとんどが蔑ろにされている。始業時間を午前8時半以降にすべきだという米国小児科学会（ＡＡＰ）の提唱に従っているのは、現在、全米の中学校と高校の5分の1以下である。青年期のアメリカ人が通う学校の平均始業時間は午前8時3分だ。つまり、今でも大多数の学校が午前7時台に始まるということである。[14]

なぜこれほどの抵抗があるのか？　主な理由は、学校の始業時間が繰り下がると大人にとって都合が悪いからだ。行政は、バスの運行時間を再編成しなくてはならない。親は、職場に行く途中で子どもを送ることができなくなる。教師は、午後遅くまで学校にいなくてはならない。コーチは、放課後のスポーツの練習時間が少なくなる。

だが、こうした口実の奥に、さらに深刻で厄介な原因がある。わたしたちは単に、何かの問題ほど、いつの問題を真剣にとらえていないのだ。早い始業時間によって生じた同様の問題──学業と健康の悪化──に学校が苦しんでおり、その原因は、仮にウィルスによる空気感染だとしよう。保護者は学校に押しかけて対策を講じるように迫り、問題が解決されるまで自分の子どもを学校に行かせないだろう。次に、そのウィルスは撲滅可能で、手ごろな値段で簡単に投与できる、よく知られたワクチンで、生徒全員を守れると想像してもらいたい。事態はすぐに変わるはずだ。アメリカの学区の5分の4──1万1000以上──はその事実を無視しないだろうし、あれこれ口実を作ったりはしないだろう。それは道徳的に受け入れがたく、政治的に擁護できないはずだ。そんなことは、保護者や教師、コミュニティが支持しないにちがいない。

学校の始業時間の問題は今に始まったものではない。しかし、ウィルスやテロのような何がの問題ではなく、いつの問題であるために、多くの人が見逃しがちな問題だ。「たかだか1時間でどんな違いが生まれるのか？」と40〜50代の人は言う。だが、これにより、高校を中退するか卒業するかの違いが生まれる生徒もいる。学業不振に陥るか、数学や語学をマスターするかの違いが生まれる生徒もいる。これはその後、大学進学の可能性や、良い就職先を見つける可能性に影響を及ぼす。場合によっては、このタイミングのわずかな違いが苦しみを軽減させ、命さえ救う可能性があるのだ。

スタートは大事だ。確かに、いつも思い通りにできるわけではない。だが、これはわたしたちがコントロールできる領域であり、したがってコントロールすべき領域なのである。

再スタートで仕切り直す

おそらく誰もが、新年の誓いをしたことがあるだろう。今年は酒を控える、もっと運動する、毎週日曜日は母親に電話するなど、元日に固く決意したかもしれない。もしかすると、あなたはその決意を守って、健康や家族との関係を改善させたかもしれない。あるいは、2月を迎える前

時間的ランドマークにはグーグルで「ダイエット」の検索が増える。

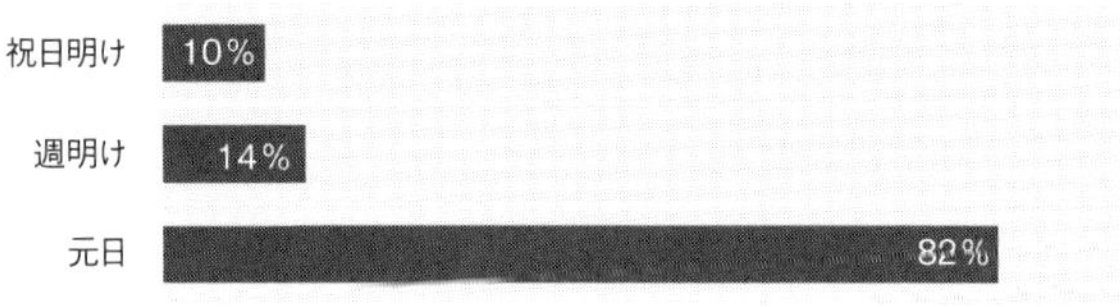

にはカウチにどっかり座って、ネットフリックスで『カンフー・ラビット』を観ながら3杯目のワインを流し込み、母親からの着信は見ないふりをしていたかもしれない。新年の誓いがどうなったにせよ、あなたがやる気を起こした日付は、スタートの持つ力の別の側面を明らかにしている。

1年の始まりの日は、社会学者が「時間的なランドマーク」と呼んでいるものに当たる。[15]「うちは、シェル石油のガソリンスタンドを左に曲がったところ」などと、空間を移動するためにわたしたちはランドマークを利用する。それと同じように、時間を移動するためにも、わたしたちはランドマークを利用する。特定の日にちは、シェル石油のガソリンスタンドと同じ役目を果たしている。継ぎ目のない、忘れやすい、延々と続く日々のなかで際立ち、その目立つ存在は、わたしたちが先に進むために役立つのだ。

2014年、ペンシルベニア大学ウォートン校の3人の研究者が、タイミングの科学の分野で画期的な論文を発表した。それは、時間的なランドマークがどう機能するのか、より良いスタートを切るためにそれをいかに利用すべきかについての理解を広げる内容だった。フンチェン・ダイ、キャサリン・ミルクマン、ジェイソン・リースの3人は、まず8年半分のグ

ジムに来る学生は時間的ランドマークに増える。

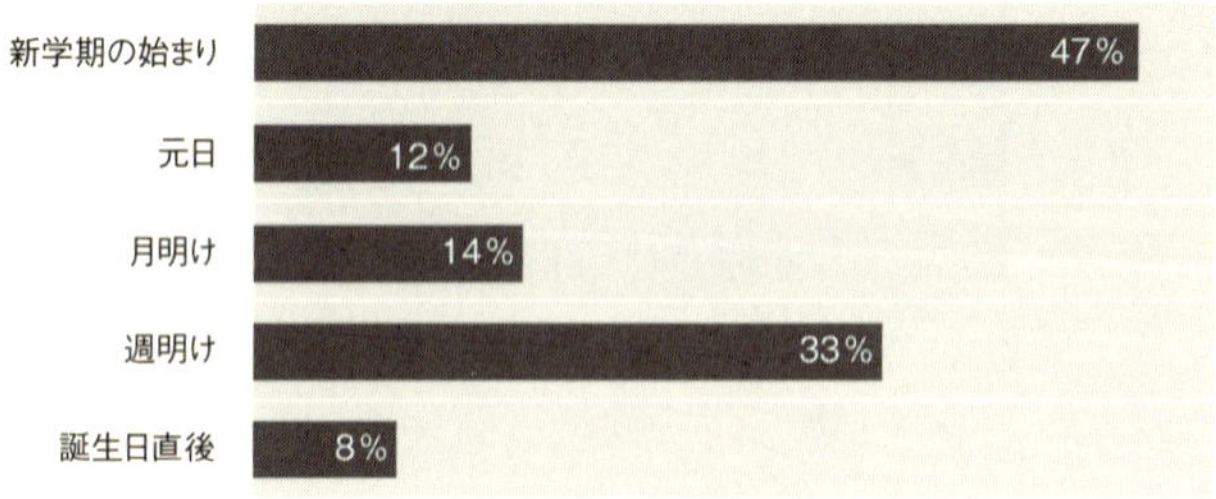

ーグル検索を分析した。すると、「ダイエット」という単語が、元日に必ず急増することが判明した。普段より約80パーセントも検索数が増えていたのだ。驚くには値しないかもしれない。ただしこの語は、毎月1日、毎週の週明けなど、暦の周期の各初日にやはり急増していた。祝日の次の日にも検索数は10パーセント増えた。「初日」に関わる日付が、人々のモチベーションのスイッチを入れていたのだ。

３人の研究者は、スポーツジムでも同じパターンを発見した。アメリカ北東部のあるマンモス大学で、学生は運動施設に入館するたびにカードを通した。そこで研究者たちは、ジムに通う学生の日ごとのデータを1年分ほど収集した。グーグル検索と同様に、ジムに通う学生は「各週、各月の初日、そして元日」に増えた。だが、ワークアウトのために寮からやって来る学生が増えるのは、前述した日だけではなかった。学部生は、「新学期が始まったとき……と学校の休み明けの日に、普段よりも多くの人が運動した」。さらに、学部生は誕生日の直後にもジムに来た――ただし、これには明らかな例外があった。「21歳になる学生は、誕生日以降ジムに来る回数が減った」[16]。

グーグルで検索した人たちとジムに通う大学生にとって、カレンダーの日付は何よりも意味があった。彼らは「時間の経過を区切る」ために、ある期間を終了して別の期間を1から始めるために、そうした日付を利用していた。ダイ、ミルクマン、リースはこれを「新スタート効果」と名づけた。

再出発を図るために、わたしたちは社会的ランドマークと個人的ランドマークという、2種類の時間的ランドマークを用いている。社会的ランドマークは、月曜日、朔日《ついたち》（月の1日目）、国民の祝日など、誰もが知っている日である。個人的ランドマークは、1人1人異なる。誕生日や記念日、転職の機会などだ。いずれの時間的ランドマークとも、次の2つの目的に適う。

1つ目は、年度末に企業が決算して新年度の新たな台帳を開くように、このランドマークにより、「新たな心理的取引」が始められることだ。この新たな段階は、それまでの自分自身を過去に追いやることで、再スタートを切るチャンスを授ける。かつての過ちや欠陥からわたしたちを切り離し、新たな、優れた自己に自信を持たせてくれる。その自信に強化されて、わたしたちは「過去よりも優れたふるまいをし、願望を達成しようといっそう熱を込めて努力する」[17]。広告主が1月によく使うフレーズは、「新しい年、新しい自分」だ。これが、時間的ランドマークを用いるときにわたしたちの頭の中で起きていることである[18]。「以前のわたしはデンタルフロスしていなかった。でも、新しいわたしは、夏休みが終わった次の日に生まれ変わって、口腔衛生マニアになる」といった具合に。

２つ目の目的は、わたしたちを木から振り落として、森をちらりとでも見られるようにすることだ。「時間的ランドマークは、日々の些末事から注意をそらし、人生の全体像をとらえさせて、目標の達成に集中させる」[19]。空間的なランドマークについてもう一度考えてみよう。何キロも走っている間、外の景色をほとんど気に留めなかったのに、煌々と輝く角のシェル石油のスタンドが、あなたの注意を引く。新たなスタートを切るのもこれと同じである。ダニエル・カーネマンは、速い思考（本能に基づいた、認識の偏りで歪められた判断をすること）と、遅い思考（理性に基づいた、慎重な検討に導かれた判断をすること）を区別した。時間的ランドマークはわたしたちをゆっくり思考させて、高い水準で熟考してより優れた判断ができるようにする[20]。

新スタート効果の意味合いは、それを促進する力のように、やはり個人的であり社会的である。新しい仕事で、重要なプロジェクトで、健康を改善しようとして、よろめきながらスタートを切る人でも、時間的ランドマークを利用して再スタートし、コースを変えることができる。ウォートン校の研究者たちが述べるように、人間は「人生における転換点を戦略的に［創造］」できるのだ[21]。

チリ人の小説家、イサベル・アジェンデを例にとろう。1981年1月8日、彼女は重病の祖父に宛てて手紙を書いた。その手紙が、処女作『精霊たちの家』【原題"La casa de los espíritus"。国書刊行会】の土台になった。それ以降、彼女は新企画をスタートさせるために1月8日を時間的ランドマークとして用い、毎回その日に次の作品を書き始めている。[22]
ダイ、ミルクマン、リースはその後の研究で、何の変哲もない日に個人的な意味を植えつけることで、新たな始まりを引き起こす力が生まれることに気づいた。[23] たとえば、３月20日を春の初日と定義すれば、単に３月の第３木曜日と認識する以上に、その日は効果的な新スタートとなる。彼らの研究の被験者のユダヤ人にとっては、10月５日をヨム・キプル【「贖罪の日」とも呼ばれる、ユダヤ教最大の祭日】後の第１日と再定義することが、単に１年の２７８日目とみなすよりも意欲を引き出した。子どもの誕生日でも、パートナーとの初デート記念日でも、個人的に意味のある日だと認めることによって、出だしのつまずきを解消し、新たなスタートを切るために役立つのだ。

組織もこの手法を用いることができる。最近の研究から、新スタート効果はチームにも当てはまることがわかった。[24] たとえば、企業の新四半期がひどいスタートを切ったとしよう。一般的な新スタートである次の四半期まで待つよりも、経営陣はその混乱をしずめるために、失敗を過去に追いやりチームを元の軌道に戻せるような、主力製品の販売記念などの意味のある機会を直近で見つけるといい。あるいは、従業員のなかに、退職金口座に定期的に振り込んでいない者や、重要な研修に参加していない者がいたとしよう。普通の日ではなく彼らの誕生日にリマインダーを送るほうが、彼らに行動を起こすように促せる。消費者にとっても、新スタートを背景としたメッセージのほうが受け入れやすいことに、リースは気づいた。[25] 消費者に健康的な食事を勧めるなら、「木曜日はビーガン・デー」というよりも、「月曜日は肉なしの日」と提唱するほうがはるかに効果的である。

元日は人間の行動に特別な威力を持つものだ。カレンダーをめくると、まっさらな日々が目に飛び込んできて、人生の新たな１ページが開く。ただ、たいていは、この心理的メカニズムを当てにしているとは気づかず、無意識のうちにそうしているのだ。わたしたちは新スタート効果を、意識的かつ意図的に、しかも複数の日に、元日と同じように使っている。何しろ、新年の決意といえども確実に実行できるとは限らない。年が明けてからひと月後には、決意の64パーセントしか継続されていないことが、調査からわかっている。[26] 時間的ランドマークを設ければ、個人的に意味のあるランドマークならばとくに、ずさんなスタートから立ち直り、仕切り直す機会を、わたしたちに何度も授けてくれる。

不況時に就職すると生涯賃金が下がる

わたしは１９８６年６月に大学を卒業した――就職先は未定だった。翌７月、卒業後の生活を始めるために、ワシントンD．C．に引っ越した。８月までには職を見つけて最初の仕事に就いた。大学で卒業証書を授与されてから、ワシントン市街地のオフィスに落ち着くまで、２ヵ月かからなかった（しかも、その間ずっと職探しをしていたわけではない。引っ越しをしたり、生活費を稼ぐために職探ししながら書店で働いたりもした）。

就職先未定のまま卒業してすぐに職場が見つかったのは、わたしの優れた資質と他人を引きつける人柄によるものだと言いたいところだが、お察しのとおり、その理由はタイミングにあった、というのが妥当である。わたしが卒業した当時は、景気に明るい兆しが見えていた。１９８６年、アメリカは深刻な不況から急速に脱しつつあった。その年の全国失業率は７パーセントだった。驚くほどの数字ではないが、失業率が10パーセント近かった１９８２年や83年と比べれば、大幅に改善されていた。要するに、そのわずか数年前に就職活動した人たちよりも、わたしのほうが職を見つけやすかったということだ。これはそれほど複雑な話ではない。失業率が10パーセントのときよりも7パーセントのときのほうが就職しやすいことを理解するのに、経済学の学位はいらない。だが、比較的好況時に社会人としてスタートを切るという、まったくの幸運から得た恩恵に、最初の仕事以降も長らく浴することになったという事実を理解するには、かなり優秀な経済学者になる必要がある。

リサ・カーンは、かなり優秀どころか、非常に優れた経済学者だ。わたしのような人間、つまり１９８０年代に入学を卒業した白人男性について研究し、経済学の世界で名を馳せた。イェール大学経営大学院で教鞭をとるカーンは、若者に関する全米長期追跡調査からデータを獲得した。これは、アメリカ人青年の代表標本【母集団の全特性を忠実に反映する標本のこと】に対し、彼らの教育や健康、雇用状況について毎年質問を行う調査である。彼女はこのデータから、１９

79年から89年の間に大学を卒業した白人男性を抽出し、卒業後20年間にわたる彼らの状況を検証した。*

彼女は大きな発見をした。この男性たちのキャリアが始まった時期が、彼らの就職先やその後の経済状況を容赦なく決定したことがわかったのだ。不景気のときに労働市場に加わった者は、好景気のときに加わった者よりも、キャリアをスタートさせた当初、収入が少なかった。これはさほど驚くようなことではない。だが、スタート当初の不利な立場はその後も変わらず、それから20年間も続いたのである。

「不況時の大学卒業は、長期間にわたり賃金に悪影響を及ぼす」とカーンは述べている。景気低迷時にキャリアをスタートさせた不運な卒業生は、わたしのように好調時に卒業した幸運な者よりも、収入が少なかった――多くの場合、その差を取り戻すのに、前者は20年もかかるという。15年のキャリアを経てなお、高失業率の時代に卒業した者は、低失業率時代に卒業した者と比べ、平均で2・5パーセント収入が少なかった。とくに活況を呈していた時期に卒業した場合と、とくに低迷をきわめていた時期に卒業した場合では、給与の差が20パーセント開くこともあった――これは卒業直後ではなく、彼らが30代後半になったときの格差である。[27] 好況時ではなく不況時の卒業により生じる総損失額は、インフレ率を調整すると、平均でおよそ10万ドルだった。タイミングがすべてではなかったが、総収入で6ケタの差を生み出していた。

ここでもスタートが、抑えがたい連鎖反応を引き起こしている。生涯賃金の上昇の大部分は、キャリアの最初の10年間に生じる。高給でスタートを切れば、初期の軌道は高いところに押し上げられる。とはいえ、これは最初に獲得する利点にすぎない。高収入を得る最善の方法は、自分の特定のスキルと雇用主の特定のニーズとを適合させることだ。それは最初に就いた仕事ではめったに起こらない（たとえば、わたしの最初の仕事も悲惨な結果に終わった）。よって、適職を求めて——多くは数年ごとに——仕事を辞めて新しい仕事に就く。確かに、キャリアの初期に高収入を得る最速ルートは、頻繁に転職することである。しかし、景気が良くなければ転職は難しい。雇用主は人を雇い入れないだろう。ということは、景気後退期に労働市場に加わった人々は、自分のスキルに適していない仕事にその分長く留まるということだ。簡単に勤め先を変えることができないので、適職を見つけ高収入に向かって突き進むには、その分長い時間がかかる。カーンが労働市場で発見したことは、カオス理論や複雑系の理論では長年知られていた。すなわち、どれほどダイナミックなシステムにおいても、初期の状況が、そのシステムの居住者に起きることに大きな影響を及ぼす、ということだ。[28]

ほかの経済学者も同様に、始まりが人々の生計に対し、大きいが目につかない影響を及ぼすこ

＊カーンが白人男性を選んだのは、彼らの雇用と収入の見込みが人種差別や男女差別に影響を受けにくいこと、子どもが生まれてもキャリア・パスが妨げられない傾向にあることが理由だ。これによって、経済状況から、肌の色やエスニシティ、ジェンダーのような要因を切り離すことができた。

とを明らかにしている。カナダのある研究では、「不景気が新卒者に与えるコストは相当額に及び、不公平である」ことがわかった。もっとも未熟な働き手が一番苦しむので、不運な卒業生は、「10年間にわたる収入の持続的な減少」に苦しむことになる。[29]やがて傷は癒えるかもしれないが、傷跡は残る。2017年の研究では、マネジャーのキャリア開始時の経済状況が、彼らのCEO昇進に永続的影響を与えることが判明した。不況の時期に卒業すれば、最初の仕事を見つけるのは難しくなる。そのため、やがてマネジャーになる者たちは、大手上場企業ではなく中小企業に就職する。つまり、長いハシゴではなく短いハシゴを登り始めるということだ。不景気のときにキャリアをスタートさせた人々も、もちろんCEOになる——だが、好景気のときに卒業した人と比べて、小さい企業のCEOの座に就き、報酬も少ない。調査によれば、不景気のときに社会人になった人たちの経営スタイルは、そうでない人たちと比べて保守的だということが判明している。これはおそらく、不確かなスタートのもう1つの遺産だと思われる。[30]

スタンフォードのMBA取得者についての調査では、卒業時の株式市況が、彼らの生涯収入を形成することが判明した。これに関する一連の論拠と状況には、3つの因果関係がある。第1に、上げ相場のときに卒業した学生は、ウォール・ストリートで職に就く傾向がある。対照的に、下げ相場の場合、かなりの学生がそれ以外、たとえばコンサルティングや起業、非営利団体など、別の仕事に就いている。第2に、ウォール・ストリートで働く人々はウォール・ストリートで仕事を続ける傾向がある。第3に、投資銀行家やその他金融の専門家は、たいていその他の業界にいる者より収入が多い。結果として、「上げ相場のときに卒業し」投資銀行に就職した者は、「その同じ人物が下げ相場のときに卒業し」、したがってウォール・ストリートの仕事を敬遠した場合に「稼いだであろう額」よりも、150万ドルから500万ドル多い収入を得ている。[31]

下降相場のせいで、一部のMBA取得者のエリートが、ゴールドマン・サックスやモルガン・スタンレーではなくマッキンゼーやベインに就職するようになったこと、したがって超裕福というより大金持ちになったことを知っても、わたしはそれほど心配しない。2007年から10年の大不況の時期に労働市場に加わった人たちのとくに暗澹とした初期データを鑑みれば、より広範な労働人口に与える影響のほうが、ずっと厄介だと思う。カーンとイェール大学の同僚2人は、2010年と11年の卒業生が被った悪影響が、「自分たちがそれ以前のパターンから予期していた影響の2倍だった」ことを明らかにした。[32] ニューヨーク連邦準備銀行は、こうした初期の指標を調べて、「労働市場の回復が遅れている時期にキャリアをスタートさせた者は、賃金に持続的悪影響を被る可能性がある」と警鐘を鳴らした。[33]

これは難しい問題である。現在の収入が、現在の失業率ではなくキャリア開始時の失業率に大きな影響を受けているとすれば、正しいスタートを切る、新たにスタートを切るという、本章で紹介した2つの戦略では不十分だということになる。[34] 学校の始業時間と同様に、単独では解決できない問題であり、経済が順調な時期にキャリアを始めるようにと命じることもできない。また、誕生日の次の口に新しい仕事を探して、鈍い出足からの復活を期するようにと勧めて、個々で解決できるような問題でもない。この種の問題に関しては、共同でスタートを切る必要がある。それには、前述した2つの戦略がいくつかの指針を授けてくれる。

「7月効果《ジュライエフェクト》」とスタートの影響力

アメリカのティーチング・ホスピタル【研修医が研修を行う病院。通常は大学病院や総合病院などが指定されている】は長年、「7月効果《ジュライエフェクト》」という現象に直面してきた。医学部の新卒者は、毎年7月に医師としてのキャリアをスタートさせる。彼らには学校で学んだ以外の知識や経験はないのに、ティーチング・ホスピタルは彼らに、患者対応でかなりの責任を与える傾向があった。研修医たちはこうして技術を学んでいった。唯一の欠点は、この実地研修で患者が苦しむことが多い点である――7月は、患者にとって1年でもっとも災難な月だった（イギリスでは、この災難は7月よりあとに訪れ、もっとあからさまな名称がつけられた。イギリスの医師は、新米医師が仕事を始める時期を、「8月の殺人期《オーガスト・キリング・シーズン》」と呼んでいる）。たとえば、アメリカの死亡診断書を25年分以上調べた研究から、「ティーチング・ホスピタルがある郡では、致命的な投薬ミスが7月に10パーセント上昇しており、ほかの月ではこのような上昇は見られなかった。対照的に、ティーチング・ホスピタルのない郡では、7月にミスが急上昇する現象は見られなかった」と判明した。[35] ティーチング・ホスピタルに関するその他の研究によれば、7月と8月に手術を受けた患者は、4

月と5月の患者と比べて、手術による問題発生の割合が18パーセント高く、手術で死亡する割合が41パーセント高かったという。[36]

だが、ここ10年の間、ティーチング・ホスピタルはこの状況を正そうと取り組んできた。問題のあるスタート地点を、個人では避けようのない問題だと言い放つのではなく、グループで取り組めば回避できるとしたのだ。現在、わたしが訪れたミシガン大学医療センターのようなティーチング・ホスピタルでは、新研修医は、ベテランの看護師や医師、その他専門家で構成されるチームの一員として、仕事をスタートさせることになっている。チームと一緒にスタートすることで、このような病院は7月効果を著しく減少させている。

次に、低所得者地域に住む若い母親から生まれた赤ん坊について検証してみよう。このような子どもたちの多くは、ひどいスタートラインに立っている。この場合は、母子だけでスタートラインに立たせないようにすることが、有効な解決策の1つである。1970年代に始まった、ナース＝ファミリー・パートナーシップという国家プログラムでは、看護師が母親を訪問して、母親が育児の滑り出しでつまずかないように指導している。現在、アメリカの800の自治体で採用されているこのプログラムは、厳格な外部評価からも、期待が持てるという評価を得ている。看護師の訪問により、乳児死亡率が低下し、行動や注意力の問題が抑制され、フードスタンプ【政府が低所得者に発行する食料配給券】やその他社会福祉プログラムへの依存が最小限に抑えられたのだ。[37] さらに、子どもたちの健康や学習面も強化し、授乳やワクチン接種を増やし、母親が職探しをして定職を得る機会を増やした。[38] ヨーロッパ諸国の多くは、このような訪問を政策の一環として実施している。道徳的理由であれ（このプログラムにより母子の生活が救われる）、財政的理由であれ（長期的にはこのプログラムにより国庫の節約になる）、その原則は同じだ。すなわち、弱い立場の人々に自力で何とかするように強いるのではなく、一緒にスタートを切ることで誰もが良くなる、という発想である。

彼らに落ち度はないのに、ひどい不景気のときにキャリアをスタートさせたせいで抱える問題にも、同様の原則を適用することが可能である。「単にタイミングが悪かっただけだ。自分たちにできることは何もない」と、この問題を看過してはいけない。むしろ、多くの人々を低収入のままで、または自立に苦労したままで放置すれば、たとえば市場における顧客の減少や、限られたチャンスしか与えられなかった人々への支援費用の捻出に増税が実施されるなど、別の形で影響が現れ、わたしたち全員が影響を受けることを認識すべきである。その解決策の１つとしては、政府と大学が、失業率に連動した学生ローン免除制度を導入することだろう。失業率が、たとえば７・５パーセントを上回る場合、卒業予定者のローンの一部を免除するという制度だ。あるいは、失業率が一定の数値を超えた場合、大学や連邦基金はキャリアカウンセラーを雇い、新卒者がこれから足を踏み入れる過酷な環境を乗り切る手助けをするという方法もあるだろう。これは、政府が洪水の被災地に、土嚢と陸軍工兵隊を配置させるのと似たような方法だ。

動きの遅いいつの問題には、動きの速い何かの問題と同じ重大性があり、やはり共同で対応する必要のある問題だと認識すべきなのである。

最初が肝心という意識を多くの人が抱いている。現在のタイミングの科学は、わたしたちの予想以上に、スタートが大きな影響力を持つことを明らかにした。スタートは、わたしたちが考えるよりもはるかに長期間影響し、最後まで残るのである。

だからこそ、人生の難題に──数キロの減量であれ、子どもの勉強を助けるのであれ、同胞が景気後退の波に飲み込まれないようにするのであれ──取り組むとき、対応策の範囲を拡大して、何がとともにいつの問題も含める必要があるのだ。科学で武装すれば、学校でもそれ以外でも、正しいスタートについてはるかに効果的に取り組める。人間の意識が時間をどのようにみなすか把握すれば、時間的ランドマーク効果を利用して、誤ったスタートから立ち直り、新たなスタートを切ることができる。さらに、ひどいスタートがいかに不公平か──しかも永続するか──理解するならば、共同でスタートする機会を増やすように促せる。

フォーカスを移して、いつに対して何がと同じ重みを与えれば、すべての問題が解決されるというわけではない。だが、滑り出しとしては上々である。

「最悪のスタート」を回避する

誤ったスタートから立ち直る最善の方法は、それを避けることだ。そのためには、「事前の検討」（premortem）を行うことが必要である。

おそらく「検屍」（postmortem）という言葉を聞いたことがあるだろう。検視官や医師が死因を突き止めるために遺体を調べることだ。「事前の検討」（premortem）とは、独創性豊かな心理学者ゲイリー・クラインが、「（検屍転じて）事後の検討」（postmortem）と同じ概念を当てはめ、その検討を死後から生前に、つまり事が起こったあとから、事が起こる前へと移した考え方である。[1]

あなたのチームがプロジェクトに乗り出すところだとしよう。プロジェクトを開始する前に、事前の検討のために全員で集まる。「今から1年半後、このプロジェクトが完全な失敗に終わったと想像してもらいたい」。あなたはチームのメンバーに話しかける。「何がいけなかったのだろうか？」。チームは後知恵を用いていくつか答えを出す。タスクが明確に定められていなかった。チームの人数が少なすぎた、多すぎた、もしくは適材ではなかった。誰がリーダーなのかはっきりしていなかったか、目的が非現実的だった……。事前に失敗を想定することで——誤ったスタートを引き起こすものは何かじっくり考えることで——見込まれる問題をいくつか予期できるし、プロジェクト開始後にそれを避けられる。

偶然にも、本書の執筆に取り組む前にわたしも事前の検討を行った。2年の執筆期間を経たのちに、ひどい本を書いてしまったところを、悪くすると本を書き上げられなかったところを想像した。どこでつまずいたのだろう? 書き出した答えを見て、毎日執筆すること、気が散らないように本業以外の仕事は断ること、編集者に定期的に仕事の進捗（または遅れ）を知らせること、思考のもつれを解くために編集者に早めに助けを求めることなどに、絶えず注意すべきだと気づいた。次に、肯定的な答えをカードに書き出し、デスクの近くに貼った。たとえば、「まったく気を散らされず、確実に、1週間に少なくとも6日間、早朝に本の執筆を行った」。

この手法を用いることで、現実の生活で現実のプロジェクトに失敗するのではなく、頭の中で事前に間違いを想定できた。本書に関して、この事前の検討に効果があったかどうかは、読者諸氏に判断をお任せしよう。ただ、誤ったスタートを避けるために、みなさんもこの方法を試してみるようお勧めする。

再スタートのタイミングは1年で86日！

時間的ランドマークと、新スタートを切るためにそれをいかに利用するかについて、本章で紹介した。たとえば、あなたが小説を書き始めたりマラソンの練習を始めたりするのに理想的な日はいつか決められるよう、新スタートを切るためにとくに有効な86日を次に挙げた。

- 月の初日（12）
- 月曜日（52）
- 春夏秋冬の最初の日（4）
- 母国の独立記念日または建国記念日（1）
- 宗教関連の重要な休日。たとえば、イースター、ロシュ・ハシャナ【ユダヤ教の正月】、イド・アル＝フィトル【イスラム教のラマダン明けの祝日】など（1）
- 自分の誕生日（1）
- 大事な人の誕生日（1）
- 学校の始業式（2）
- 転職の初日（1）
- 卒業式の翌日（1）

- 休暇明け（2）
- 結婚記念日、初デート記念日、離婚記念日（3）
- 就職記念日、市民権取得の記念日、ペットが家に来た記念日、卒業記念日（4）
- 本書を読み終えた日（1）

順番の早さで優位に立つコツ

人生は必ずしも競争ではないのだが、ときには競争の連続となる場合もある。あなたが就職面接を受ける数人のうちの１人でも、新規ビジネスの売り込みに列をなす企業チームの一員でも、テレビで全国放送される歌番組の出場者の１人でも、いつ他者と競うかが、何をするかと同じくらい重要になる。

いくつかの研究に基づいてまとめた、最初にすべきときとそうでないときの戦略を、次に紹介する。

順番が早いほうが有利な４つの状況

1．投票で選ばれる場合（郡政委員、プロムクイーン、アカデミー賞など）、投票用紙の最初に名前が挙げられているほうが有利である。教育委員会から市議会、カリフォルニア州からテキサス州にいたるまで、数千件の選挙でこの影響を調査したところ、投票者には一貫して、用紙の最初に書かれた名前を好む傾向が見られた。[2]

2. あなたがデフォルトの選択ではない場合——たとえば、新規クライアントの獲得の際、その顧客とすでに取引がある企業に対抗して自分を売り込むような場合——最初に名乗りを上げれば、意思決定者に新鮮な印象を与えることができる。[3]

3. 競争相手が比較的少ない場合（大体5人以下だろうか）、最初の順番だと、「初頭効果」を利用できる可能性がある。これは、人が複数の情報に触れた場合、後から触れた情報よりも、最初に触れた情報が印象に残りやすいという現象のことだ。[4]

4. 就職の面接を受けるときに、ほかにも強力な候補者がいる場合、面接の順番が早いほうが有利になる可能性がある。ウリ・シモンソンとフランチェスカ・ジーノは、ＭＢＡの入学志望者９０００人以上を調べ、面接官はたいてい「狭い括弧づけ」を行っていることを明らかにした。つまり、少数の志望者が全体を代表すると推定してしまうのである。よって、順番の早いほうに優秀な志願者がいると、面接官は、それ以降の志願者の欠点を積極的に探す傾向がある。[5]

順番が遅いほうが有利な４つの状況

1. あなたがデフォルトの選択である場合、早い順番は不利である。第2章を思い出してもらいたい。判事は、早い時間帯もしくは休憩後（活力を取り戻したとき）と比べて、遅い時間帯（疲れているとき）に、デフォルト（この例で言うなら、仮釈放しないこと）にこだわる傾向が強かった。[6]

2. 競争相手が大勢いる場合（優秀な競争相手という意味ではなく、とにかく人数がたくさんいる場合）、順番が遅いほうが少し有利になり、最後ならば非常に有利になる。8ヵ国で1500人を超える若手アイドルのパフォーマンスについて研究したところ、最後に歌を披露した歌手のおよそ90パーセントが、次のラウンドに進んだことが判明した。ほぼ同様のパターンは、トップ選手の出るフィギュアスケートの試合やワイン鑑定会でも見られる。社会心理学者のアダム・ガリンスキーとモーリス・シュヴァイツァーによれば、競技の開始直後、審判は理想化された優秀の基準を抱いているという。競技が進むにしたがい、現実的な基準値が彼らのなかに出来上がる。それは順番が遅い競技者のほうに有利に働くうえに、順番の遅い者はほかの出場者のパフォーマンスを見られるという、さらなる強みもある。[7]

3．不確かな環境で披露する場合、最初ではないほうが有利に働く。意思決定者が何を望んでいるのかわからないなら、先にほかの人たちに披露してもらうことにより、選択側にとってもあなたにとっても、基準が明確になる。[8]

4．競争が激しくなければ、順番が後になるほど、あなたの特徴が際立ち有利になる。「レベルの低い志願者が多く、競争が激しくなければ、しんがりは得策である」とシモンソンは言う。[9]

転職で素早いスタートを切る４つの秘訣

景気後退期に卒業する危険性について本章で述べた。その運命を避けるための方策はあまりない。けれども、仕事に就いた時期が不景気であれ好景気であれ、仕事をどれほど楽しめるか、うまくやり遂げるかは、自分次第である。その点を考慮して、新しい仕事でいかに素早いスタートを切るか、研究に裏づけられた４つの方法をお勧めしたい。

1．始める前に始めよ。

エグゼクティブ・アドバイザーのマイケル・ワトキンスは、特定の日時を選び、自分自身が新たな役割に「変化する」姿を思い描くように勧めている。[10] セルフイメージが過去にとらわれたままだと、素早いスタートを切ることは難しい。新しい世界に足を踏み入れる前から、新しい自分に〝なる〟ところを心の中で思い描くことにより、新たな環境に入ってもすぐに全力で取り組める。これは指導的役割を新たに担う場合に、とくに当てはまる。ハーバード大学元教授のラム・チャランによれば、群を抜いて厄介なのが、スペシャリストからゼネラリストへの移行だという。[11] したがって、新しい役割について考える際、それが大局とどう結びつくのか把握するようにしなくてはいけない。新しい仕事の最たるもの——つまりアメリカ大統領就任——については、大統領という立場にいかに早く移行を始めるか、それがいかに効果的に行われるかが、大統領の成功を予測する有効な判断材料だとする研究結果がある。[12]

2. 結果で示す。

新しい仕事が大変なのは、組織階層で自分の地位を確立しなくてはいけないからだ。多くの人は最初の緊張感を克服しようと過度な行動に出て、あまりに性急に自己主張をするが、それでは逆効果になりかねない。ＵＣＬＡのコリーヌ・ベンダースキーの研究は、外向型の人はやがて集団内で地位を失うと指摘している。[13] したがって、最初はいくつかの有意義な達成に集中し、成果を示して地位を獲得してから、好きなだけ自己主張すればいい。

3．モチベーションを蓄える。

新しい職場での初日、あなたはエネルギーに満ちあふれているはずだ。１ヵ月後はどうだろう？　初日ほどではなくなる。モチベーションは一気に沸き上がるものだ。だからこそ、スタンフォード大学の心理学者B・J・フォッグは、「モチベーションの低下」を切り抜けられるように、「モチベーションの波」の利用を推奨するのだ。[14] 新米のセールスパーソンなら、モチベーションの波を利用して、売り込み客のリストを作り、訪問の予定を立て、新しいテクニックをマスターしよう。モチベーションが下がっているときは、あまり関心のない些末な仕事に悩まされず、根幹をなす業務に取り組める。

4．ささやかな成功を重ねて士気を維持する。

依存症からの回復とはもちろん関係ないのだが、アルコホーリクス・アノニマスのような団体のプログラムには、新しい仕事に就いたときの心構えとして参考になる点がある。彼らはメンバーに対し、永遠に禁酒しろと命じるのではなく、「24時間続けて」酒を飲まないように求めるのだ。これは、カール・ワイクが「ささやかな成功」についての独創的な研究で指摘した点と似ている。[15] ハーバード大学教授のテレサ・アマビールもこの考え方を支持する。彼女は数百人のワーカーの日記1万2000日分を検証して、最大の動機づけは、意味のある仕事で進歩を遂げることだと気づいた。[16] 意味のある仕事とは、大きな成功である必要はない。新しい仕事に就いたとき、「達成できる見込みの高い」小さな目標を設定し、それを達成したら祝うようにする。そうすれば、その後待ち受けるさらなる難題に挑戦するモチベーションとエネルギーが得られるはずだ。

結婚の完璧なタイミング

人生で間違いなく重要なスタートの1つに結婚がある。どんな人と結婚すべきかというアドバイスについては、ほかの人に任せよう。けれども、いつ結婚すべきかについては、少々アドバイスできる。タイミングの科学によって明確な答えを出せるわけではないが、一般的な指針を3つ示せる。

1．ある程度の年齢になるまで待つ（もっとも、待ちすぎてもいけない）。

若すぎる結婚が離婚に終わりやすいと聞いても、とくに驚かないだろう。たとえば、ユタ大学の社会学者ニコラス・ウォルフィンガーの分析によれば、アメリカでは、25歳で結婚した人は24歳で結婚した人に比べて、離婚率が11パーセント低いという。しかし、遅い場合にもマイナス面がある。32歳あたりを超えると――宗教、教育、地理、その他の要因を調整しても――離婚率はその後10年の間、毎年5パーセント上がっていく。[17]

2. 教育を終えるまで待つ。

結婚前に教育を受ける機会が多いほど、夫婦は結婚に満足し、離婚しない傾向にある。2組の夫婦がいたとしよう。彼らは年齢も人種も同じで、同程度の収入があり、学校に通った年数は同じだとする。こうした似たような夫婦でも、学校を修了してから結婚した夫婦のほうが離婚率は低い。[18] よって、結婚前にできるだけ多くの学校教育を修了したほうがいい。

3. 関係が成熟するまで待つ。

エモリー大学のアンドリュー・フランシス゠タンとヒューゴ・ミアロンは、結婚前に少なくとも1年間交際した夫婦は、交際期間がそれよりも短い夫婦と比べて、離婚率が20パーセント低いという研究結果を発表した。[19] 婚前の交際期間が3年以上ある夫婦は、さらに離婚率が低くなる傾向にあった（フランシス゠タンとミアロンの研究からは、結婚式や婚約指輪に費用をかけるほど、離婚する確率が高くなることもわかっている）。

要するに、この人生究極のタイミングの問題に関しては、ロマンチストになるよりも、科学者の言葉に耳を傾けたほうがいいということだ。慎重さは情熱に勝るのだ。

第4章

中間地点
――中だるみと中年の危機の科学

人ストーリーの真っただ中にいるとき、それはストーリーではなく混乱でしかない。暗い咆哮、無明、割れたガラス、バラバラになった森でしかない。

――マーガレット・アトウッド『またの名をグレイス』

わたしたちの人生が、見通しのいい、真っ直ぐな道をたどることはめったにない。人生はたいてい出来事の連続であり、出来事には始まりと途中と終わりがある。始まりは、多くの人が覚えているものだ（配偶者やパートナーとの最初のデートを思い描けるだろう）。終わりもやはり際立つ（親や祖父母、大事な人が亡くなったと聞いたときのことを覚えているのではないだろうか）。だが、途中の記憶はぼんやりしている。くり返し語られることもなく薄れてゆき、まさに途中で消えてしまう。

だが、奇妙なことに、わたしたちがどんな行動をとるかについて、中間地点が重大な影響を及ぼしていることを、タイミングの科学は明らかにしつつある。プロジェクトであれ、学期であれ、人生であれ、中間地点に達すると、関心が鈍り進行が滞ることがある。一方で、モチベーションが呼び覚まされ、有望な道へと駆り立てられて、奮起したりやる気になったりもする。

わたしはこの2つの影響を、「不振《スランプ》」と「刺激《スパーク》」と呼んでいる。

中間地点でわたしたちは意気消沈する。それが不振だ。だが、意欲的になることもある。それが刺激だ。その2つをこれから説明していく。さらに、いかにして不振を刺激に変えるかについても説明する。そのために、祝日のキャンドルの点灯や、ラジオのコマーシャル制作、大学バスケットボールの名試合の事例を紹介する。だが、まずは肉体的、心情的、実存的な中だるみ地点とされる、人生の中年期について探ってみよう。

幸福度は50歳で最低になる

1965年、当時無名だったカナダの精神分析学者エリオット・ジャックは、やはり世間に知られていなかった『インターナショナル・ジャーナル・オブ・サイコアナリシス』誌に1本の論文を発表した。ジャックは、モーツァルトやラファエロ、ダンテ、ゴーギャンなどの有名な芸術家の生涯を調べ、その多くが37歳で世を去っていることに気づいた。彼の理論は、論拠とするには脆弱な事実を基盤にし、フロイト派の専門用語を用いてその上にいくつかの階層を加え、その中心にあやふやな臨床逸話を階段として無造作に据えて、構築したものだった。そんな理論を引っ提げて、ジャックは登場したのである。

「個人の発達の過程においては、転換点、あるいは急激な移行期間の特徴を示す重大局面が、いくつかある」。彼は論文で、まったく知られていないが、もっとも重大な局面は、35歳頃に生じるとした。「わたしはそれを中年の危機と呼ぶものとする」[1]。

ドッカーン！

この発想は爆発的に広がった。「中年の危機《ミッドライフ・クライシス》」という言葉が雑誌の表紙に躍った。テレビの会話にも紛れ込んだ。数多くのハリウッド映画のテーマにもなり、少なくとも20年の間、パネルディスカッションに話題を提供した。[2]

「中年期の中心的かつ重大な特徴は、やがて訪れる自らの死の不可避性」だとジャックは述べた。人生の中盤にさしかかると、不意に遠くに死神を見かける。それがきっかけとなり、「精神的な混乱と抑鬱状態の時期」が訪れる。[3] 死の恐怖に取りつかれた中年期の人々は、不可避性に屈するか、それを認めまいとして自らの方向性をがらりと変える。「中年の危機」という言葉は驚くべき勢いで世界を席巻した。

この用語は現在でも使われており、この用語が人々に与える印象もやはり健在である。時代に合わせて更新されているとはいえ、中年の危機がどのようなものか、多くの人が知っている。ママは衝動的に赤いマセラティ——中年の危機に直面した人の乗る車は、必ず赤いスポーツカーだ

――を購入して、25歳の助手と走り去る。パパはプール・ボーイと一緒にパラオでビーガン・カフェを開くために姿を消す。ジャックがこの概念を世に投げかけてから丸々半世紀が過ぎた現在、中年の危機はいたるところにある。

いたるところにあるのに、証拠だけが見つからない。

発達心理学者は、研究室や現場で中年の危機の証拠を探してきたが、空振りに終わっている。世論調査会社も、調査結果のなかに、心からの訴えと思われるものはほとんど見つけられなかった。代わりに、研究者はここ10年の間に、あまり目立たない中年期のパターンを見つけた。世界各地で驚くほど一貫して見られるパターンであり、あらゆる種類の中間地点について、幅広い真実を反映したパターンである。

たとえば、ノーベル経済学賞を受賞したアンガス・ディートンをはじめとする4人の社会科学者が、2010年に「全米年齢別幸福度概略」をまとめた。彼らは34万人を対象に、10段のハシゴの一番上の段が望みうる最高の人生を表し、一番下の段が考えられるかぎり最低の人生を表すとしたら、自分は今どの段にいるかと質問した（実際には、「0から10までの間の数字で表すとすれば、自分の幸福度はどのくらいだと思いますか?」という巧みな設問だった）。収入や人口統計を調整してまとめたところ、その回答は次のグラフのように緩やかなU字型になった。20代と30代はかなり幸福感を抱いていた。40代から50代初めの人の幸福感は下がり、55歳以降の人の幸福感は再び上がっていた。[4]

幸福感は中年時に落ち込む。

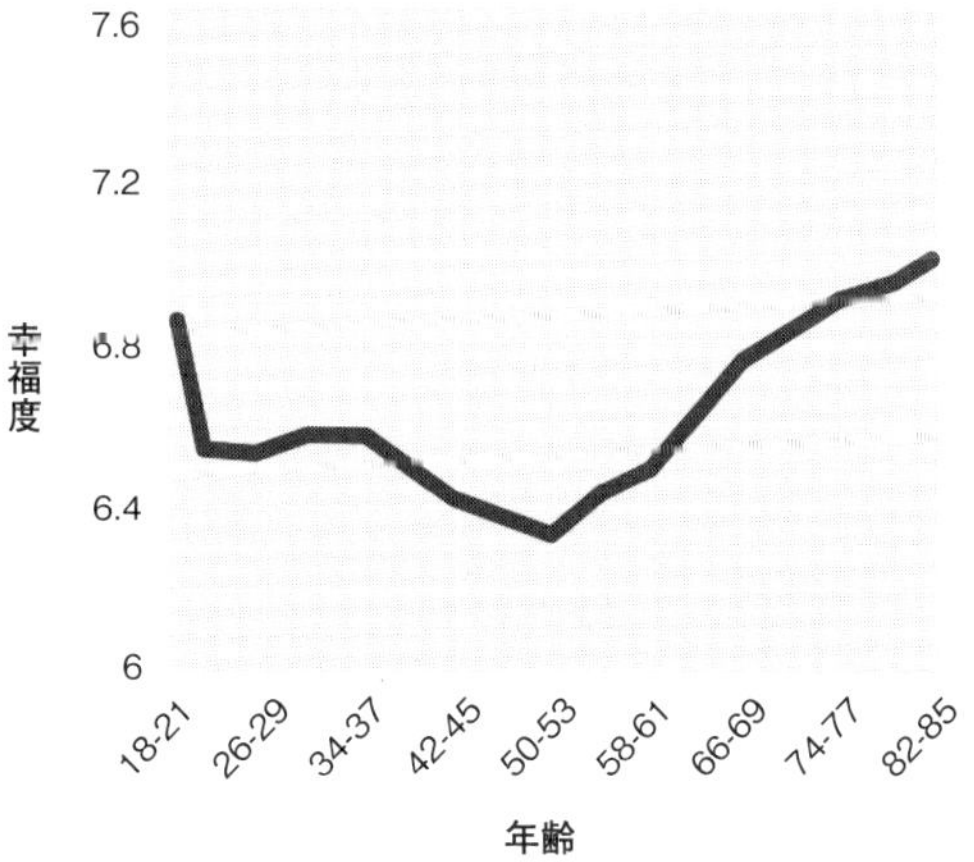

中年期の幸福度は、人生を変えるほど激しく落ち込んではいない。いくらか下がる程度である。このU字型曲線——壊滅的危機というより緩やかな落ち込み——は、ほかの調査でも広く見られる。これより少し前に、経済学者のデイヴィッド・ブランチフラワーとアンドリュー・オズワルドは、50万人のアメリカ人とイギリス人を対象にした研究をまとめた。彼らの研究結果から、幸福度は一貫して中年期のあたりで低下することが明らかになった。「その規則性は非常に興味深い。U字型曲線は、男女の間でも、さらには大西洋をはさんだ両国でも類似している」。だが、これはイギリス人とアメリカ人だけに見られる現象ではなかった。ブランチフラワーとオズワルドは世界中のデータを分析し、驚くべきことを発見した。アルバニアからアルゼンチン、ウズベキスタンや

ジンバブエにいたるまで、「72ヵ国の幸福度または人生の満足度において、統計的に有意なU字型を示した」という[5]。

社会経済学や人口統計学、生活環境にいたるまで、驚くほど幅広い範囲の研究が、次々と同じ結論に達した。幸福感は、成人初期に上昇するが、30代後半から40代初めにかけて下降し始めて、50代で最低になる[6]（ブランチフラワーとオズワルドによれば、「アメリカ人男性の主観的幸福は、52・9歳でもっとも低くなる」[7]）。ところが、ここから急に上昇に転じ、その後の人生の幸福度は、若い頃を上回る傾向にある。エリオット・ジャックの方向性は正しかったが、導いた結論が間違っていた。確かに、人生の半ばでわたしたちに何かが起きる。だが、実際に示された証拠は、彼の結論よりはるかに地味なのである。

でも、なぜだろう。なぜ人生の中間地点で幸福度が落ち込むのか？　１つ考えられるのは、希望が実現しなかったという事実に落胆を抱くせいだろう。経験の浅い20代や30代は、大きな希望と明るい見通しを胸に抱くものだ。やがて、雨漏りのように、徐々に現実が身に染みてくる。会社ではたった１人しかＣＥＯになれない――どうやら、自分ではなさそうだ。結婚生活が破綻する者もいる――不幸にも、自分はその１人だ。プレミアリーグのチームを所有するという夢は、住宅ローンさえ払えない今、夢のまた夢だ。だが、長い間感情のどん底に留まってはいない。そのうち現実と折り合いをつけて、なかなか良い人生だと気づくようになる。つまり、わたしたちが途中で落ち込むのは、予測が下手だからだ。若い頃は大きすぎる期待を抱く。高齢になると、

類人猿の幸福度も中年期に落ち込む。

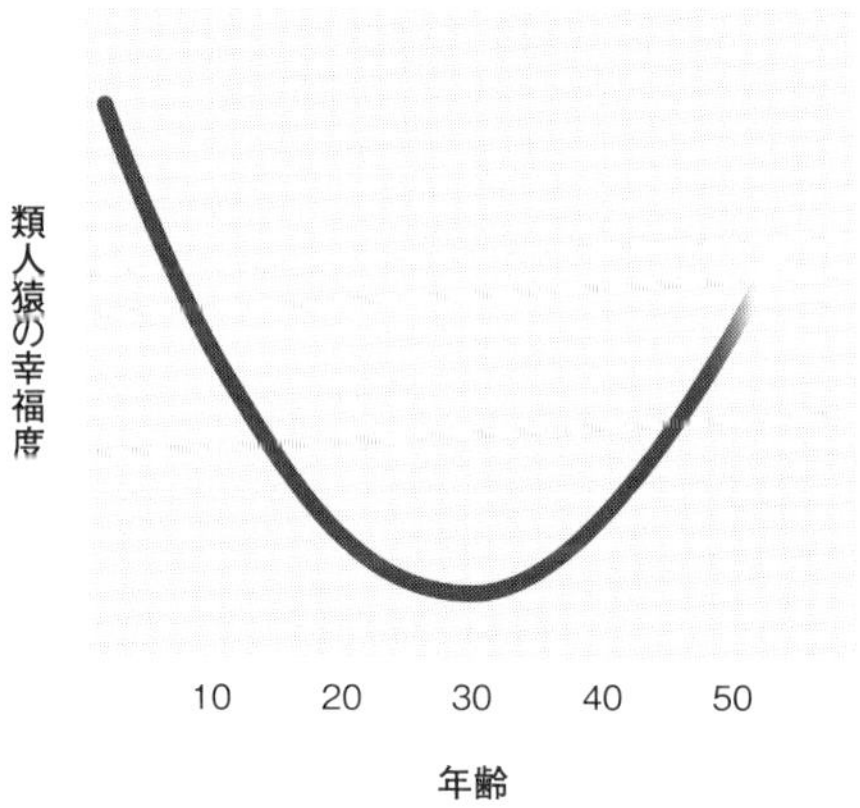

期待はとても小さくなる。[8]

だが、もう1つの解釈も可能である。2012年、類人猿について理解するために、5人の科学者が3ヵ国の動物園職員と動物学者に協力を求め、彼らの保護下にある500匹あまりの類人猿に関する質問に答えてもらった。この霊長類――チンパンジーとオランウータン――の年齢は、子どもから高齢まで幅広かった。研究者らは、このチンパンジーたちの気分を知りたいと考えた。そこで、彼らを世話する人間に、類人猿の気分と幸福度を数字で示してもらうように頼んだ（笑ってはいけない。研究者によれば、彼らが用いた設問は、檻の中の霊長類のポジティブな感情を評価するための、確立された手法であるという）。次に、その幸福の数値を、類人猿の年齢と照合した。その結果は上のグラフのとおりだ。[9]

ここからきわめて興味深い可能性がうかがえる。中間の落ち込みは、社会学ではなく生物学に由来するのではないだろうか。状況が呼び起こす反応というよりも、自然の不変の法則ではないのか。

人の意欲はU字曲線を描く

伝統的なハヌカ・キャンドルの箱には、44本のキャンドルが入っている。その数は、ユダヤ教の聖典タルムードで厳密に決められている。ハヌカとは、燭台に立てたキャンドルに毎晩点灯することにより、ユダヤ人が自らの信仰に従順を示す祝祭日である。ハヌカは８日間続く。最初の晩、ユダヤ人は１本のキャンドルに火を灯し、２日目の晩は２本のキャンドルに火を灯すという具合に、次々と点灯する。「僕《しもべ》のキャンドル」を用いて、ほかのキャンドルに火を灯すので、最初の晩は２本、２日目の晩は３本、８日目の晩は９本のキャンドルを使う。式に表すと次のようになる。

$$2+3+4+5+6+7+8+9=44$$

44本のキャンドルを使い果たすとハヌカは終わり、箱も空になる。しかし、世界中のユダヤ人の家庭では、たいていキャンドルを全部使い切らずにハヌカを終える。

どういうことだろうか？　この謎を解くにはどうしたらいいだろう？

ダイアン・メータがこの謎の真相の一端を明らかにしてくれる。メータはニューヨーク在住の小説家で詩人だ。母親はブルックリン出身のユダヤ教徒で、父親はインド出身のジャイナ教徒。彼女はニュージャージーで育ち、子どもの頃は、ハヌカを祝うために進んでキャンドルを灯し、「大喜びしていた」。彼女に息子が生まれてからは、息子もキャンドルに火を灯すことが大好きになった。だが、時がたつにしたがい——転職や離婚、その他人生につきものの浮き沈みを経て——彼女はハヌカでキャンドルをあまり灯さなくなった。「最初はワクワクして始めるの。でも、2〜3日するとだんだんやらなくなってしまう」と打ち明けた。息子が元夫のもとに行き家を空けているときは、息子が家にいるときと比べて、メータはキャンドルを灯さなくなる。ところが、ハヌカが終わりに近づくとこう思ったりする。「まだハヌカは終わっていないんだから、またキャンドルを灯そう。それで息子に言うの、『今晩で最後よ。キャンドルをつけなくちゃ』と」。

メータはハヌカを熱心に始め、最後にはやり遂げようと固く決意するが、途中で中だるみする。3日目、4日目、5日目、6日目の晩にキャンドルを点灯しないこともある。そのため、箱の中のキャンドルを全部使い切らずにハヌカを終える。これは彼女だけではない。

社会科学者のマフェリマ・トゥーレ＝ティエリーとアイエレット・フィッシュバックは、人がどのように目標を追求し、基準を順守するかについて研究している。数年前、この2点を実社会で探究したいと考えていたとき、ハヌカが理想的な実地調査になることに気づいた。ハヌカを祝

ハヌカの中盤にはキャンドルを灯さなくなる。

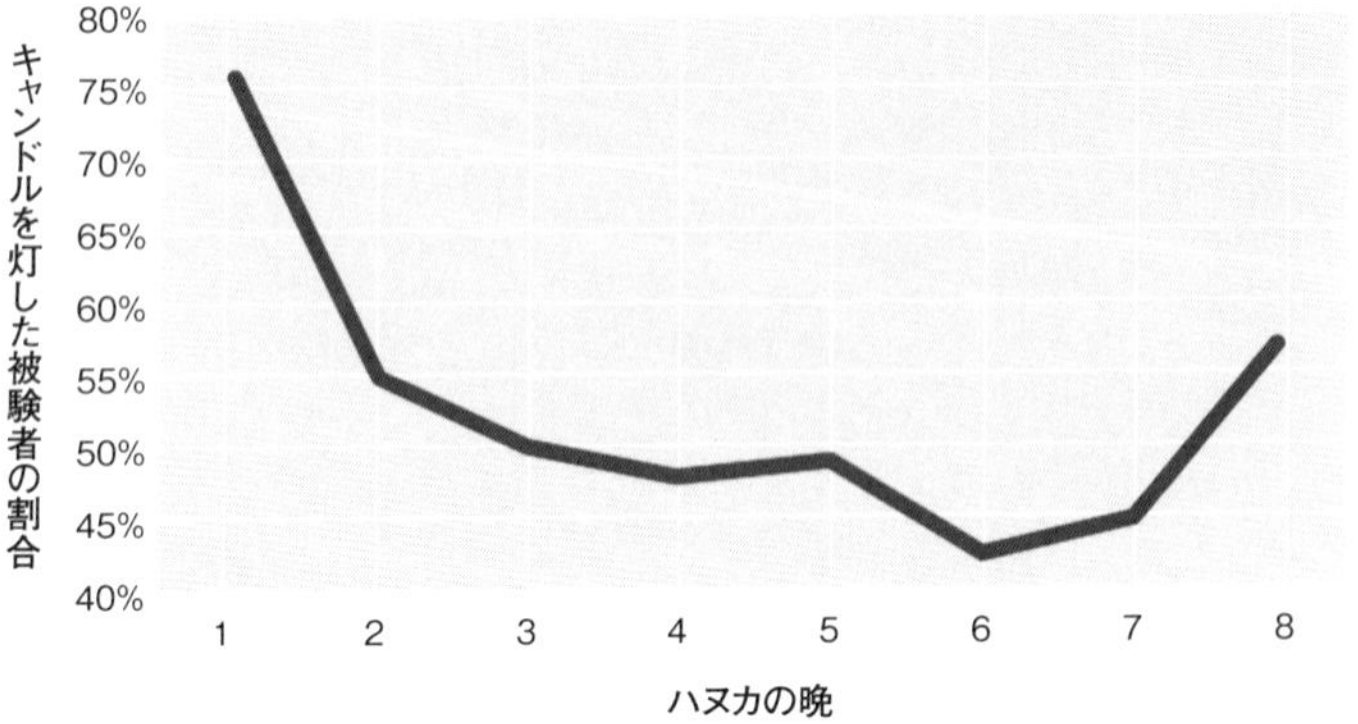

う２００人強のユダヤ人の行動を追い、彼らがキャンドルを灯すかどうか――また重要なポイントとして、いつ灯すのか――について調べた。

８日間のデータをまとめたところ、次のような結果になった。

最初の日の晩、被験者の76パーセントがキャンドルを灯した。

２日目の晩は、55パーセントに下がった。

次の日以降、半数以下の被験者しかキャンドルを灯さなかったが、８日目の晩を迎えると、その割合は再び50パーセントを超えた。ハヌカの間、「基準の順守はＵ字型曲線を描く」と２人の研究者は結論づけた。[10]

だが、もしかするとこれは容易に説明がつくのではないだろうか。熱心な被験者とは異なり、あまり敬虔ではない被験者はハヌカ中盤になるとキャンドルを灯さなくなり、平均を下げたのではないだろうか。トゥーレ＝ティエリーとフィッシュバックはその可能性も調べた。すると、Ｕ字型曲線は、敬虔な被験者のほうが際立っていることがわかった。彼らのほうが、その他の被験者と比べて、最初の晩と８日目の晩にキャンドルを灯す傾向が見られた。ところが、ハヌカの中盤では、「彼らの行動は、あまり敬虔でないその他被験者とほとんど変わらなかった」[11]。

これは、「シグナルを発信している」状況だと２人は推測した。人は誰しも他人からよく思われたいものだ。ほかの人たちの目の前でハヌカのキャンドルを点灯することは、一部の人にとって、信心深さを示すシグナルなのである。この被験者たちがもっとも重視し、自分のイメージをもっとも強く打ち出せると考えたシグナルは、ハヌカの最初と最後で、中盤はさほど重視していなかった。トゥーレ＝ティエリーとフィッシュバックの推察が正しいことが裏づけられた。２人はその後の実験で、架空の３人の信仰心の深さについて、いつキャンドルを点灯するかに基づき評価してもらった。その結果、「最初の晩と８日目の晩にキャンドルを灯さなかった人は、５日目の晩に灯さなかった人よりも信仰心が薄いと被験者は思った」。

わたしたちは、中盤で自分の基準を緩める。それはおそらく、他人の評価基準が甘くなるからだ。次に紹介する実験が示すように、とらえどころのない興味深い理由で、わたしたちは中盤で手を抜く《カット・コーナーズ》。トゥーレ＝ティエリーとフィッシュバックは若年成人の被験者に対し、大人になってからはあまり使わない技術をテストした。２人は、ある形が描かれた５枚のカードを被験者に渡した。その絵の形はみな同じだが、それぞれ向きが違っていた。できるだけ注意深くハサミでその形を切り抜くよう被験者に指示し、次に、実験に関係していない研究所員に切り抜いた５枚

人は中盤で手を抜きやすい。

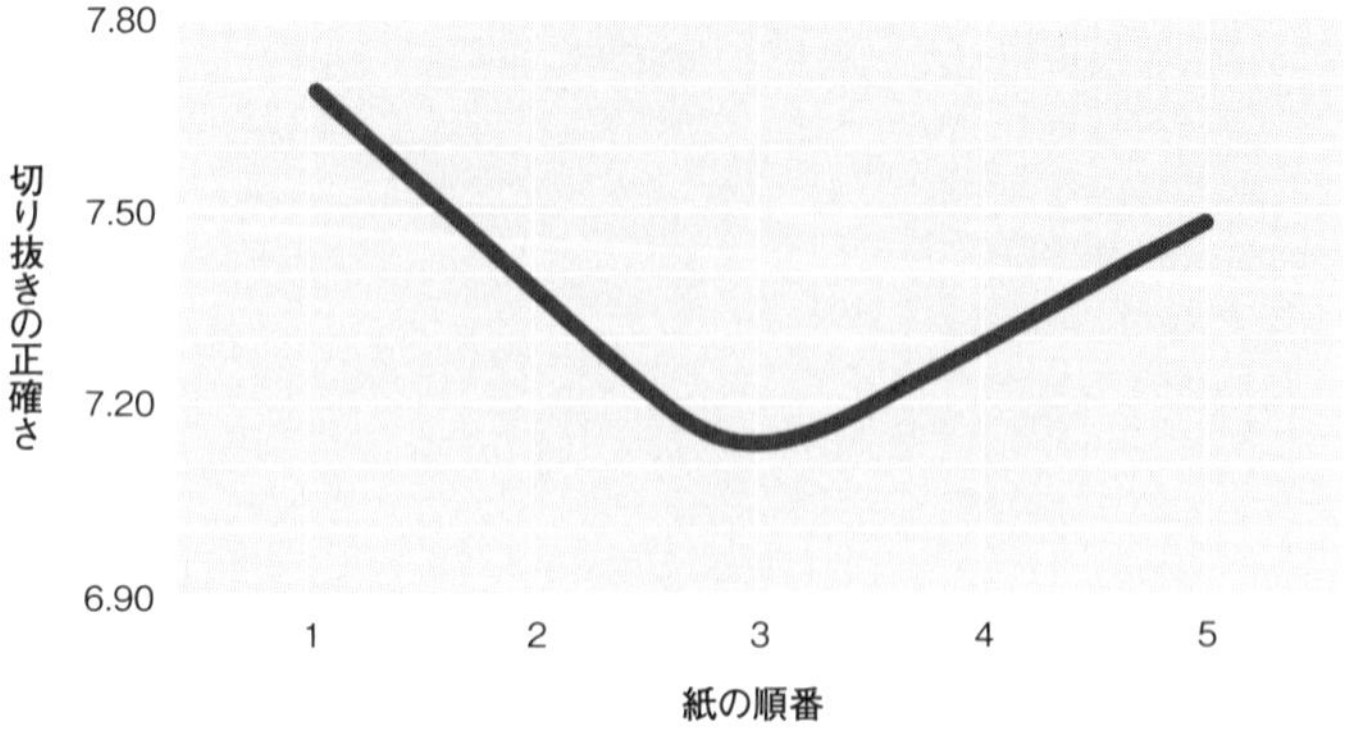

の紙を見せて、その正確さを1から10までの数字で採点してもらった。

被験者のハサミさばきは、最初と最後は高評価を得たが、中盤の点数は下がった。「パフォーマンス基準という領域において、被験者は中間で、最初と最後に比べて、文字通り、手を抜きやすい《カット・コーナーズ》ことが判明した」。

個人が意図的にそうするというよりも、中盤は、何か不思議な力が支配する。釣鐘曲線が自然の秩序を示すように、U字型曲線は何か別のものを示している。それを取り除くことはできない。けれども、自然の力――雷鳴や重力や、人間の食欲――と同じように、それが及ぼす害をいくらか和らげることはできる。最初のステップは、ただ意識することである。中だるみが避けられないのなら、その状態は永久に続かないと認識すれば、それほどひどいことにはならない。自分の基準が中間で緩みやすいと意識することで、その影響を軽減できる。生活現象や自然の摂理は阻止できないにしても、その帰結に備えることは可能である。

だが、もう1つ別の選択肢もある。中だるみに反撃するために、ちょっとした生活現象を利用するのだ。

中間地点の「おっと大変だ効果」

超優秀な科学者は、小さなことから着手して大きく考えるものだ。ナイルズ・エルドリッジとスティーヴン・ジェイ・グールドもそうした。1970年代初頭、2人は若き古生物学者だった。エルドリッジは3億年以上前に生息した三葉虫について研究していた。一方グールドは、カリブ海諸島産の2種類のカタツムリの研究に没頭していた。1972年に2人が共同研究を実施したとき、その細かい専門テーマから、途方もなく大きな真相が導き出された。

当時の生物学者の間では、種はゆっくり進化するという「系統漸進説」が優勢だった。この説では、母なる自然が父なる時間とともに着実に働いて、進化は何百万年もかけて徐々に生じるとされていた。ところが、エルドリッジとグールドは、自分たちが研究する節足動物と軟体動物の化石記録に、その説に反する事実が刻まれていることを見つけた。種の進化は、ときにはカタツムリのように鈍かった。だがときに、爆発的に進化する場合もあった。突発的変化により、種の長期間の停滞状態が打ち破られることがあった。それによって新たに変化した種が、やはり長期間の停滞期を経たのち、また別の爆発的変化を起こし、再び進路を変更した。エルドリッジとグールドはこれを「断続平衡説」と名づけた。[12] 進化の道のりはなだらかに上昇するのではなかった。実際の軌跡は直線的ではなく、停滞期は急激な突発的変化により分断されていた。エルドリッジとグールドの理論自体が、いわば断続平衡説形式だった——進化生物学におけるそれまでの沈滞期を打破し、この分野を方向転換させる、スケールの大きな概念だったからだ。

10年後、コニー・ガーシックという研究者が、別の生物（人類）について、その生息地（会議室）での生態研究に着手しようとしていた。彼女は、プロジェクトに取り組む少人数のグループを、初回の打ち合わせからプロジェクトの最終日まで追跡した。対象となったのは、新種の取引を開発する銀行の特別チーム、1日療養を企画する病院管理者、コンピューター科学研究所の設立を目指す大学教職員と大学運営者たちだった。プロジェクト・チームは一連の段階を徐々に進むものだと、当時の経営理論家は考えていた。会議をすべて録画し、発した言葉を逐一記録することにより、チームの一貫したプロセスを詳細に理解できるとガーシックは考えていた。

ところが、彼女が発見したのは一貫性の欠如だった。チームは普遍的な段階を経て、着実に進歩したのではなかった。プロジェクトの達成にいたるまで、各チームはまったく異なる独特のアプローチをとった。病院チームは、銀行チームとは異なる展開を見せ、大学チームはほかの2チームとは異なる展開を見せたのだ。だが、ガーシックによれば、あらゆる点で相違が見られたのに対し、「チームが編成され、継続し、変化したタイミング」は共通していた。[13]

各チームは当初、長々と惰性的期間を過ごした。メンバー同士は知り合いになったが、大したことは達成していなかった。さまざまなアイデアについて話し合ったが、前には進まなかった。時間が刻々と進み、日々が過ぎ去った。

やがて、突然の変化が起きた。「一気に集中して変化が生じ、チームは古いパターンを捨て去り、外部の監督者と再び関わりを持ち、業務に新たな展望を取り入れ、目を見張るほどの進歩を遂げた」ことにガーシックは気づいた。当初の不活発な段階を過ぎて、計画を実行に移し、納期に向かって全速力で突き進む、集中的な段階に突入した。だが、その爆発的な取り組みよりもさらに興味深い点は、それが生じた時期である。プロジェクトに与えられた時間はそれぞれ異なっていたが、「各チームの変化はそれぞれの進行のちょうど同じ時点で生じた――最初の打ち合わせと、最終納期のちょうど中間である」。

銀行チームの新取引の企画は、「34日間のスケジュールの17日目」で大きく飛躍した。病院チームは、「12週間のスケジュールの6週目」で建設的な方向に転じた。これはどのチームにも当てはまった。「仕事に着手した時点と納期の中間で、各チームは大きく変化した」とガーシックは記している。チームは着実に一定のペースで目標に向かっていたのではなかった。それどころか、ほとんど何ごとも成し遂げないまま、かなりの時間を過ごした――スケジュールの「中間にあたる時点」で、どのチームも必ず精力的に活動するようになるまでは。[14]

思いもよらない、しかも当時の通説と反する結果に直面し、ガーシックはそれを理解する方法を探した。「調査結果を通して理解するようになったパラダイムは、自然史の分野で出現した比較的新しい概念で、これまで集団には適用されたことがない概念と似ている。すなわち、断続平衡説である」と彼女は述べている。三葉虫やカタツムリと同様、ともに仕事をする人間のチームも、徐々に前進したのではなかった。停滞する時期が長々と続いたあと、突如爆発的に活動的になったのだ。この人間たちの場合は、何百万年に及ぶ進化ではなく数ヵ月にわたる仕事だったが、平衡は必ず同じ時点で破られた――中間である。

たとえば、ガーシックは、ある事例の分析と解説に11日間の準備期間を与えられた、経営学専攻の学生グループを研究した。学生たちは当初、議論に明け暮れて、外部のアドバイスを受け入れようとしなかった。しかし、6日目――プロジェクトのちょうど折り返し地点――になり、タイミングが話題になった。「もう時間がない」と1人が注意を促した。その直後、学生グループは見込みのない最初のアプローチを捨て、プロジェクト達成戦略を立て直した。折り返し地点に達して、学生たちはチームにもほかのメンバーにも「新たな切迫感」が生まれたことを感じた、とガーシックは書き留めている。

これを「おっと大変だ効果」と呼ぶことにしよう。

中間地点に達すると、落ち込む場合もあれば、飛躍する場合もある。もう半分も時間を無駄にしてしまったと、頭の中で警鐘が鳴る。これが、わたしたちに適度なストレスを与え――「おっと、もうあまり時間がないぞ！」と――モチベーションを再び呼び起こし、戦略を練り直すように促すのだ。

その後実施した調査で、ガーシックはおっと大変だ効果の力を確認した。ある実験で、MBAの学生を集めて8つのグループに分け、15分から20分間かけて概要を説明してから、1時間でラジオのコマーシャルを作るという課題を出した。以前の調査と同様に、ガーシックは学生のやり取りを録画し、会話を書き起こした。各グループは、1時間しかないプロジェクトの開始から28分から31分たった頃に、「おっと大変だ」的なコメントを残していた（「いいか、もう半分も時間が過ぎた。本当にまずいぞ」など）。そのうえ、8つのグループのうち6つが、「もっとも顕著な進展」を「中間地点で一気に」遂げた。[15]

ガーシックは、長期間のケースでもこれと同じ原動力を発見した。彼女は別の研究で、ベンチャー・キャピタルの支援を受けた、Mテックというスタートアップ企業を1年間追跡した。企業には限られた命というものはないし、小規模プロジェクト・チームのように、期限というものもない。それでも、Mテックは「プロジェクト・グループが示したパターンと同じような、時間的区切りのある数々のパターンを、さらに高度で慎重なレベルで示した」。MテックのCEOは、企業の重大な企画会議や評価会議を、すべて7月に開催していた。12ヵ月の真ん中である。その会議の情報を用いて、Mテックの下半期の戦略を修正したのだ。

「1年の半ばでの変化は、グループの中間地点の変化と同様に、Mテックの行く末を有意義に形成した」とガーシックは述べている。「途中での小休止は、進行中の戦術や戦略を中断し、マネジメントに評価する機会を与え、会社の針路を変える」[16]。

これまで述べてきたように、中間地点には二重の効果がある。わたしたちのモチベーションを失わせる場合もあれば、モチベーションを高める場合もあるのだ。ときには「もうダメだ」という気持ちになり、わたしたちは後退する。またときには、「おっと大変だ」という気持ちを引き起こして、前進する。ある状況では不振をもたらし、別の状況では刺激を与える。

中間地点を心理的な目覚まし時計とみなすといい。わたしたちが目覚まし時計をセットしたときだけ、あのピピピ、ピピピという煩わしい音が聞こえるときだけ、スヌーズ・ボタンを押さなかったときだけ、中間地点は効果を発揮する。だが、目覚まし時計と同じように、中間地点でもっともやる気を引き出すのは、少し後れ気味のときに聞こえるベルなのである。

ハーフタイムの僅差が勝敗を決める

1981年の秋、ジャマイカのキングストン出身で、のちにマサチューセッツ州ケンブリッジに移住した19歳の青年が、ワシントンD．C．のジョージタウン大学に入学した。パトリック・ユーイングである。長身の彼はとても大学1年生には見えなかった。そびえたつ山のような、驚くほどの長身だった。しかし、とても優しい青年で、スプリンターのごとく、敏捷で流れるような動きを見せた。

ユーイングは、ジョン・トンプソン監督率いるジョージタウン大学を、全米屈指のバスケットボールチームにするためにやって来た。彼は初日から、チームを変える存在感をコートで放った。『ニューヨーク・タイムズ』紙は彼を「動き回る巨人」と呼んだ。別の新聞は「後世に名を残すセンター」と評価した。『スポーツ・イラストレイテッド』誌は、「人間パックマン」のように相手チームのオフェンスを貪る、「身長2メートル13センチの若きモンスター」と書き立てた。[17]ユーイングのおかげで、ジョージタウンはたちまち全米トップの守備的チームとなった。ジョージタウン大学のバスケットチーム「ホヤズ」は、ユーイングが新入生のシーズンに30勝を挙げて、大学始まって以来の記録を残した。チームは39年ぶりに、全米大学体育協会（ＮＣＡＡ：National Collegiate Athletic Association）男子バスケットボール・トーナメントでファイナル４に入り、準決勝、決勝戦へと駒を進めた。*

１９８２年のＮＣＡＡ決勝戦の相手は、全米代表選手のフォワード、ジェームズ・ウォージーが率い、ディーン・スミスが監督する、ノースカロライナ大学の「タールヒールズ」だった。ディーン・スミスは監督として高い評価を得ていたが、苦悩多き監督でもあった。彼はノースカロライナ大学のバスケチームの監督を21年間務め、ファイナル４に６回出場し、決勝に３回進出した。だが、一度も優勝したことがなく、バスケットボールの熱狂的ファンが多いノースカロライ

*ユーイングがジョージタウン大学のチームの一員として出場した４シーズンのうち、チームは決勝戦に３回出場した。

ナ州の人々は、口惜しい思いをしていた。トーナメント戦の相手チームのファンは、「本番に弱いディーン」とよく彼のことを野次っていた。

3月最後の月曜日の夜、スミスの「ターヒールズ」とトンプソンの「ホヤズ」は、6万1000人のファンで埋まったルイジアナ・スーパードームで対戦した。この試合は、「西半球で行われた試合では最大の観客」を集めた。[18] ユーイングは初っ端から相手チームを脅かしたが、必ずしも効果的なプレイはできなかった。ノースカロライナ大学の最初の4点は、ユーイングがゴールテンディングでファウルを取られてカウントされたものだった（シュートしたボールがリング上で最高点より落下中のシュートボールに触れてはいけないというルールがある。ユーイング級の身長の選手しか犯すことのできないファウルだ）。ノースカロライナ大学は、最初の8分間、ネットを揺らすことができなかった。[19] ユーイングは相手のシュートをブロックし、フリースローを決め、23点を入れた。だが、ノースカロライナ大学もぴったりついていった。前半の残り時間が40秒のとき、ユーイングは速攻でコートを24メートルも駆け抜け、スラムダンクを決めた。床がたわまんばかりの勢いだった。ハーフタイムを迎えたとき、ジョージタウン大学が、32対31で幸先よくリードしていた。それ以前のNCAAバスケの決勝戦43試合では、前半をリードして終えたチームは34試合で勝利を収め、80パーセントの勝率を上げていた。シーズン中、ジョージタウン大学が前半をリードで終えた26試合は勝利を収め、リードされた1試合は敗れていた。

スポーツのハーフタイムは、やはり中間地点の一種である。活動が止まり、チームが明確に再評価と再調整を行う時間である。だがスポーツのハーフタイムは、人生やプロジェクトの中間地点とは、ある重要な側面で異なる。スポーツの場合、リードされているチームは、ハーフタイムで厳しい数学的現実に直面する。相手チームのほうが得点が多い。つまり、後半で相手チームと同じ点数を入れただけでは、必ず負けるということだ。リードされているチームは、後半で相手よりも多く得点するだけではなく、前半でリードされた点数よりも多く得点する必要がある。どんなスポーツであれ、前半でリードしたチームのほうが勝利を収める可能性は高くなる。これは、個人的なモチベーションの限界とはまったく関係がなく、容赦ない確率の問題である。

とはいえ、これには1つだけ例外がある。ある特殊な状況では、モチベーションが数学を打ち負かすようなのだ。

ペンシルベニア大学のジョナ・バーガーと、シカゴ大学のデヴィン・ポープは、プロバスケットボール協会（ＮＢＡ：National Basketball Association）の15年にわたる1万８０００を超える試合を、とくにハーフタイム時のスコアに注目して分析した。ハーフタイムの時点でリードしていたチームは、リードされていたチームよりも、最終的に勝利することが多かった。これは驚くほどのことではない。たとえば、ハーフタイム時に6点リードしていた場合、チームが勝つ確率は約80パーセントである。ところが、バーガーとポープは、この規則に例外があることに気づいた。1点だけリードされていたチームのほうが、勝つ確率が高かったのだ。実際には、ハーフタイムの時点で1点負けているほうが、1点勝っている場合よりも有利だった。ハーフタイムで1

点負けている地元チームは、58パーセント強の確率で勝利を収めた。ハーフタイムで1点リードされていることは、奇妙なことに、実際には2点リードしているに等しかった。

バーガーとポープは次に、NCAAの10年分にあたる4万6000近い試合を調べたところ、それほど顕著ではないが、NBAと同じ影響を見つけた。2人によれば、「［ハーフタイムで］わずかにリードされている場合、チームの勝機は著しく高まる」という。さらに、2人が点数獲得のパターンを詳細にいたるまで検証したところ、負けているチームは、ハーフタイム直後に、過剰なほど多くの点を入れていることがわかった。後半の開始直後に、急に強さを見せていたのである。[20]

膨大なスポーツのデータからは、相関関係はうかがえるが、決定的な原因はわからない。そこでバーガーとポープの2人は、そのメカニズムを突き止めるために簡単な実験を行った。参加者を集め、各自に対抗相手を割り振り、それぞれ別の部屋でパソコンのキーボード入力のスピードを競わせたのだ。相手より高いスコアを獲得したほうが、賞金をもらえる。この競争は、休憩をはさんで短時間の前後半に分かれていた。その休憩の間に、実験者は被験者に別々の対応を行う。一部の被験者のグループには、競争相手に大きくリードされていると伝えた。また別の被験者のグループには少しだけリードされていると伝え、ほかのグループには同点だと伝え、残りのグループには少しだけリードしていると伝えた。

果たして結果はどうなっただろうか？　3つのグループは前半と同じパフォーマンスを見せた

が、1つのグループだけ前半よりもかなり良いパフォーマンスを見せた――少しだけリードされていると伝えたグループである。「相手よりも少しだけ点数が少ないと伝えただけで、彼らの努力を引き出す結果となった」とバーガーとポープは述べている。[21]

1982年の決勝戦の後半、ノースカロライナ大学の電光石火のオフェンスと、チーム一丸のディフェンスが炸裂した。後半の開始後4分もたたないうちに、ノースカロライナは不利な状況を克服し、3点の差をつけた。しかし、ジョージタウンとユーイングは反撃し、試合は最後の瞬間まで抜きつ抜かれつの接戦となった。後半の残り32秒の時点で、ジョージタウンは62対61でリードしていた。1点負けているノースカロライナ大学のディーン・スミスは、タイムアウトを要求した。タイムアウト終了後、ノースカロライナ大学チームはボールをスローインし、フリースローレーン近くでパスを7回繰り返したのち、マークが甘くなったコートサイドにボールをパスした。パスを受けた無名の新人ガード選手が、ミドルレンジのジャンプシュートを決めて、チームは逆転した。最後の数秒間、ジョージタウン大学チームは何とか点を入れようともがいた。こうして、ハーフタイムで1点ビハインドされていたノースカロライナ大学が、1点差で全米優勝者の座を勝ち取ったのである。

1982年のNCAAの決勝は、バスケットボールの歴史に残る伝説の試合となった。ディーン・スミス、ジョン・トンプソン、ジェームズ・ウォージーの3人は、やがてバスケットボール殿堂入りを果たした。このネイスミス・メモリアル・バスケットボール殿堂には、これまでわずか350人のバスケットボール選手や監督、その他バスケットボール関連功労者しか殿堂入りしていない。この決勝戦の勝敗を決めた、目立たない新人ガード選手は、マイケル・ジョーダンだった。彼はその後、バスケットボール選手として目覚ましいキャリアを築いた。

ともあれ、中間地点の心理学に興味を抱くわたしたちにとって、もっとも重大な瞬間は、1点リードされた時点でスミスがチームにこう話したときに訪れた。「チームはすこぶる調子がいい。相手よりもこちらのほうが分がいい。作戦通りだ[22]」。

中間地点は、人生の現実であり自然の力であるが、だからといってその影響を変えられないということはない。不振を刺激に変える最善の策としては、次の3つがある。

1つ目は、中間地点を意識すること。気づかないままにしておいてはいけない。

2つ目は、あきらめるきっかけではなく、目を覚ます機会としてそれを用いること。「ああ、しまった」とあきらめるのでなく、「おっと大変だ」と気をもむ機会として使うことだ。

3つ目は、中間地点で、ほんの少しだけ自分がリードされている、または後れを取っていると考えてみることだ。これによって、モチベーションが活性化される。もしかすると、全国大会で優勝できるかもしれない。

【タイム・ハッカーのハンドブック】

中間地点でモチベーションを呼び覚ます5つの方法

プロジェクトや任務の中間地点に到達したときに、おっと大変だ効果が現れなかった場合、スランプから脱出するための、実証済みの簡単な方法を次に紹介する。

1．中間目標を設定する。

モチベーションを維持し、さらには再活性化するためには、大きなプロジェクトを小さなステップに分けるといい。減量やレースに取り組む人、無料航空券入手のためにマイレージを貯めている人を調査した結果、モチベーションはその過程の最初と最後に高まるが、「中盤で停滞する」ことが判明した。[1] たとえば、2万5000マイル貯めようとしているとき、マイルが4000か2万1000のときには一生懸命に貯めようとする。ところが、1万2000マイル貯まったときは、あまり熱心ではなかった。こうした中だるみを解消するには、中間を異なる視点で見るといい。2万5000マイルを考えるのではなく、1万2000マイル時点で下位目標《サブゴール》を設定し、1万5000マイルを貯めることに集中する。レースの場合、それが文字通りのレースであれ比喩的なレースであれ、ゴールまでの距離を思い描くのではなく、次のマイル標識にたどり着くことに集中するのだ。

2. 中間目標を公約する。

下位目標を設定したら、公約の力に頼る。誰かに対して責任を果たさなくてはならない場合、目標達成の可能性は格段に高まる。スランプを克服する方法の1つは、いつ、どのようにそれを成し遂げるか、誰かに宣言することである。論文執筆、またはカリキュラムや組織の戦略計画の作成の途中だとしよう。今取り組んでいる箇所を、ある期日までに仕上げると、ツイートするかフェイスブックにアップしよう。その日になったら自分の進捗を確認してほしいとフォロワーに頼む。多くの人が約束の実行を期待している以上、下位目標を達成させようと努力するだろうし、公衆で恥をかくことは避けたいと思うはずだ。

3. 中途半端なままで文章を終える。

アーネスト・ヘミングウェイは生前、15冊の本を出版した。彼がよく使っていた効率を上げるテクニックは、わたしもよく使っている（本書の執筆にも）。彼は、節や段落の終わりではなく、よく文章の途中で執筆をやめることがあった。未完成の感覚を抱くことにより、中間地点の効果が発生し、翌日はただちに、勢いよく執筆活動に取りかかることができた。へミングウェイのテクニックが功を奏する理由の1つに、ツァイガルニク効果がある。人は完了した課題よりも未完了の課題のほうをよく覚えている傾向がある、という現象のことだ。[2]プロジェクトの途中で、次のステップが明確な作業を中断し、1日を終えるという実験をしてみるといい。日々のモチベーション・アップにつながるかもしれない。

4．鎖を断ち切らないこと（サインフェルドのテクニック）。

コメディアンのジェリー・サインフェルドは、毎日ジョークを作ることを日課にしている。ジョークがひらめいた日だけではない。365日毎日だ。集中を欠かさないために、365日の日付が書かれたカレンダーを用意する。ジョークを書いた日に、大きく赤字で×印をつける。「数日たつと、鎖ができる」と、サインフェルドはソフトウェア開発業者のブラッド・アイザックに話した。「それを続けていくと、鎖は日々どんどん長くなる。やがて、数週間も達成すると、その鎖を眺めるのが楽しみになる。次にやらなくてはいけないのは、その鎖を断ち切らないようにすることだ」。[3]途中でスランプに陥ったとき、30個も、50個も、100個もつながったその×の鎖を見る場面を想像するといい。サインフェルドと同じように、あなたもうまく対処できるようになるだろう。

5. 自分の仕事がその人の役に立つ、という人を1人思い浮かべる。

ヘミングウェイやサインフェルドのような、中間地点のモチベーション・アップの名人に、アダム・グラントも加えよう。ペンシルベニア大学ウォートン校の教授で、『ORIGINALS 誰もが「人と違うこと」ができる時代』【原題"Originals" 三笠書房】や、『GIVE & TAKE 「与える人」こそ成功する時代』【原題"Give and Take" 三笠書房】の著者でもある。難題に直面したとき、自分のしていることがほかの人たちにどのように役立つか自問して、彼はやる気を出す。[4]「どうしたら続けられるか」と不振に陥っていても、「どのように役立つか」と考えれば刺激が生まれる。プロジェクトの半ばで行き詰まりを感じたとき、あなたの努力によって利益を得られる人を1人思い浮かべるといい。その人のために仕事に打ち込めば、一層献身的に仕事に打ち込めるようになるだろう。

次のプロジェクトを「形成《フォーム》・混乱《ストーム》・機能《パフォーム》」にまとめる

1960年代から70年代にかけて、組織心理学者のブルース・タックマンは、チーム形成に関する有力な理論を構築した。あらゆるチームは、形成、混乱、統一、機能の4段階を経て進展すると彼は考えた。わたしたちは、タックマンのモデルとガーシックのチームの段階に関する調査を結びつけ、読者が次のプロジェクトで利用できるように3段階構造を作り上げた。

第1段階……形成と混乱

チームが最初に集まってからしばらくは、メンバーがもっとも調和し、もっとも対立が少ない時期であることが多い。その初期の時間を用いて、共通のビジョンを構築し、グループの価値観を確立し、アイデアを生み出すようにする。やがて対立が生まれ、この調和した時期は失われる（これがタックマンの言う「混乱」である）。メンバーのなかには自分の影響力を強めて、小さな声を抑えつけようとする者もいるかもしれない。割り当てられた責任と役割に異議を唱える者もいるかもしれない。時間の経過に応じて気を配るべきことは、必ずメンバー全員が意見を言えるようにすること、見込みを明確にすること、全員が貢献できるようにすることである。

第2段階……中間地点

疾風怒濤のごとき第1段階にもかかわらず、あなたのチームはまだ大したことを達成していないだろう。これはガーシックによる重大な発見である。そこで、中間地点——と、おっと大変だ効果——を利用して方向性を定め、ペースを速めるようにする。前述したハヌカ・キャンドルの調査を実施した、シカゴ大学のアイェレット・フィッシュバックによれば、チームの目標達成に対するコミットメントが高いときは、まだやるべき仕事を強調することが最適である。逆にチームのコミットメントが低いときは、たとえそれほど大きな達成ではなくても、チームがすでに成し遂げた進歩を強調するほうが賢明である。[5] チームのコミットメントの度合いを把握して、それに従って行動する。方向性を定めるとき、中間地点を過ぎたら、チームは概して新たなアイデアや解決策を受け入れにくくなることを念頭に置いておこう。[6] その一方で、コーチによる指導を受け入れる余地は非常に大きい。[7] あなたの中のディーン・スミスと交信して、少しリードされていると説明し、活を入れてもらおう。

第3段階……機能

この段階になると、チームのメンバーは意欲にあふれ、目標達成に自信を抱き、たいていは最小限の対立で一丸となって取り組める。そのまま進歩を継続させて、「混乱」の段階に逆戻りしないように気をつける。たとえば、あなたが車をデザインするチームの一員だとしよう。普段は複数のデザイナーが仲良く仕事をしているが、険悪なムードが高まってきたとする。最適なパフォーマンスを継続させるためには、同僚たちに、一歩引いて互いの役割に敬意を払うよう求め、自分たちが向かっている共通のビジョンを再び強調する。戦術を変更してもかまわないが、この段階では実行にしっかりとフォーカスすること。

中年のスランプに立ち向かう5つの方法

ヒューストン大学教授で著述家のブレネー・ブラウンは、「中年」について素晴らしい定義をしている。中年という時期は、「宇宙があなたの肩をつかんで、『よく聞いて。自分に与えられたギフトを使いなさい』と言っているとき」だというのだ。わたしたちの大半は、いずれ幸福度のU字型曲線に対峙せねばならないときが来る。宇宙があなたの肩をつかんでも、あなたにまだ準備ができていないとき、どのように対応したらいいか次に紹介する。

1. 目標に優先順位をつける（バフェットのテクニック）。

ウォーレン・バフェットは、億万長者にしてはとても好人物だと思われる。彼は数百億ドルの財産を慈善事業に寄付すると誓っている。質素なライフスタイルを維持している。それに、80代に入っても骨惜しみせずに働いている。この〝オマハの賢人〟は、中年のスランプへの対応についても、賢明なアドバイスをしている。

バフェットがプライベート・ジェットのパイロットと話をしていたときのことだ。パイロットは、望んでいたことを何一つ成し遂げていないと失望感を抱いていた。バフェットはこれに対し、3つのステップの解決策を処方したと言われている。

1つ目のステップは、残りの人生でもっとも成し遂げたい25の目標を書き出すこと。

2つ目のステップは、そのリストを検証して、まちがいなく最優先となる上位5つの目標に丸をつけること。これにより、2つのリストができる。1つは上位5つの目標、もう1つはそれより優先順位の低い20の目標。

3つ目のステップは、その上位5つの目標をどうしたら達成できるか、ただちに計画を立てること。残りの20については捨ててしまってかまわない。とにかく避けたほうがいい。上位5つの目標を達成するまでは見向きもしなくていい。何しろ、5つを達成するにも長い時間がかかるだろうから。

数個の重要事項をうまくこなすことは、10以上ものプロジェクトを不完全で中途半端なままにするよりも、スランプから抜け出すためにはよっぽど役立つ。

2. ミッドキャリア層のためのメンターシップを導入する。

メンターシップは、分野や事業になじみがない人たちのために導入されるが、その人たちが知識を獲得して立場を築き、もはや指導は必要ないとみなされると、メンターシップは終わる。

それは間違いだと、チューリッヒ大学のハネス・シュヴァントは言う。従業員にはそのキャリアを通して、特定のメンターシップを正式に授けるべきだと彼は主張する。[8] これには2つの利点がある。1つは、幸福度のU字型曲線は誰もが直面するものだと、メンターが認識していることだ。スランプについて率直に話すことにより、ミッドキャリアで倦怠感に襲われても大丈夫なのだと気づける。

もう1つは、経験を積んだ従業員がスランプの対処法を授けてくれることだ。また、同僚でも互いに助言を与えられる。仕事に再び目的を見出すためにほかの人たちはどんなことをしてきたのか、オフィスやそれ以外で有意義な関係をどのように築いてきたのか、助言を受けられる。

3．ポジティブな出来事を頭の中から取り除く。

中年期の数学は、足し算よりも引き算が有効な場合がある。2008年、4人の社会心理学者が、そのアイデアに基づく新規のテクニックを提示するために、映画『素晴らしき哉、人生！』【原題"It's a Wonderful Life"】を拝借した[9]。

まず、子どもの誕生、結婚、仕事で目覚ましい実績を挙げたことなど、人生のポジティブな出来事について考える。次に、それを実現させた背景や巡り合わせをすべてリストアップする。もしかするとそれは、一見取るに足らない決断だったかもしれない。たとえば、ある晩食事をした場所とか、気まぐれで登録した授業とか、友だちの友だちのまた友だちが、たまたま就職口の情報を持っていた、などだ。

それから、起きなかったかもしれない出来事や状況、下さなかったかもしれない決断をすべて書き出す。もしあのパーティーに行かなかったら、別の授業を選択していたら、あるいは従弟とのお茶の約束をすっぽかしていたら、どうなっていただろう？　その一連の出来事が起きなかった場合の人生、さらには、ポジティブな出来事がなかった場合の人生を想像してみる。

今度は、現在に戻り、自分の歩んできた人生を振り返る。あの人やこのチャンスを人生にもたらしてくれた、楽しく美しい偶然について考える。ほっと胸をなで下ろし、自分の幸運にうなずき、感謝しよう。あなたの人生は自分で思っているよりもっと素晴らしいかもしれないのだ。

4．自分を思いやる短い文章を書く。

わたしたちは大概、自分自身よりも他人に対して思いやりの気持ちを向けるものだ。しかし、いわゆる「セルフ・コンパッション」【自分に対するいたわり】の科学によると、このような心理的傾向はわたしたちの幸福を損ない、レジリエンス【回復力】を弱めることがわかっている。[10]だからこそ、研究者は、次のような練習を勧めるのだ。

まず、後悔や恥ずかしさや失望感で自分の胸をいっぱいにする事柄を突き止める（会社を解雇された、単位を落とした、関係を悪化させた、身代をつぶした、など）。それを思い出すとどんな気持ちになるか、いくつか具体的に書き出す。

次に、人生のその部分に対して同情や理解を示すメールを2段落にわたり書く。あなたのことを心配してくれる人物なら何と言うか、想像する。おそらく、あなたよりもあなたのことを大目に見てくれるだろう。実際、テキサス大学の教授クリスティン・ネフは、「無条件に愛情を注ぐ想像上の友人の視点から」自分に手紙を書くように勧めている。ただし、理解に行為を混ぜるようにしよう。あなたの人生にどんな変化をもたらせるか、将来どのように改善できるのか、数行書き加えよう。自己をいたわる手紙は、キリストの黄金律【「人にしてもらいたいと思うことは何でも、あなたがたも人にしなさい」『マタイによる福音書』7章12節、『ルカによる福音書』6章31節】とは正反対に作用する。あなたが他人を扱うように、自分自身を扱う術を与えてくれるのだ。

5. 待つ。

最善の行動とはときに……何も行動しないことである。確かに苦痛に感じるかもしれないが、行動に移さないことが、正しい行動である場合も多いのだ。スランプに陥ることは正常であり、それはつかの間のことでもある。スランプからの脱出は、スランプに陥ることと同様に自然である。風邪を引くようなものだと考えるといい。厄介だが、やがて治る。ひとたび治れば、思い出すことはほとんどない。

第5章

終了
――ラストスパートとハッピーエンドの科学

幸福な結末を迎えたいなら、それは当然、そのストーリーをどこで終えるかにかかっている。

――オーソン・ウェルズ

アメリカでは毎年、50万人以上がマラソンに参加する。何ヵ月間か練習を重ね、ある週末に早起きして、シューズを履き、1100のマラソン大会の1つに出場して、42・195キロを走る。世界の都市や地区でも3000ものマラソン大会が主催され、優に100万人を超えるランナーが参加する。アメリカでも世界でも、出場者の多くは人生で初めてマラソン大会に参加する。典型的なマラソン大会の出場者のおよそ半数が、初参加だという推計もある。[1]

膝を痛めたり、足首を挫いたり、スポーツドリンクを過剰摂取したりというリスクを冒してまで、新米ランナーたちをマラソンに駆り立てるものは何だろうか？　オーストラリアのアーティスト、レッド・ホン・イにとって、マラソンは「これまで絶対に無理だと思っていたことだった」。そこで、「週末を練習にあてて、とにかくやってみよう」と決心したという。半年間の練習を積んだのち、彼女にとって初めてのマラソン大会となる、２０１５年のメルボルン・マラソンに参加した。ダイヤモンド業界で仕事をする、テルアビブのジェレミー・メディングは、２００５年のニューヨーク・シティ・マラソンが初めてのマラソン大会だった。「人間には、自ら心に誓うゴールがいつも存在する」と語る彼にとって、マラソンはそれまで挑戦したことがないものだった。フロリダ中心部で弁護士として働くシンディ・ビショップは、「人生を変えるために、新しく生まれ変わるために」、２００９年に初めてマラソン大会に出たという。動物学者からバイオテクノロジー企業の幹部に転身したアンディ・モロゾフスキーは、それまでこんな長距離を走ったことがなかったのに、２０１５年のサンフランシスコ・マラソンで走った。「勝とうと思っていたわけじゃない。ただ完走したかったんだ」と打ち明けた。「自分に何ができるか確かめたかった」。

それぞれ異なる４つの場所で暮らし、異なる４つの職業についているこの４人は、42・195キロを走るという共通の目標で結びついていた。しかし、この４人やその他マラソン初参加者を結びつけるものがはかにもある。

レッド・ホン・イが初めてマラソンを走ったのは、29歳のときだった。ジェレミー・メディングの初マラソンは39歳のときだった。シンディ・ビショップの初マラソンは49歳で、アンディ・

モロゾフスキーの場合は59歳だった。

４人とも、社会心理学者のアダム・オルターとハル・ハーシュフィールドが、「９エンダー《ナイン》」と呼ぶ人たち、すなわち各年代の最後の年齢を迎えた人たちだったのだ。彼らはそれぞれ、29歳、39歳、49歳、59歳までやったことのなかった、考えもしなかったことを、29歳、39歳、49歳、59歳のときにしようと、自分を駆り立てた。年代の最後の年に達したとき、何かが彼らの思考を揺り動かし、行動を変えた。終了にはそのような影響力がある。

スタートや中間と同じように、終了は、わたしたちの行動や手段をひそかに誘導する。実は、どんな種類の終了――経験、プロジェクト、学期、交渉、人生など――であれ、予測可能な次の４つの形で人の行動を形成する。終了は、わたしたちに奮起を促す。わたしたちがエンコードするように促す。わたしたちが編集するように促す。わたしたちが高揚するように促す。

奮起する――40歳より39歳がはりきる理由

10年で区切る年代は、肉体的にほとんど重要性がない。生物学者や医師にとっては、たとえば、39歳のフレッドと40歳のフレッドとの間に、生理学的に大きな差異はない。38歳のフレッドと39歳のフレッドの間の差異と、おそらくあまり変わらないだろう。また、わたしたちの環境も、９で終わる年齢は０で終わる年齢と比べて、大きく変わるわけでもない。人が自分の人生を語るとき、書物の章と似て、区切りから区切りへと話を進めることが多い。だが、小説もそうではないように、本物の人生は、切りのいい数字に沿っているわけではない。「160ページ台はすごく面白かったけど、170ページ台はちょっとつまらなかった」などと、ページ番号で本を評価したりはしないだろう。それなのに、10年という恣意的な区切りの終わりに近づくと、心の中で何かが目覚めて、人々は行動を変える。

たとえば、マラソン大会に参加するためには、年齢等を申告して、大会事務局に申し込む必要がある。オルターとハーシュフィールドは、マラソン初参加者のなかで、9エンダーは実に48パーセントも占めていることを発見した。全年代を通じて、マラソン初参加者の割合が一番多かった年齢は、29歳だった。29歳の人がマラソンで走る傾向は、28歳、または30歳の人と比べておよそ2倍にのぼった。

また、マラソン初参加者は40代初めで減少するが、49歳で著しく急増する。49歳の初参加者は、1歳しか違わない50歳の初参加者の約3倍にのぼる。

さらに言えば、次の10年に近づくほど、走るスピードも上がるようだ。マラソン大会に何度か参加経験のある人は、29歳と39歳のときに、その前後の年齢で出したタイムよりもいいタイムを出していた。[2]

科学畑出身のモロゾフスキーにとって、区切りの最後の年齢に人を発奮させる効果があるな

29歳で初めてマラソンに参加する人が多い。

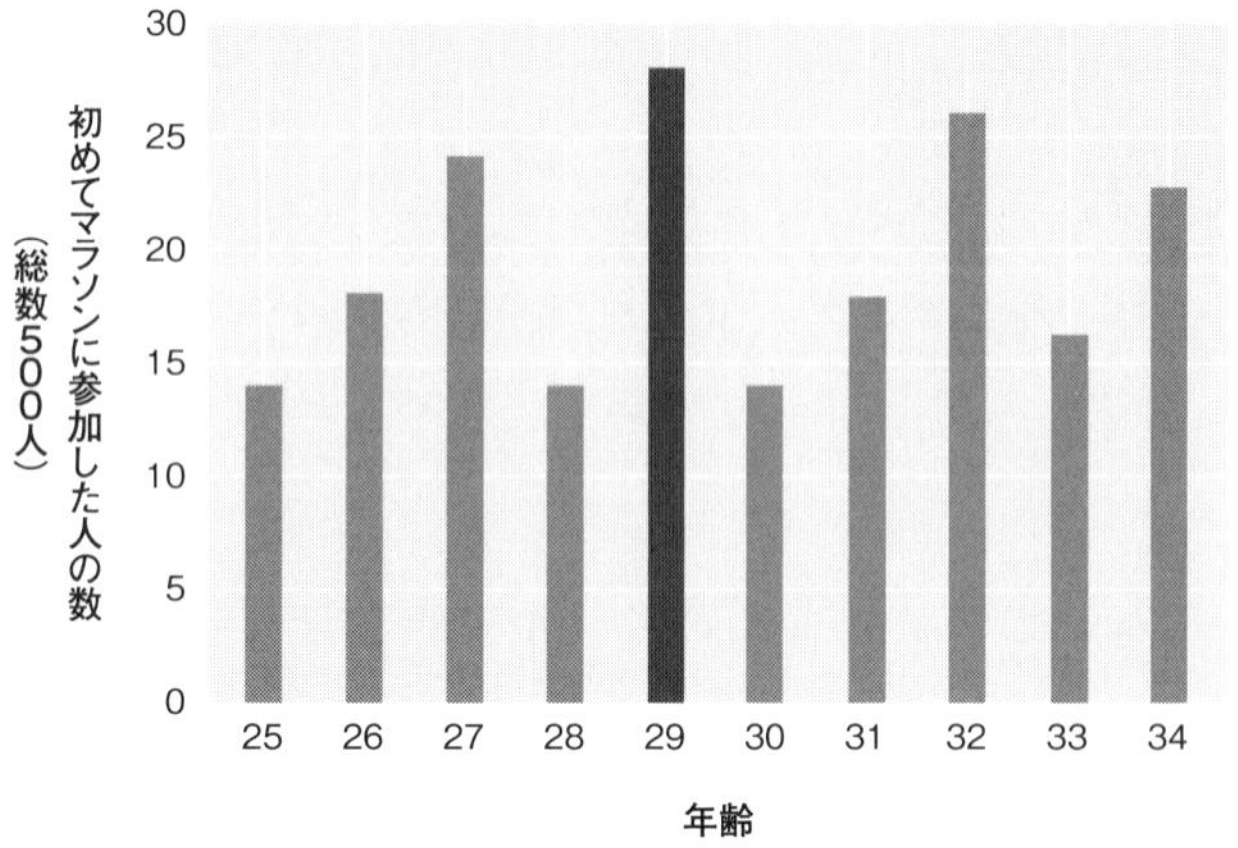

49歳の人はその前後の年齢の人と比べて、
初めてマラソンに参加する人が多い。

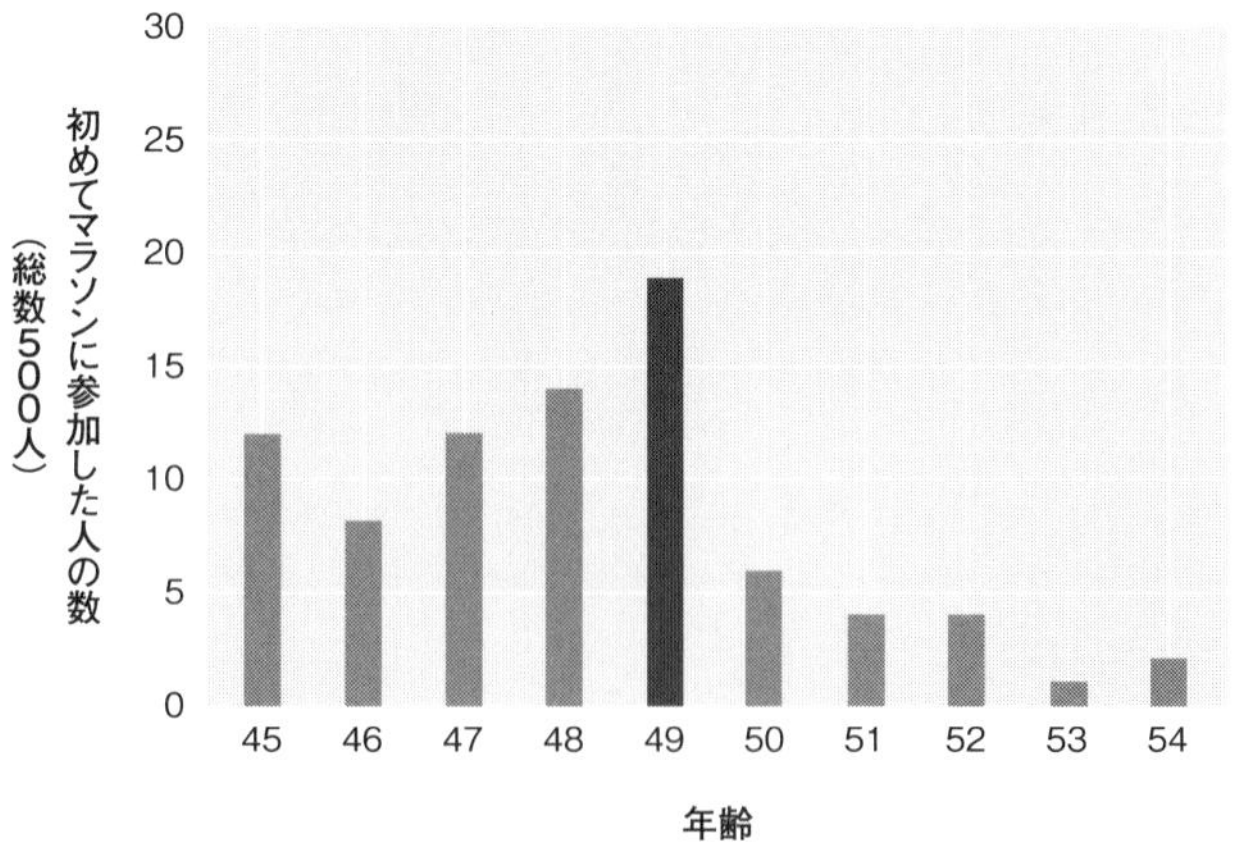

ど、論理的に意味が通るとは思えなかった。「年齢を考えるかって？　地球にとってはどうでもいいことかもしれないが、人間にとっては大切なことだ。人生は短いからだ。自分の進歩を知るために年齢を意識する。この肉体的にハードなことを、60歳になる前にやり遂げたかった。それで挑戦したまでだ」。モロゾフスキーはそう話してくれた。オーストラリアのアーティスト、レッド・ホン・イにとっては、年齢的なマイル標識が視界に入ったことでモチベーションがかき立てられた。「三十路が近づくにつれて、29歳のうちに何かを達成しなくちゃと思ったの。20代最後の年を無為に過ごしたくなかった」。

一方で、各年代の最後の年を迎えることは、必ずしも健全な行動を引き起こすわけではない。オルターとハーシュフィールドは、「9エンダーの自殺率は、それ以外の年齢の人よりも高かった」ことにも気づいた。どうやら、不貞行為を働く夫も増えるようだ。不倫サイトのアシュレイ・マディソンでは、会員男性の8人に1人が、29歳、39歳、49歳、59歳だった。この割合は、ほかの年齢よりおよそ18パーセントも高い。

各年代最後の年というのは、善かれ悪しかれ、意義あることを追求したいという気持ちを再び呼び覚ますようなのだ。オルターとハーシュフィールドは次のように説明している。

新しい年代の到来は、一生における進歩の印として、人生の段階と役割との間に明確な境界を示す。また、人生の移行期は自己評価の変化を促す傾向にある。以上の点から、10年という区切りの最後の年はほかの時期と比べ、自らの人生を評価しがちになる。9エンダーはとくに、加齢と意義にとりつかれるようになり、これが、意義の追求または意義の危機を示す行動と結びつくのである。[3]

終わりに近づくと、わたしたちはその他の領域でも非常に性急に行動するようになる。ナショナル・フットボール・リーグ（NFL：National Football League）を例にとろう。アメリカンフットボールの試合時間は60分で、前半【第1クォーターと第2クォーター】と後半【第3クォーターと第4クォーター】それぞれ30分から成る。スポーツのデータを扱うSTATS LLCによれば、2007－08年から2016－17年のシーズンの10年の間に、NFLチームが上げた総得点数は、11万9040点だった。その50・7パーセントは前半に、49・3パーセントは後半に得点された。試合の後半でリードしているチームは、得点を上げるよりも時間稼ぎをしようとするので、前後半の差はほとんどないと言える。しかし、分ごとの得点パターンまで詳しく検証すると、終了間際の発奮効果が明らかになる。このシーズンの間、全チームは試合の最後の1分で、約3200点を得点した。これは、ほとんどの各分別得点よりも多かった。だが、前半の最後の1分で全チームが上げた約7900点には、とうてい及ばなかった。前半終了間際の1分間は、ボールを持っているチームが何としても点を入れようとして、チーム得点率がその他1分間の得点率の2倍以上になる。[4]

クラーク・ハルは、ＮＦＬ設立の40年前に生まれているが、これを知っても驚かなかっただろう。ハルは、20世紀の前半に名を馳せたアメリカの心理学者であり、行動主義の第一人者である。彼は行動主義の立場から、人間は迷路のネズミと大差ない行動をとると主張した。１９３０年代初頭に、ハルは「目標勾配仮説」なる説を提唱した。[5] 彼は長い通路を用意して、それをいくつか均等な長さで区切り、各区切りの「ゴール」に食べ物を置いた。それから、ネズミを通路に放って、各区切りの到達時間を記録した。その結果、「迷路を走る動物は、ゴールが近づくにつれて、次第に速度を上げて移動する」ことを発見した。[6] 言い換えれば、ネズミは食べ物に近づくほど、速く走ったということである。ハルの目標勾配仮説は、その他大勢の行動主義者の洞察をはるかに超えたところまで、真実をとらえていた。何かを追求する際、最初のうちは、どれだけ前進したかによって動機づけられるものだ。これに対し、最後のほうになると、たいていはゴールまでのわずかなすき間を縮めようとすることで奮起する。[7]

終了間際にやる気を起こさせるこの力は、大概の場合において、締め切りが有効な理由の１つである。たとえば、ＫｉｖａというＮＰＯは、マイクロ起業家に対し、低利もしくは無利子の少額融資を行っている。融資を希望する者は、審査を受けるために、相当な項目数に及ぶ申請書をオンラインで記入する必要がある。申請書の記入を最後まで終える希望者は少ない。Ｋｉｖａは、コモン・センツ・ラボという行動調査研究所に、解決策の考案を依頼した。彼らは締め切りを設定することを提案した。申請書の入力に数週間という具体的な納期を提示するのだ。ある意味、この発想はばかげているように思える。締め切りを設ければ、申請書記入が間に合わない者も出てきて、融資申し込みの資格を失うことになる。だが、Ｋｉｖａが希望者に締め切りを明記したリマインド・メールを送信した場合は、明記しないリマインド・メールを送信した場合と比べて、24パーセント多くの人が申請書の記入を終えたことがわかった。[8] 同様に、具体的な締め切り――日付と時間――を提示された人のほうが、期限が示されていない人よりも、臓器提供者として登録する傾向があることが、その他の研究からも判明している。[9] 有効期限が２週間の商品券を持っている人は、有効期限が２ヵ月の同じ商品券を持っている人よりも、商品に交換する割合が３倍も高い。[10] 交渉期限のある人のほうが、期限のない人よりも、交渉で合意に達する確率がはるかに高くなる――しかも、期限の最終局面で合意に達する場合が圧倒的に多い。[11]

この現象が新スタート効果と密接な関係があると考えるなら、ラストスパート効果と言えるだろう。終わりに近づくほど、人は精を出すようになる。

確かに、この効果は均一に作用しないし、ポジティブなものとは言い切れない。たとえば、豊富な選択肢は、ゴールを目前にして、わたしたちの進捗を鈍らせることもある。[12] 締め切りは、とくにクリエイティブな仕事にとっての締め切りは、内発的動機を弱め、クリエイティビティを抑えるおそれがある。[13] さらに、交渉に――労使協定や平和合意でさえも――期限を設ければ、解決を早めることができる一方で、最善の結果、もしくは永続する結果を、必ずしももたらさないかもしれない。[14]

だが、クラーク・ハルのネズミと同じように、ゴールを嗅ぎつけることができれば——チーズ一切れが置かれているのであれ、ちょっとした意味があるのであれ——わたしたちはラストスパートをかけられる。

現在31歳のレッド・ホン・イは、運動としてランニングを続けているが、あれ以来マラソン大会には参加していない。それどころか、今後数年はマラソンをするつもりはないという。「もしかすると、39歳になったらマラソンを走るかもしれない」と言っていた。

エンコード——「終わり良ければすべて良し」理論

1931年2月8日、ミルドレッド・マリー・ウィルソンは、インディアナ州マリオン郡で男の子を出産した。夫婦にとって一粒種となったこの赤ん坊は、ジェームズと名づけられ、夫妻はジミーと呼んだ。少々騒々しかったが、ジミーは幸福な子ども時代を送った。家族はインディアナ州北部から南カリフォルニアに引っ越し、ジミーはそこで小学校に入学した。しかし数年後、母親がガンで急逝した。妻を失ったジミーの父親は、息子をインディアナの親戚のもとに預けた。その後のジミーは、アメリカ中西部らしい、楽しく堅実な青少年時代を送った。教会に通い、スポーツクラブやディベートクラブに所属した。高校卒業後、南カリフォルニアに戻りUCLAに入学した。そこで映画熱にとりつかれ、1951年、20歳になる直前に大学を中退して演劇の道に進むことにした。

このよくあるストーリーはここで一転し、めったにない展開を遂げる。

ジミーはすぐに、数件のコマーシャルとテレビ番組の端役の仕事を手に入れた。23歳のとき、当時もっとも有名だった監督が、ジョン・スタインベックの小説を映画化した作品に彼を抜擢した。この映画は大ヒットし、ジミーはアカデミー賞にノミネートされた。同年、彼は、それ以上の大作映画で重要な役を演じ、この映画で再びアカデミー賞にノミネートされた。信じられぬほど若くして、信じられぬほどの成功をあっという間に収め、ハリウッドの大スターの座にのぼりつめた。ところが、25歳を迎える4ヵ月前、ジミー、本名ジェームズ・バイロン・ディーンは、自動車事故で帰らぬ人となった。

ここで少し時間をとり、次の問いを考えてもらいたい。ジミーの全生涯を眺めて、あなたは彼の人生をどれほど望ましい人生だと思うだろうか？　1から9の尺度で、もっとも望ましくない人生を1とし、もっとも望ましい人生を9とすると、あなたは彼の人生をいくつだと思うか？

次に、ある架空のストーリーについて考えてみよう。ジミーはさらに数十年生存するが、キャリア初期ほどの成功をつかめなかったとする。とはいえ、ホームレスになったりドラッグ依存症になったりはしない。俳優としてのキャリアが完全にダメになったわけではなく、大スターの地位からは遠ざかったというだけだ。テレビドラマで一度か二度主役を務め、50代半ばで亡くなる前に、それほどヒットしなかった映画で数回脇役を務めたとする。彼のこの人生に対し、あなたはどのように評価するだろうか？

研究者がこの種の筋書きに対する評価を調べると、奇妙なことを発見した。人々は最初の筋書き（日の出の勢いのときに終える短い生涯）のほうに、２番目の筋書き（落ち目で終える長い一生）よりも、高い数値をつける傾向があるのだ。純粋な功利主義的見地から考えれば、この調査結果は奇妙である。何しろ、この架空のストーリーにおいてジミーは30年も長く生きたのだから！それに、その後の人生も決して悲惨なものではない。キャリア初期よりも華々しくないというだけなのだから。長い人生でのポジティブな出来事の累積量（初期のスターの日々も含むが）のほうが、短い人生よりも、まぎれもなく大きい。

「非常にポジティブな人生にやや良好な年月を加えることが、生活の質に対する認識を高めるのではなく低下させるという結果は、直観に反する」と社会学者のエド・ディーナー、デリック・ウォーツ、大石繁宏は発表した。「我々はこれをジェームズ・ディーン効果と名づけた。俳優のジェームズ・ディーンの生涯のような、短くも華々しい人生が、もっともポジティブだとみなされるからである[15]」。

ジェームズ・ディーン効果は、終了が人の認識をいかに変えるかという一例である。終了は、すべての経験をわたしたちがエンコードする——つまり、評価し記録する——ように促す。「ピーク・エンドの法則」をご存じだろうか。これは、１９９０年代初期に、ダニエル・カーネマンと、ドン・レデルマイヤーやバーバラ・フレデリクソンをはじめとする研究仲間たちが、結腸内視鏡検査を受けた患者やその他不快な経験について調べ、編み出した法則である。この法則によれば、わたしたちが出来事を記憶するときは、もっとも強烈な瞬間（ピーク）とそれがどのように終わったかに最大の重きが置かれるという。[16] よって、時間は短いが最後に痛い思いをした結腸内視鏡検査の患者にとっては、全体としての痛みは同じでも、最後にそれほど痛い思いをしなかった長時間の結腸内視鏡検査の患者よりも、検査はひどい経験として記憶されるのだ。[17] わたしたちは、エピソードがどのくらい続いたかを過小評価し――カーネマンはこれを「持続時間の無視」と呼んだ――最後に起きたことを過大評価するのである。[18]

終了がエンコードする力は、人の意見とそれによる意思決定の大部分を形成する。たとえば、わたしたちは食事や映画、休暇の質を、その経験全体ではなく、ある部分によって、とくに最後の部分によって評価する傾向があると、数件の研究が明らかにしている。[19] したがって、他人に伝える評価の大半は、会話であれトリップアドバイザーのレビューであれ、経験の締めくくりについての反応を伝えているのである（たとえば、ローカルビジネスレビューサイトのＹｅｌｐをのぞいてみれば、レストランに関する多くのレビューが、食事の最後について触れているのがわかる――最後に受けた、思いがけないもてなし、勘定書の間違い、ディナーのあと、追いかけて忘れ物を届けてくれたウェイターなど）。終了は、さらに重大な選択にも影響する。たとえば、有権者は世論調査に、アメリカ大統領選はそれまでの任期４年間の実績に基づいて決める、と答える。ところが、有権者は選挙が行われる年の経済に基づいて決めることが、調査結果から判明している。つまり、４

年間全体を通してではなく、任期の最後の年で判断する、ということだ。この「エンド・ヒューリスティック」は「近視眼的な投票」につながり、おそらくその結果として、近視眼的な政策が生じると政治学者は指摘する。[20]

終了のもたらすエンコード効果は、わたしたちが道徳的な人生をどう評価するかについて、とくに大きな影響を及ぼす。イェール大学の３人の研究者が、ジムという架空の人物に異なる複数の略歴を設定し、実験を行った。すべての略歴で、ジムはＣＥＯと設定されていたが、人生の軌跡をそれぞれ変えた。ある略歴では、ジムは、従業員に低賃金を払い、医療給付を拒み、慈善事業に寄付したことがない、嫌な奴だとされた。そうしたふるまいは30年間続いた。しかし、キャリアの終盤、定年間際になり、彼は寛大な態度を示すようになった。給与を引き上げ、利益を分け与え、「コミュニティのさまざまな慈善団体に多額の寄付をするようになった」。ところが、善意ある態度に転じて半年後、予期せぬ心臓発作に襲われて他界した。これと正反対に設定された略歴もある。数十年間、ジムは寛大で情け深いＣＥＯだった。「自分の金銭的利益より従業員の福利を優先し」、地元の慈善団体に多額の金を寄付していた。しかし、定年近くなり、彼の「行動はがらりと変わった」。従業員の給与を削減し、会社のほとんどの利益を独り占めするようになり、慈善団体への寄付をやめた。その半年後、予期せぬ心臓発作でこの世を去った。[21]

研究者たちは被験者の半数に、嫌な奴から好人物になった略歴を渡し、もう半数には好人物から嫌な奴になった略歴を渡して、ジムの人格の全体的な道徳性を評価するよう両方の被験者に指示した。この研究で用いた複数の略歴に対し、被験者は主に、ジムの人生の最後の局面の行動に基づき、ジムの道徳性を評価した。ありていに言えば、29年に及ぶ不実な行為と半年間の善行の人生と、29年に及ぶ善行と半年間の不実な行為の人生とを、被験者は同じだと評価した。「人々は、比較的長期間行われたある種の行為をさしおいて、人生の最後に起きたというだけで、比較的短期間の別の種類の行為を優先させることを厭わない」[22]。研究者はこれを「晩年のバイアス」と名づけた。つまり、たとえその死が予期せぬものであっても、人生の大部分でまったく異なる人格であっても、わたしたちは、人生の最後にその人本来の姿が現れると思っているのだ。

終了は、わたしたちがエンコードすることに、つまり、経験を記憶に刻みつけ、評価し、思い出すことに、一役買う。だが、その際にわたしたちの認識を歪ませ、大局を見えなくすることもある。終了が人間の行動に与える４つの影響のうち、エンコードは、わたしたちがもっとも神経をとがらせるべきものだ。

編集――高齢者が人脈を厳選する理由

わたしたちの人生は必ずしも劇的ではないが、３幕の劇のごとく展開する傾向がある。第１幕は、活動開始期である。子どもから青年期に移行し、自分の足場を世界で築こうと頑張る。第２幕は、厳しい現実が押し寄せる時期である。生計を立てようとし、相手を見つけて家庭を作ろうと奮闘する。前進し、挫折を経験し、成功も失望も味わう。第3幕は、ほろ苦い終盤である。おそらく、すでに何かしらを達成しているし、自分を愛してくれる人たちもいるだろう。だが、終わりのときが近づいており、幕が下りようとしている。

友人や家族など、その他の役柄もこのドラマに登場する。だが、セントルイス・ワシントン大学のタミー・イングリッシュとスタンフォード大学のローラ・カーステンセンは、その他の役柄の人が舞台に立っている時間は、幕により異なることを発見した。イングリッシュとカーステンセンは、人々の社会的ネットワークと友人関係が、この3幕を通してどのように変化するか突き止めるため、18歳から93歳までの人々の10年分のデータを調べた（2人の研究者は、年齢を3幕で分類していない。ポイントを明確にするために、著者がこの概念を彼らのデータに重ねた）。次のページのグラフからわかるように、60歳頃になると友人の数は急激に減り、社会的ネットワークの規模も縮小する。

直観的にもこれは理に適っている。職場を離れると、かつて日常生活を彩っていた人脈や友人を失う。子どもが独立して、彼らが第2幕に入ると、子どもたちと会う機会も減り寂しくなる。60代から70代に達すると、同年代には他界する人も出てくるので、生涯にわたる関係も消え去り、同輩はますます少なくなる。このデータはわたしたちが長年懸念していたことを裏づける。第3幕は悲哀に満ちている。高齢者は寂しく、孤立している。何とも悲しい話だ。

だが、実はそうではない。

高齢になると
社会的ネットワークは縮小する。

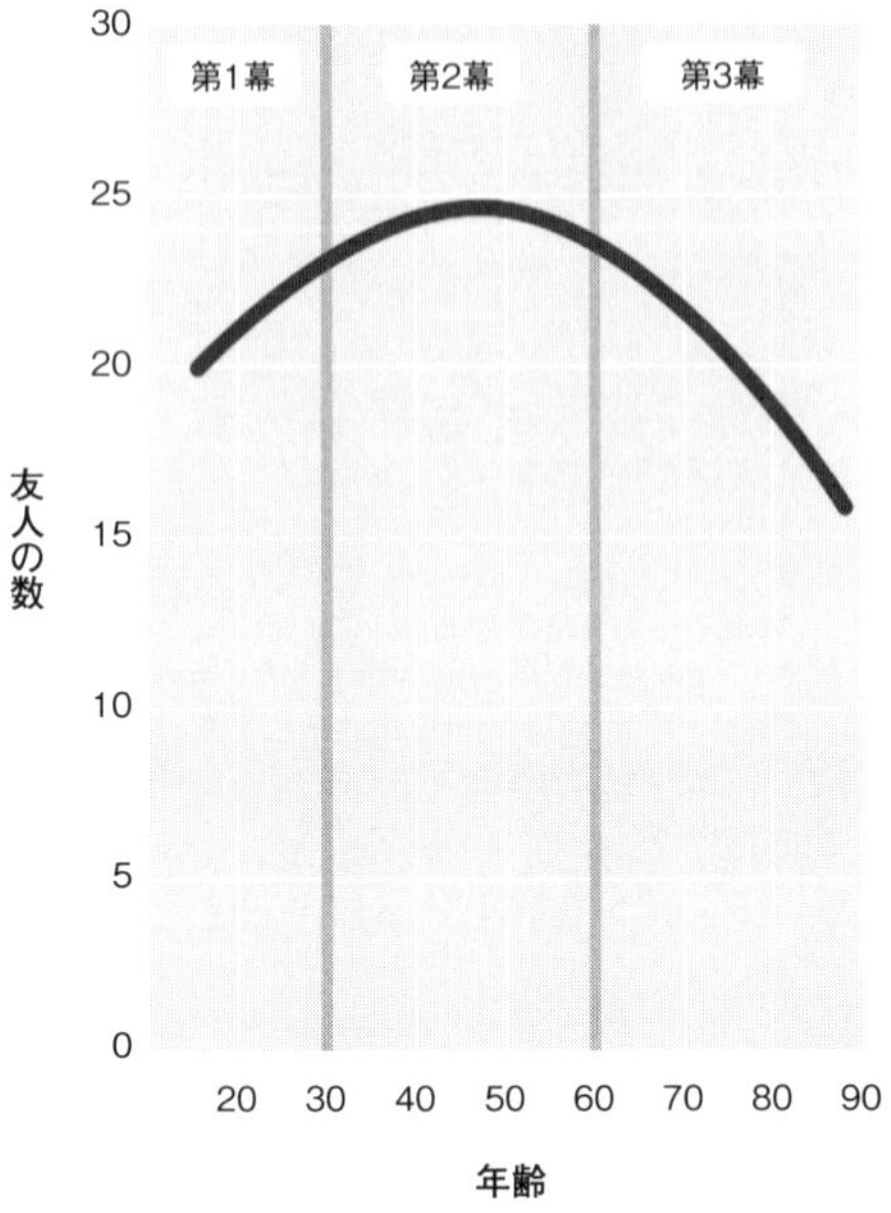

確かに、高齢者の社会的ネットワークは、若い頃よりもかなり縮小する。けれども、それは寂しさや孤立のせいではない。その理由は意外であり、かつ肯定的である。これは、わたしたちの選択なのである。年をとり最期のときを意識するようになったとき、わたしたちは友人を編集するのだ。

イングリッシュとカーステンセンは、社会的ネットワークを３つの同心円で描き、一番内側の円の真ん中に自分を据えるように、回答者に指示した。一番内側の円には、「とても親しく感じる人々、その人たちのいない人生など考えられないほど親しい人々」が含ま

高齢になると友人を編集する。

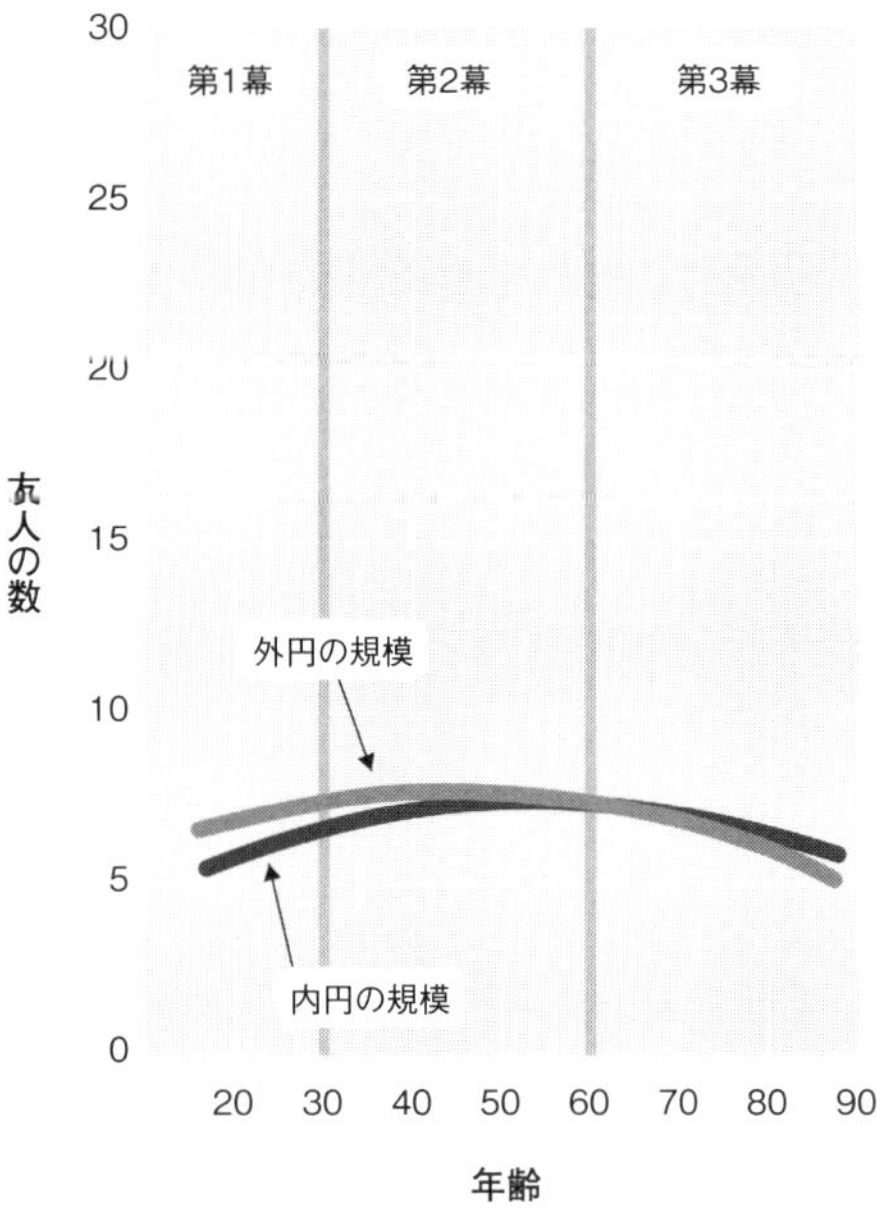

れる。そのすぐ外側の円、つまり真ん中の円は、やはり重要だが、内円の人ほど親しくない人々のためのものだ。一番外側の円には、回答者にとって真ん中の円ほど親しくない人々が入る。一番内側と外側の円の規模の推移を示した、上のグラフを見てほしい。

60歳を少し越えると、外円の規模は小さくなっていくが、内円はほぼ同じ規模のままである。その後、60代半ばから後半にかけて、内円の人数は、外円の人数にじわじわと勝るようになる。

「回答者が年を重ねるにしたがい、重要でない仲間の数は減少した……が、晩年にいたるまで、社会的ネッ

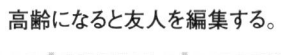

トワークの親しい仲間の数はほぼ一定を保っていた」ことに、イングリッシュとカーステンセンは気づいた。しかし、外円と真ん中の円の友人は、ゆっくりと静かに第３幕の舞台を去ったのではなかった。「彼らは積極的に除かれた」と２人は指摘する。高齢者の友人数が減るのは、状況的理由ではなく、「積極的な剪定」を始めたからである。「つまり、その交流に感情面であまり重きを置いていない人々を、遠ざけるのである[23]」。

カーステンセンがこの考えを構築するようになったのは、１９９９年に『時間を真剣にとらえること』という論文を（２人の元教え子とともに）発表したときである。「人生を歩むにしたがい、時間が、ある意味〝残り少なくなっている〟ことに人は徐々に気づくようになる。ますます深まる既存の親しい関係の結びつきと比べれば、社会的な接触は、表面的――些末なこと――に感じられる。〝正しい選択〟を行うこと、および将来報われないことに時間を無駄にしないことが、ますます重要になるのである[24]」。

カーステンセンはこの理論を、「社会情動的選択性理論」と名づけた。時間のとらえ方が人生の方向性ひいては追求すべき目標を形成すると、彼女は主張した。人生の第１幕と第２幕のように、時間が目の前に広がり、終わりがまだ見えないとき、わたしたちは未来志向になり、「知識に関する目標」を追い求める。情報を集め、将来役立つ関係を構築しようとして、幅広く緩やかな社会的ネットワークを形成する。しかし、残り時間が少なくなり、未来が過去よりも短くなってくると、わたしたちの見方は変化する。高齢者は過ぎ去りし日々を懐かしがるものだと多くの人は考えるが、カーステンセンの研究は異なる傾向を明らかにする。彼女によれば、「時間志向性における土な年齢差は、過去ではなく現在に関係している」[25]。

第3幕のように、時間に制約や期限があるとき、わたしたちは現在に調子を合わせる。若い頃とは異なる目標を求める。たとえば、情動的な満足、人生に対する感謝、人生の意義などである。こうした新たな目標により、人は「社会的パートナーを精選するようになり」、「体系的に社会的ネットワークに磨きをかける」ようになる。わたしたちは関係を編集するのである。不必要な人たちを削除する。残りの時間を、自分にとって大いに必要な人たちが中心となる、少数の緊密なネットワークとともに過ごすことを選ぶのだ[26]。

そのうえ、編集を促すものは正確には加齢ではなく、何かの終結であることに、カーステンセンは気づいた。たとえば、大学4年生と1年生を比較した場合、4年生は彼らの祖父母世代にあたる70代の人々と同じように、社会的ネットワークの剪定を行っていた。転職したり見知らぬ土地に引っ越したりするときに、わたしたちが直近の社会的ネットワークを編集するのは、それまでの環境の時間が終わろうとしているからである。政治的な移行でも、同じ影響が見られる。1997年のイギリスから中国への香港返還に際して、返還前の4ヵ月間にわたり、香港の人々の行動を調査したところ、若者も老人も、友人の輪を狭めたことがわかった。

興味深いことに、この逆もまた真である。残された時間が増えた場合、その人たちは編集をやめるのだ。カーステンセンはある実験で被験者に、「医師から電話がかかってきて、あと20年寿命が延びる医学的大発明を知らされたと想像」してもらった。この場合、高齢者は若年者と同様に、社会的ネットワークを剪定しない傾向があることがわかった。[27]

しかし、終了が明らかになってくると――いかなる形であれ第３幕に入ると――わたしたちは心の中で赤鉛筆を削り、必ずしも必要ではない誰かや何かを消していく。幕が下りるまでまだ間があるうちに、編集するのである。

高揚――なぜ人はハッピーエンドが好きなのか

「実は良い知らせと悪い知らせがある」

あなたもそう切り出したことがあるはずだ。親であれ教師であれ医師であれ、締め切りに遅れる言い訳をしようとする作家であれ、相手に――ポジティブな内容とそうでない内容の――情報を伝えなくてはならず、２つの方向を打診して切り出さざるをえなかったことがあるはずだ。

では、どちらの情報を先に示すべきだろうか？　良い知らせを先に話すべきか？　それとも悪い知らせを先に？

意に反して吉凶混合の知らせを伝える立場に立たされた場合、わたしは必ず吉報を先に話していた。良い気分になれるふかふかの羽ぶとんをまずは広げて、次に打ち下ろすハンマーの一撃を和らげるのがいいと、直感的に思っていたからだ。

残念ながら、わたしの直感は完全に間違っていた。

その理由を説明するために、わたしの立場とあなたの立場を交換してみよう。あなたは、わたしから吉凶混合の知らせを受け取る側にいるとする。「良い知らせと悪い知らせがある」と言われたあとに、「どちらを先に聞きたい？」と問われる。

どちらがいいか、少しの間考えてもらいたい。

おそらく、悪い知らせを先に聞くほうを選んだのではないだろうか。数十年にわたる何件もの研究で、ほぼ５人中４人が「損失や否定的な結果を先に聞いて、最後に、獲得や肯定的な結果で終えるほうを好む」ことが明らかになった。[28] 検査結果を待つ患者にとっても、中間テストの結果を待つ生徒にとっても、どちらがいいのかは明らかである。悪い知らせを先に、良い知らせはあとからだ。

ところが、知らせを伝える側は、逆のことをしがちである。厳しい評価を伝える者は、相手の動揺を慮り、苦い薬を飲ませる前にスプーン２～３杯の砂糖を与えることで、まずは好意と思いやりを示すほうを選ぶのだ。もちろん、自分だったら、悪い知らせを先に聞きたいということをわたしたちは承知している。ところがどういうわけか、両極端な２つの知らせがあると知って不安げな顔をした、机の向こうに座る人物が、同じように感じることがわからないのだ。相手だって、つらいことは先に片付けて、それを埋め合わせるものと出合って終わりたいだろう。この問題を調べているある２人の研究者はこう指摘した。「医師や教師、親たちは……良い知らせと悪い知らせをうまく伝えていないようだ。自分が患者や生徒や配偶者の立場だったら、どちらから先に聞きたいか、つかの間失念しているからだ[29]」。

わたしたちが——もとい、わたしが——しくじるのは、終了の最後の法則を理解していないからである。選択の余地があるのなら、人間は気分良く終わるほうを好むものだ。タイミングの科学は、人間は生来ハッピーエンドを好むらしいということを——再三にわたり——突き止めてきた[30]。わたしたちは、減少するより上昇する出来事、悪化するより改善する出来事、落ち込ませるよりも高揚させる出来事のほうを好むのである。この傾向を心得るだけで、自己のふるまいを理解し、他者との交流を改善できるようになる。

たとえば、社会科学者である、ミシガン大学のエド・オブライエンとフィービー・エルスワースは、終了が人の判断にどのような影響を及ぼすのか理解しようと考えた。そこで2人は、カバンいっぱいにハーシーズのキスチョコを詰めて、アナーバー・キャンパス内で人が頻繁に行き来する場所に行った。テーブルを広げて、地元の原材料が含まれる新種のキスチョコの試食会をしていると、学生たちに言った。

道行く学生たちが次第にテーブルに集まってきた。オブライエンとエルスワースの意図を知らされていない研究助手が、カバンからチョコを出し、0から10までの数字で味を評価してほしいと、試食参加者に頼んだ。

次に研究助手は、「これが次のチョコです」と言いながら、もう1つを参加者に渡し、それも評価するように頼んだ。その後同じ手順を踏んで、試食参加者たちにさらに3粒のチョコを食べてもらった。結局、参加者に5粒のチョコを渡したことになる（参加者はいくつ試食するのか最後まで知らされていない）。

この実験のポイントは、5粒目のチョコを食べる直前にあった。研究助手は参加者の半分に対して、「これが次のチョコです」と伝えた。だが、もう半分には、「これが最後のチョコです」と伝えた。

5粒目のチョコが最後――つまり試食はこれで終わりということ――だと言われた人たちは、単にこれが次のチョコだと言われた人たちよりも、そのチョコが好みだと報告する人が多かった。5粒目のチョコが好みだとする人は、「最後のチョコ」と言われたグループの64パーセントにのぼった（「次のチョコ」と言われたグループでは、5粒目のチョコを好きだと答えたのは22パーセントだった）。「試食の最後のチョコレートだと知っていた参加者は、ほかのチョコレートよりもそれを好み、よく味わった。単にいくつかのチョコのなかの1つにすぎないと思って食べた参加者よりも、全体的に高い好感度をつけた[31]」。

脚本家は、エンディングで観客の気分を高めることが重要だと知っている。しかし、最高のエンディングは、必ずしも従来の意味でのハッピーエンドではないことも心得ている。チョコレートの最後の1粒のように、ほろ苦いエンディングも多い。「ハッピーエンドは誰でも書ける。登場人物の望むものをすべて与えればいいだけだ」と脚本界の第一人者であるロバート・マッキー

最後の1粒だと知って食べた場合に
一番好感度が高い。

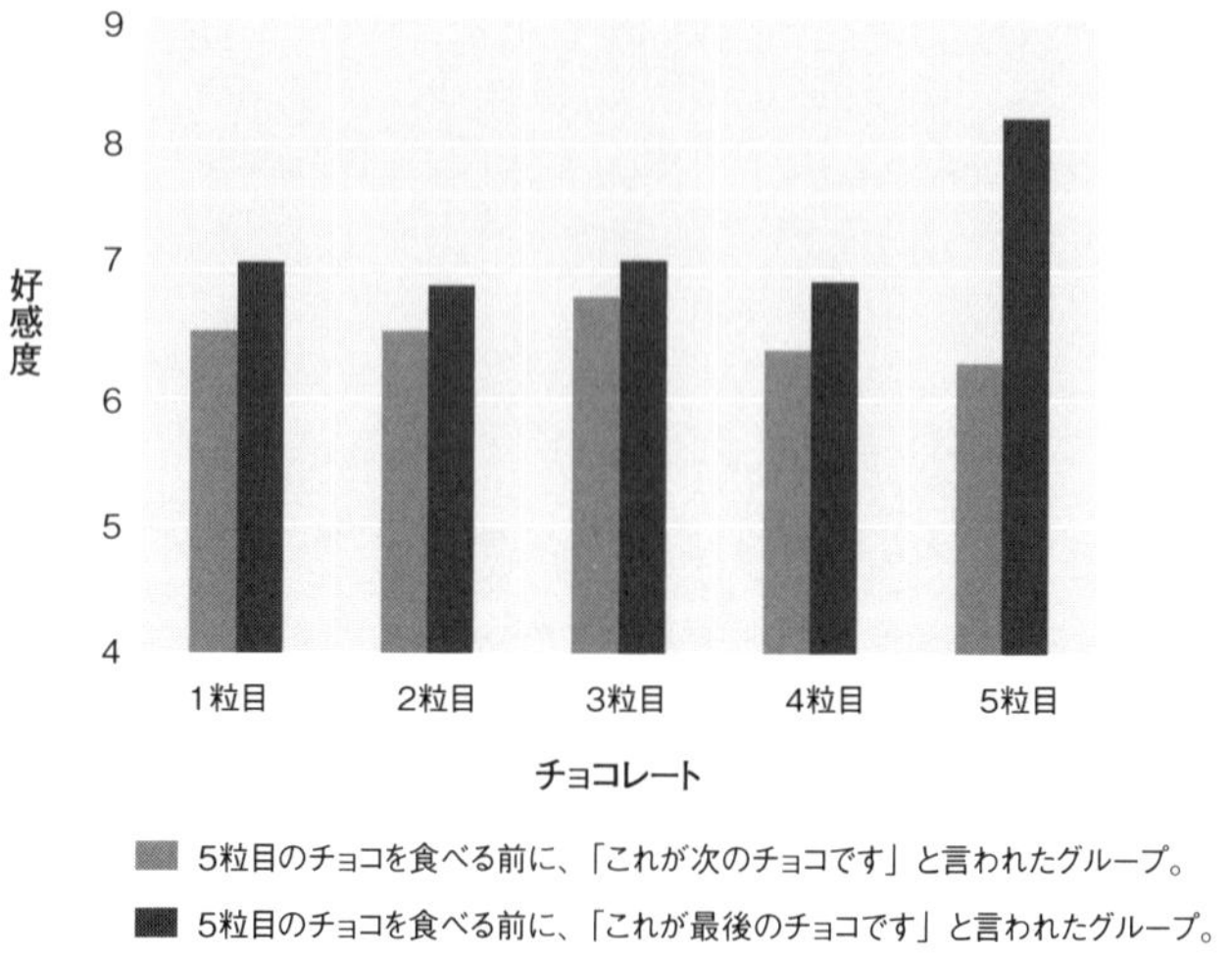

は語る。「芸術家は期待に違わずに、わたしたちに感動を与える……が、予期せぬ洞察を用いる」[32]。それは、感情的に交錯するような真実を、主人公がついに理解したときに起こりやすい。『チャーリーとチョコレート工場』などの脚本を手がけたジョン・オーガストは、このように観客の気分を高める高度な形式こそが、『カールじいさんの空飛ぶ家』や『カーズ』、『トイ・ストーリー』三部作などの、ピクサー映画の成功の秘密だと主張する。

「ピクサーのどの映画でも、主人公は望んでいた目標を達成したあとに、それが自分にとって必要なものではなかったことに気づく。たいていの場合、主人公は欲しかったもの（家、ピストン・カップ、アンディ）を手放して、自分に必要なもの（あり得ない仲間、真の友人、友だちとずっと一緒にいること）を手に入れる」[33]。このような感情の交錯が、最高に気分を高めるエンディングの中核をなしている。

前述した、９エンダーを提唱するハル・ハーシュフィールドと、ローラ・カーステンセン、その他２人の研究者はチームを組み、終了を有意義にするものについて探った。研究の一環として、卒業式当日、スタンフォード大学４年生の心境を調査した。ある学生たちのグループには、「最近の体験を心に留めて、次の各情動についてどのように感じるか、評価してください」と指示し、19の情動のリストを渡した。別の学生たちのグループには、何かが終わろうとしている重要性を高めるために、ある一文を付け加えた。「卒業を迎える大学４年生として、あなたがスタンフォード大学の学生でいられるのは今日が最後です。そのことを心に留めて、次の各情動についてどのように感じるか、評価してください」と指示したのだ[34]。

意味のある終了の中心にあるのは、人間が抱くきわめて複雑な感情の１つであることを、この研究者たちは明らかにした。つまり、痛切な、悲喜こもごもの感情である。もっとも強力な終了は、卒業生に、またすべての人に、悲喜こもごもをもたらす。それは、意義をもたらすからである。わたしたちが悲喜こもごもの感情の重要性を見逃す理由は、感情の物理学が逆転した形で作用するからだ。つまり、喜ばしい瞬間に悲哀をほんの少し加えることにより、その瞬間が損なわれるどころか、その価値は高まるのである。「悲喜こもごもの感情は、終了の経験に特有のものであるようだ」と研究者たちは述べている。最高の終了は、わたしたちをただ喜んだままにしておくのではない。むしろ、それよりも豊かなものを生み出す――それは、予期せぬ本質を不意に理解すること、つかの間の超越感、欲しかったものを手放すことにより、自分に本当に必要なものを手に入れる可能性などである。

わたしたちの行動と判断について、終了は良い知らせと悪い知らせをもたらす。当然、悪いほうからお伝えしよう。終了はわたしたちがエンコードするときに役立つが、最後の瞬間を過大評価し、全体を蔑ろにすることで、わたしたちの記憶を歪ませて認知力を鈍らせるときもある。

一方で、終了にはポジティブな力もある。わたしたちを奮起させて、目標達成へと後押しする。また、必ずしも必要でないものを人生から除くように編集するうえで、一役買う。終了はさらに、単純な幸福の探求を通じてではなく、悲喜こもごもという交錯した感情の力を通じて、わたしたちを高揚させる。締めくくりや結末や終幕は、人間の実態について重要な点を明らかにする――結局のところ、わたしたちは意味を求めているのだ。

【タイム・ハッカーのハンドブック】

最後の行を読む

「あの年の夏の終わり、ぼくらの暮らしていた家は、川と平野をへだてて山々と向き合う村にあった」

文学好きの読者なら、これがヘミングウェイの『武器よさらば』の冒頭の文章だと気づいたかもしれない【『武器よさらば』（高見浩訳、新潮社）より引用】。文学では、冒頭の数行は重責を担っている。冒頭には、読者を引きつけ、作品に誘い込む役割があるのだ。したがって、書き出しの文はよく練られているので、長く記憶に残る。

（信じられないだろうか？　ならば、わたしのことはイシュマイルと呼んでもらおう【これは、メルヴィルの『白鯨』の有名な冒頭の一文】）

だが、最後の行についてはどうだろうか？　作品を締めくくる行もやはり重要であり、書き出しと同様に敬うに値する。テーマを要約し、疑問を解決し、読者の頭にストーリーが長く残るようにすることにより、最後の文は気分を高めてエンコードする。ヘミングウェイによれば、『武器よさらば』の最後の文を39回は書き直したということだ。

終了の力を理解し、終了を作る能力を向上させる簡単な方法がある。本棚から好きな本を何冊か取り出し、最後のページをめくる。最後の文章を読む。もう一度読む。しばらくの間、その文について考える。暗記するのもいいだろう。

参考のために紹介すると、わたしの好きな作品の最後は次のとおりだ。

外から見ている動物たちは、ぶたから人間へ、人間からぶたへ、そしてぶたから人間へと目をうつしました。でも、もうむりです。どっちがどっちだか、見わけがつかなくなっていたのです。

——ジョージ・オーウェル『動物農場』（川端康雄訳、岩波書店）

「こんなの公平じゃない、こんなのインチキだ！」

ハッチンスン夫人は金切声で叫んだ。村人たちがどっと襲いかかった。

——シャーリイ・ジャクスン『くじ』（深町眞理子訳、早川書房）

今こそミルクマンは、シャリマーが知っていたことを知ったのだ——風に身を委ねる者はよく風を御するということを。

——トニ・モリスン『ソロモンの歌』（金田眞澄訳、早川書房）

どこからも誰からも遠い場所で、僕は静かに束の間眠りに落ちた

——村上春樹『ねじまき鳥クロニクル』（新潮社）

こうしてぼくたちは、絶えず過去へ過去へと運び去られながらも、流れにさからう舟のように、力のかぎり漕ぎ進んでゆく。

——F・スコット・フィッツジェラルド『グレート・ギャツビー』（野崎孝訳、新潮社）

では、ヘミングウェイが何度も書き直した末に決めたという、『武器よさらば』の最後の文章はというと、次のとおりだ。「しばらくして廊下に出ると、ぼくは病院を後にし、雨の中を歩いてホテルに戻った」【『武器よさらば』（高見浩訳、新潮社）より】。

仕事の辞めどき——指針として

「いつ」の決定には、終了が含まれることも多い。なかでも大きな決断は、思い通りにいかない仕事をいつ辞めるかという決断だ。これは大きな一歩であり、リスクを伴う行動だが、辞職が必ずしも選択肢として適切ではない場合もある。ただ、もしこの選択を考えているならば、

決断にあたり次の5つの質問が役立つだろう。2つ以上ノーという答えが出たなら、仕事を辞めるべきときかもしれない。

1．次の就職記念日に、この仕事をしていたいだろうか？

仕事に就いて1年後に離職する人がもっとも多いという。では次に多くなるのは？　仕事に就いて2年後である。3番目はというと、3年後だ。[1] もうおわかりだろう。次の区切りを迎えたときに今の仕事をしているのが嫌だと思うなら、今から探し始めたほうがいい。そうすれば、しかるべきときには、もうしっかり準備ができているだろう。

2．現在の仕事にやりがいを感じられ、自分でコントロールできるか？

大きな満足感を得られる仕事には、2つの特徴がある。最高水準の力を出すように求められるが、他人ではなく自分が仕事のやり方をコントロールできる仕事だ。要求が厳しいのに、自己裁量の余地がない仕事では消耗してしまう。自己裁量できても、挑戦しがいがない仕事では退屈である（さらに言えば、やりがいがなく、コントロールできない仕事は最悪だ）。今の仕事にやりがいも自己裁量もない場合は、状況改善のために自分が打てる手はないので、転職を考えるべきだろう。

３．上司はあなたが最高の仕事をできるようにしてくれるか？

スタンフォード大学ビジネススクール教授ロバート・サットンの名著、『マル上司、バツ上司——なぜ上司になると自分が見えなくなるのか』【原題“Good Boss, Bad Boss: How to Be the Best...and Learn from the Worst” 講談社】は、上司に値する人物の資質について述べている。部下を支援し、他人を責めるのではなく自分で責任をとり、怒りをぶちまけるのではなくユーモアのセンスを見せる上司ならば、あなたは恵まれた境遇にいると言える。[2] これと正反対の上司ならば、気をつけたほうがいいし、転職したほうがいいかもしれない。

４．３年から５年の昇給のチャンスから外れているか？

給与アップの最善策は、転職することだ。そのベスト・タイミングは、入社後３年から５年のことが多い。大手人材マネジメント会社のＡＤＰによると、昇給を狙うならばこの時期が最高のタイミングだという。[3] ３年に満たないと、市場価値のあるスキルを身に付けるには時間が足りないかもしれない。５年以上たつと、勤務先との関係性が緊密になり、上層部に昇進するようになり、新天地で再出発するのは難しくなる。

５．日常業務が長期目標と一致しているか？

個人の目標が組織の目標と一致している場合、その人は満足感を抱き生産的であることが、多くの国における数々の研究から明らかにされている。[4] そこで、少々時間をとって、今後5年間と10年間の上位2〜3個の目標を書き出してみよう。その目標達成を今の会社が応援してくれるならば、素晴らしいことだ。そうでないならば、幕引きを検討してもいい。

結婚のやめどき——防衛策として

いつ離婚したらいいのか? この種の終了はきわめて難儀であり、調査や研究は広範に及ぶ。状況は人それぞれなので、決定的な答えは出せない。だが、あなたの配偶者が離婚に向けて動き出す可能性のある時期を示した研究結果はある。

ジュリー・ブラインズとブライアン・セラフィニは、ワシントン州の14年分の離婚申請を分析し、1年を通してある波が見られることに気づいた。離婚の申請は3月と8月に急増していたのだ。このパターンは、その他4州でも現れていた。それをグラフにまとめたところ、次のページで示すように、バットマンを呼び出すバットシグナルに似た折れ線となった。[5]

1年に2回のピークが現れる理由ははっきりしていないが、ブラインズらは、家庭の行事や予定によるものではないかと推測する。「離婚弁護士の繁忙期は1月と2月である。休暇が終わり、幸せなふりをしなくてもいい時期がついに訪れるからだ」と『ブルームバーグ・ビジネスウィーク』誌の記事は伝えている。[6] 冬の休暇シーズンの間、もう一度結婚生活を立て直そう

離婚の申請は3月と8月に急増する。

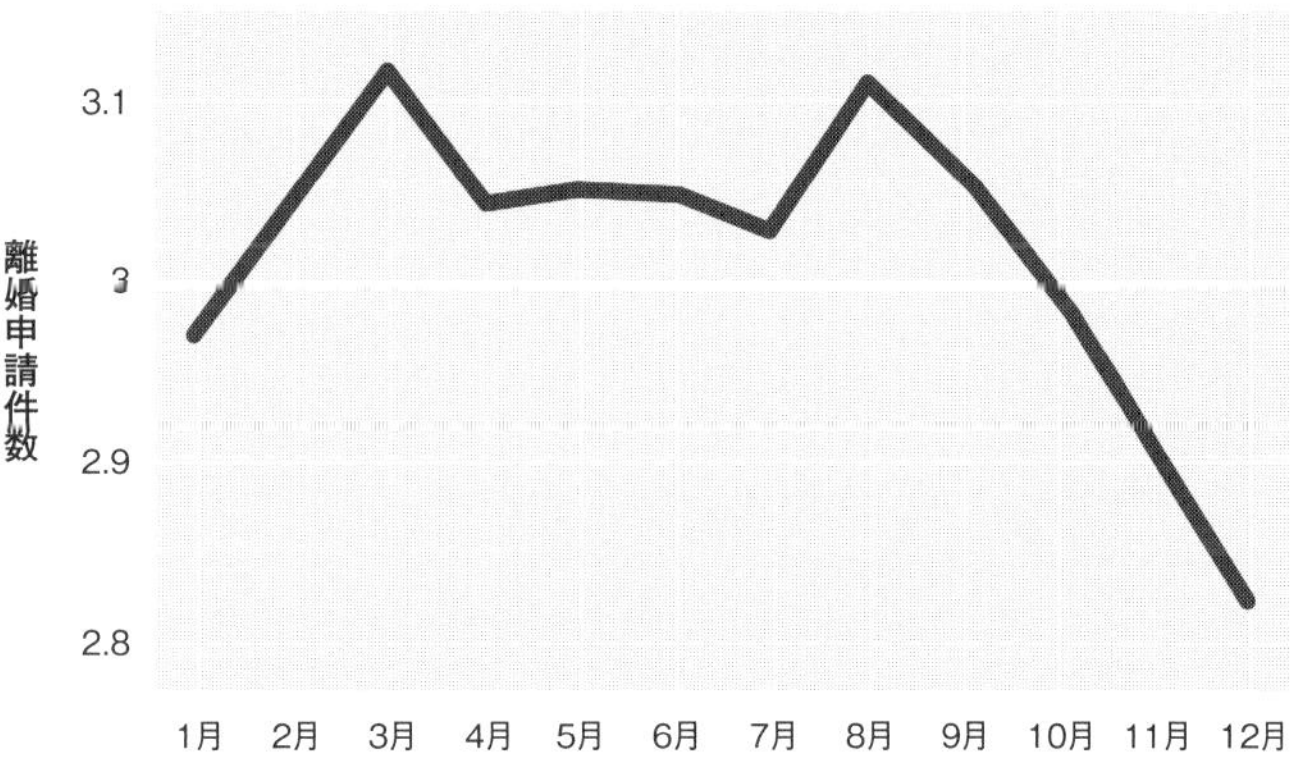

と努力する夫婦は多い。だが、休暇中のイベントが終わると、幻滅に襲われる。離婚裁判の場合にはある程度の作業が必要になるので、書類の準備に４週間から６週間かかる。これが、３月の急増を説明する背景である。

同じことが、学校の終業時にも起きるのかもしれない。夫婦は子どものために結婚生活を続ける。だが、１学年が終わり子どもたちが休みに入ると、親は６月か７月に弁護士のオフィスのドアを叩くのだ。そしてまたもや、８月に離婚申請件数が急増する――ご忠告まで。

より望ましい終了のための4つの方法

締めくくりの持つ力、および締めくくりに磨きをかける能力を意識すれば、人生の多くの領域で、さらに記憶に残る、有意義なエンディングを迎えられる。次に4つのアイデアを示す。

仕事のある日

1日の仕事を終えると、わたしたちは大急ぎで職場を後にする。そして、子どもを迎えに行ったり、急いで帰宅し夕食の準備をしたり、会社近くのバーに直行したりする。しかし、終了の科学によると、そそくさと職場を後にするのではなく、仕事の最後の5分間を用いて、1日の締めくくりを充実させるためにいくつか小さな行動を意図的にとるといい。まず2～3分時間をとって、その日の朝から成し遂げたことを書き出す。進歩は、日々の仕事における最大の動機づけである。[7] ただし、「やり遂げたこと」を追跡しなければ、自分が進歩しているかどうかわからないこともある。達成したことを記録して1日を終えれば、その日1日をもっと肯定的にエンコードできる（著者はこれを4年間実践しているので、身をもって証明できる。調子の良い日は、この作業によって達成感を抱ける。調子の悪い日でも、自分が思った以上に多くのことをしたとわかる）。

次に、やはり2～3分かけて翌日の計画を立てる。この作業によって、その日に区切りがつき、翌日のエネルギーとなる。

もう数分の余裕があるなら、誰かに感謝の気持ちを伝えるメールを送ろう。第2章で述べたように、感謝には強力な回復効果がある。気分を高める方法としてもやはり効果がある。

学期または学年

学年の終わりを迎えると、多くの生徒はほっとするものだ。一方で、ちょっとしたアイデアと計画で、生徒の気分を高めることもできる。だからこそ、生徒にやる気を与える教師は、意味づけのタイミングとして終了を利用しているのだ。たとえば、シカゴ市街地にあるナザレス・アカデミーで経済学を教えるアンソニー・ゴンザレスは、学校の最上級生に、自分自身への手紙を書かせる。その手紙は、5年後にゴンザレスが投函して生徒たちに送られる。「手紙には、高校生活で得た知恵や、将来のキャリアや給料、どんな冒険をしたいと思っているか、株価などについての予想が書かれている。生徒が自分と向き合う絶好の機会だ」。さらに、ゴンザレスにとっては、23歳になり高校生活が遠い想い出になった生徒たちと、再びつながりを持てる良い機会となる。

アイオワ州デモインのノース・ハイスクールの合唱教師、ヴァネッサ・ブレイディは、夫のジャスティンに頼んで、鉄板、バター、シロップ、手作りのパンケーキ生地を持ってきてもらい、学年最後の日を打ち上げのパンケーキ・デーとしている。

ロシアのモスクワ大学で教鞭をとるアリシア・ジエオヴァは、学期の最後の授業で、学生たちを小さなレストランに連れて行き、全員で祝杯を交わす。

ニュージャージー州のウェスト・ウィンザー＝プレインズボロー・ハイスクール・ノースの言語技術教師、ベス・パンドルフォは、新学年の最初の日、生徒たちに6語で思い出を書いてもらう。教室の壁にぐるりとロープを張り巡らし、その紙を吊るす。学年末、生徒は別の思い出を6語で記す。生徒たちは前の思い出を読み上げて、ロープから外し、新しい思い出を読み上げる。「みんなの1年間の成長が要約されているように感じられるのです」とパンドルフォは語る。

休暇

休暇の最後をどのように過ごすかが、休暇の体験談を形作る。ブリティッシュ・コロンビア大学の心理学者エリザベス・ダンは、『ニューヨーク』誌に次のように語った。「経験の最後の部分が、その経験の記憶に圧倒的な影響を及ぼすようである」。つまり、「熱気球に乗るなど旅行の最後の日に華々しいことをするのは……思い出を最大限にする優れた戦略となる」[8]。次の旅行計画を立てるときに、最高の体験を最後の日まで取っておく必要はない。ただ、意識的に、気分が高揚するような体験を最後の日にすれば、その瞬間も、あとから思い出したときにも、休暇をさらに楽しめる。

買い物

カスタマーサービスの重要性については言葉を尽くして説かれている。ところが、顧客やクライアントとの別れ際は、軽んじられがちだ。確かに、給仕が勘定書きをテーブルに持ってくるとき、チョコレートをプレゼントするレストランもある。またよく知られているように、高級百貨店のノードストロームでは、販売員がレジのカウンターの向こうから出てきて、客が購入したばかりの品物を直接手渡す。けれども、多くの組織がこれまで以上に敬意を示し創造性を発揮して、顧客との別れ際に対処したらと考えてもらいたい。たとえば、レストランが客の名前で少額の寄付ができるように、一定の金額以上の食事をした客に対して、3つの候補先が書かれたカードを渡し、食事後、客にそのなかから1つを選んでもらう、という趣向はどうだろうか。あるいは、パソコンや家電製品、高額衣料品など、大きな買い物をした客が店舗を出るとき、従業員が一列に並んで「ありがとうございました」と感謝し、拍手で見送るというのはどうだろうか。

はたまた、作家が感謝の印として、読者に何か予期せぬものをプレゼントするというアイデアはどうだろう？

なるほど。いいアイデアだ。さっそく試してみよう。

本書を選び、ここまで読んでくださったお礼として、サイン入りの蔵書票を無料でお送りしたいと思う。あなたのメールアドレスと送り先住所をこのアドレス（whenbookplate@danielpink.com）までお知らせいただければ、こちらからお送りする。みなさんにまったく費用はかからないし、お手を煩わせることもない。本章の締めくくりに、ほんの感謝の印として。

第3部

同調《シンキング》と思考《シンキング》

第6章

ファスト＆スロー——息の合ったグループの秘密

これこそが幸せ。何か完全で偉大なものに溶け込むということが。
——ウィラ・キャザー『マイ・アントニーア』

蒸し暑い2月の朝、日光らしきものが、婚礼衣装半額の巨大広告板にきらりと反射し、インド最大の都市が活動を開始しつつある。ここムンバイでは、鼻につんとくる煙が空中に漂う。道路は自動車やトラック、三輪タクシーで渋滞し、怒ったガチョウみたいにクラクションを鳴らしている。スラックスやサリー姿のオフィス・ワーカーたちが次々と路地を通りすぎ、通勤電車に押し寄せる。40歳のアヒル・アーダブは、白い帽子を直し、自転車に飛び乗って巡回を開始する。

アーダブは、ムンバイのヴィール・パーレイ地区を走り抜け、キャベツから靴下まで並べる露天商の前を通り過ぎ、小さなアパートに向かい、やがて、自転車からひょいと飛び降りた。動いている自転車から素早く降りるワザは、アーダブの持つ数多くのスキルの1つだ。彼はすたすたと建物の中に入り、エレベーターに乗って3階のトゥラキア家の部屋に行く。

時刻は午前9時15分。彼がベルを2度鳴らすと、ドアが開いた。リヤンカ・トゥラキアは、待たせたことを手短に詫び、1ガロンの牛乳ボトルほどの大きさの、栗色のキャンバス地のバッグを彼に手渡す。バッグの中身は、円筒状に積み重ねられた金属製の4つの容器である。ティフィンと呼ばれるその容器の中身は、彼女の夫の昼食だ。カリフラワーや黄レンズ豆、ライス、ロティが詰められている。3時間半後、この手作りの弁当は、そこから30キロほど離れた、ムンバイのダウンタウンにある夫のオフィスに届く。7時間後には、空になったティフィンの入ったバッグがトゥラキア家まで送り届けられる。

アーダブはダッバーワーラーである（ダッバーとは、ヒンディー語でこの金属の弁当箱を指し、ワーラーはほかの語と結びついて、「〜する人」「〜商人」という意味になる）。月曜日の朝、68分間で15軒を回り、このような弁当を集め、自転車のハンドルや荷台にくくりつける。それから、その他10人ほどのダッバーワーラー仲間と合流する。彼らも、50万人の住民を抱えて無秩序に広がるこの地域の別の地区を回り、それぞれ弁当箱を集める。アーダブは彼らと連携して、弁当箱を分類し、自分の担当する20人分を背中にしょい込み、通勤列車の手荷物専用車両に乗る。そしてムンバイ市のビジネス地区の店舗やオフィスに、その弁当箱を届けるのである。

これは彼1人の商売ではない。ムンバイにはおよそ5000人のダッバーワーラーがいる。彼らは毎日、合計で20万個を超える弁当箱を配達している。1週間のうち6日間、年間を通してほぼ毎週配達する。フェデックスやUPS【United Percel Serviceというアメリカの小口貨物輸送会社】も顔負けの正確さで。

「現代社会は、みんな健康志向が高いんです」。アーダブが最初に寄ったトゥラキア家のリヤンカは話してくれた。「だから家庭料理を望むのです。時間通りに指示した場所にダッバーを正確に配達してくれるので、本当に助かっています」。証券会社に勤める彼女の夫は、午前7時に自宅を出て会社に向かう。出勤までにきちんとした昼食を用意するのは難しい。だが、ダッバーワーラーのおかげで、家族は時間と安心を手に入れられる。「彼らは本当によく連携が取れていて、息がぴったりなんですよ」とリヤンカは言う。彼女は5年間ずっと、都市の中流家庭が無理なく払える料金（月に約12ドル）を、アーダブとその仲間に払っている。誤配や遅配はこれまで一度もない。

ダッバーワーラーが毎日していることは、ほとんど荒唐無稽にも等しい。ムンバイは、24時間フルスピードで激しく活動する都市だ。マンハッタンすらのどかな漁村に思えるほど、動かなければ倒されるという風潮が強い。ムンバイは世界有数の大都市というだけではない。世界屈指の高人口密度都市でもあるのだ。この都市の、ほとんど肩が触れ合わんばかりの人間たち――ロードアイランドの5分の1ほどの地区に、1200万人の市民がひしめきあっている――が、躍動する無秩序な強烈さを、この都市に与えている。ジャーナリストのスケイトゥ・メータはここを「雑然たる熱気に包まれた都市」と呼ぶ。[1] それなのに、ダッバーワーラーは、キャンバス地のバッグに入った手作り弁当を、混沌としたムンバイで、軍隊のように正確に、時間通りに配達する。

さらに印象的なのは、ダッバーワーラー同士の息がぴったり合い、各自の作業のテンポが見事に一致しているおかげで、毎日20万個もの弁当を配達するという偉業を、自転車と電車以外のテクノロジーを使わずにやり遂げていることである。スマートフォンも、スキャナーも、バーコードもない。GPSもない。なのに、失敗もない。

ダッバーワーラーのアヒル・アーダブが自転車の荷台に弁当箱をくくりつけているところ。

人間が独力でできることはほとんどない。職場でも学校でも家庭でも、大半のことは、ほかの人たちと協力して行うものだ。わたしたちの生存能力、それに生活する能力でさえ、テンポを合わせ、他人と長きにわたり協調する力次第である。確かに、個人のタイミング——スタート、中間地点、終了を管理すること——は大切だ。だが、集団のタイミングも同様に重要であり、その中心をなすものを知ることが大切になる。

心臓発作を起こして救急治療室に運び込まれた患者について考えてみよう。時間と、おそらくは患者の生存の可能性が刻々と失われるなか、患者の生死は、医療従事者たちがいかに協調して処置できるか、手際よく連携して仕事ができるかにかかっている。

これほど切迫していなくても、ほかに集団のタイミングが求められる状況を考えてみよう。製品を期限までに納品するために、さまざまな国で、異なる時間帯で働くソフトウェア・エンジニアたち。3日間の会議をつつがなく予定通り開催するために、技術者や接待係、プレゼンターなど複数のスタッフをまとめるイベントプランナー。選挙前に、地域の戸別訪問や有権者登録、庭に立てる看板の配布などの選挙ボランティアをまとめる、立候補者。校外学習のために、60人の生徒を引率してバスで美術館に向かう学校教師。スポーツチーム。マーチングバンド。輸送会社。工場。レストラン。どれもが、個人個人が息を合わせて働き、他人と動きを合わせ、共通のビートを刻んで共通の目標に向かうことが必要になる。

このようなことを可能にした飛躍的進歩は、16世紀後半、ガリレオ・ガリレイがピサ大学医学生だった19歳のときに生じた。揺れるシャンデリアにひらめきを得たガリレオは、振り子で何度か簡単な実験を行った。振り子の動きに一番影響を与えるものは紐の長さであり、紐の長さが同じなら、振り子の揺れの大きさにかかわらず、往復にかかる時間は同じであることを発見したのだ。この等時性により、振り子は理想的な時計になると、ガリレオは結論づけた。この発見が、数十年後の振り子時計の発明につながった。さらに、今度は振り子時計が、わたしたちが理解していない、「時間」という比較的新しい概念を作り出した。

今が何時なのか、大まかな合意すら存在しない生活というものを想像してみるといい。人はそれでも何とかやっていく方法を見つけるだろう。だが、現在のわたしたちには考えられないほど、厄介で非効率的になるはずだ。いつ配達するのか、いつバスが来るのか、子どもをいつ歯医者に連れて行ったらいいのか、どうやって知ることができるだろうか？　振り子時計は、それ以前に作られたどんな種類の時計よりもはるかに正確だった。おかげで、人間は行動のタイミングを合わせることができるようになり、文明を作り直したのである。街角に公共の時計が設置され、単一規準となる時間が築かれるようになった。わたしにとっての2時が、あなたにとっても2時になった。さらに、この公共の時間という概念——つまり「時間」——は商業活動を容易にし、社会的交流を円滑にした。ほどなくして、地元の時間の標準化は地域の時間の標準化となり、地域の時間の標準化は国家の時間の標準化となった。そのおかげで、予測可能な時刻表が作られ、午後5時16分発のポキプシー行きの列車に乗れるようになったのである。[2]

数世紀前のガリレオの発見に端を発して解き放たれた、他人と行動のタイミングを合わせるという能力は、人間の進歩にとって欠かせないものになっている。だが、時計が示す時間の合意は、最初の要因にすぎない。同調性に成功がかかっている集団——合唱団、ボートチーム、それにムンバイのダッバーワーラーなど——は、集団のタイミングの3つの原則に従っている。外部の基準がペースを定めること、個人が結束するために帰属意識が役立つこと、同調は必要であると同時に幸福感を高めること、この3つである。

言い換えれば、集団はボス、仲間、ハートという3つのレベルで、タイミングを一致させる必要があるということだ。

ボス——トップダウンが強いチームをつくる

デイヴィッド・シモンズはアビル・アーダブと同じくらいの上背だが、類似点はそれだけだ。シモンズはアメリカ人の白人男性で、ロースクールの卒業生である。弁当の配達ではなく、合唱団の指導をしている。25歳のときに弁護士事務所を辞めた。ある日、事務所のシニアパートナーのオフィスに行き、「この仕事はできません」と告げたのだという。その後、ルーテル教会の牧師の息子で音楽好きのシモンズは、合唱団の指揮者になった。現在は、ワシントンD.C.のコングレッショナル・コーラスで芸術監督を務めている。冬の終わりの凍てつく金曜日の晩、彼はワシントンのアトラス舞台芸術センターで、80人の合唱団の前に立っていた。アメリカの歌とメドレーを20曲以上歌う、『ロード・トリップ！』と題した2時間半のショーを披露するためだ。

合唱とは奇妙なものである。歌は1人でも歌える。ところが、数人の声、またはそれ以上の大勢の声が一緒になると、部分の総和を上回る。だが、全員の声を1つにまとめるのは困難な作業である。とくにこの合唱団のように、全員がアマチュアの場合には。コングレッショナル・コーラスという名称は、1980年代半ばに、音楽を楽しむ場と政治への不満のはけ口の場を求めて、連邦議会の12人の職員が集まり、合唱団を始めたことに由来する。こんにち、およそ100人の大人——連邦議会の職員もいるが、ほかにも大勢の弁護士、ロビイスト、会計士、マーケター、教師がいる——が合唱団に所属する（ワシントンD.C.は、アメリカ国内のどの都市よりも、市民1人当たりの合唱団の数が多い）。団員の多くは、大学の合唱団や聖歌隊などの経験がある。なかには天才的な才能の持ち主もいる。しかし、プロは1人もいない。全員が仕事をしているため、練習は週に2〜3回しかできない。

では、シモンズはどのようにして全員の調子を合わせているのだろうか？　合唱団がカリフォルニアのサーファー・メドレーを披露した晩、『サーファー・ガール』から『アイ・ゲット・アラウンド』まで、ステージにいる80人ほどのアマチュア歌手が身体を揺らしながら次々と歌い、その前で数人のアマチュアの踊り手がパフォーマンスし、『サーフィン・USA』の歌詞の最後の一音を、まったく同じタイミングで締めくくった。シモンズはどうしたらそんなことができるのだろうか？

「ぼくは独裁者なんだ。みんなを厳しくしごいている」とシモンズは言う。

彼は毎回オーディションを行い、コンサートに出演する団員としない団員を彼の権限で決める。前もって分刻みの練習計画を立てて、午後7時きっかりに練習を始める。コンサートで歌う曲は毎回彼が選ぶ（彼によると、民主的に団員に歌を選ばせれば、コンサートはミシュランの三ツ星料理ではなく、「おかず持ち寄りパーティー」になってしまうからだという）。彼は団員からの異議を受け付けない。だが、その理由は、椅子にそっくり返る独裁主義的な感情からではない。この領域で効率性を発揮するには、確固たる指示と、ごくたまに寛大な専制政治が必要だということに気づいたからだという。当初はこのような指導にむっとしたという団員の１人は、かつて彼にこう話した。「いつも驚くのだけれど、最初の練習は、みんな何も知らないままに始まる。でも、最後には、コンサートであなたが指揮棒を振ると、わたしたちは一糸乱れず発声するようになる」。

調子を合わせる第１の原則は、グループのタイミングには、上に立ってまとめる人物が必要だということだ。ペースを設定し、基準を維持し、全体的な目的に焦点を合わせるために、集団とは距離を置いた誰か、または何かが必要になる。

１９９０年代初頭、ＭＩＴスローン経営大学院の若き教授デボラ・アンコナは、組織の機能に関する学術的理解の乖離《かいり》に不満を抱いていた。アンコナによれば、「時間は、人の生活の側面にもっとも行き渡っていると言ってもよい」。だが時間は、「組織の行動研究において、重要で明確な役割を果たしていない」。そこで、１９９２年に発表した『タイミングがすべてである』と題した論文では、人間の時間生物学から概念を取り入れ、チームの人類学に適用した。[3]

第1章で、人間の脳と体には、パフォーマンスや気分、覚醒状態に影響を与える、体内時計があると紹介した。その体内時計は24時間よりも少し長いことを、覚えておられるだろうか。1人で取り残された場合——たとえば、実験のために、地下室で数ヵ月間、日の光に当たらず、誰とも会わずに過ごすなど——わたしたちの行動は次第に本来の時間とずれ、しばらくすると、午後に眠りにつき、夜目を覚ますようになる。[4] 地上の世界でこうしたずれを防いでいるものは、日の出や目覚まし時計といった、環境や社会の合図なのである。わたしたちの体内時計が外部の刺激に調子を合わせ、出勤に間に合うように起きたり、適切な時間に眠りについたりするプロセスは、「エントレインメント」と呼ばれている。

エントレインメントは組織でも起きると、アンコナは主張した。[5] ある種の活動——製品開発やマーケティングなど——は、独自のテンポを定める。だが、そのリズムは必然的に、組織生活という外部のリズムに合わせなくてはならない。たとえば、会計年度、販売サイクル、それに企業の創業年数や社員のキャリアステージなどもそうだ。個人が外部の刺激に同調するように、組織も同調すると、アンコナは論じた。

時間生物学では、こうした外部刺激は「ツァイトゲーバー」(ドイツ語で「時刻を授ける者」の意)と呼ばれている。つまり、ティル・レネベルクの言う「概日時計【約24時間周期の生物リズム】を合わせる環境的な合図」のことである。[6] アンコナの考えは、集団にもツァイトゲーバーが必要であるという理論の確立に役立った。ペースを定める者は、デイヴィッド・シモンズのように、1人の指導者の場合もある。確かに集団には、集団内の最上位者が選択したペースに合わせる傾向がある、という証拠がある。[7] とはいえ、立場《ステイタス》と資質《スタチュア》が必ずしも一致するとはかぎらない。

ボート競技は、アスリートがゴールに対して背を向けて行う唯一のスポーツである。チームのなかで舵手1人だけがゴールのほうを向く。全米大学体育協会のディビジョンIに属する、ジョージ・ワシントン大学（GWU：George Washington University）の女子ボートチームで舵手を務めるのは、リディア・バーバーだった。彼女は――2017年に卒業したが――練習や試合で船尾に座り、マイク付きのヘッドセットを装着して、8人の漕ぎ手に指示を出す。ボートにかかる重量を減らすため、舵手はできるだけ小柄で軽量な者が務めることが多い。バーバーの身長は約120センチだ（彼女は低身長症である）。しかし、彼女の気性とスキルは、集中力とリーダーシップがすさまじいまでに結びついている。多くの意味で、彼女がボートを動かしていたのである。

バーバーがペースを定めるので、漕ぎ手にとっては彼女がボスである。2000メートルの競技のタイムは通常7分だ。その400秒から500秒の間、彼女が漕ぎ方のリズムを指示する。「監督する心構えを持ち、明朗快活でなくてはなりません」と彼女はわたしに話してくれた。レース開始時、ボートは水面に浮かんだままなので、動き出すために5回素早く短いストロークをする必要がある。バーバーは次に、「ハイストローク」を15回するように呼びかける。これは1分間におよそ40回のストロークのペースだ。それから、漕ぎ手に「シフト1……シフト2……シフト！！！」と大声で知らせながら、ストロークのリズムをやや落とす。

それ以降のレースでの彼女の仕事は、ボートの舵を取り、レース戦略を実行することだが、何より重要なのは、チームに一貫してやる気を与え、調子を合わせるように導くことである。デュケイン大学との試合で、彼女はこんな風に大声で指示を出していた。

さあ、行くよ！！！

すごくいいよ。

ブレードを水中に入れて……ゴー！

(水音)

ワン。

(水音)

ツー……。

力をためて！

スリー……。

距離を詰めて！

フォー……。

詰めて！

ファイブ……。

このまま走って。

シックス……。

ゴー！

セブン……。

ゴー！

エイト……。

足に力を入れて！

ナイン……。

いいよ！

テン……

上体起こして！ ブレード入れて！

ＧＷ、最高！ 足を引き寄せて、ゴー！

８人の漕ぎ手の呼吸がぴったり一致しなければ、ボートは最速のペースで進めない。だが、彼らはバーバーがいなければ効果的に息を合わせることができない。ボートのスピードは、オールに指一本触れない人物にかかっている。ちょうど、コングレッショナル・コーラスのハーモニーが、一音も歌わないシチンズにかかっているように。グループのタイミングに必要なボスの立場は、グループの上位にあり、グループから距離が置かれ、グループにとって必要不可欠である。

ところが、ダッバーワーラーの場合、ボス、つまり彼らのツァイトゲーバーは、譜面台の前に陣取っているのではなく、船尾に座っているのでもない。それは、駅で彼らの頭上に掲げられ、1日中彼らの頭の中にある。

アヒル・アーダブの朝の受け取りは、迅速で効率的である。バッグはアパートの住民から、待ち受けるアーダブに直接手渡される。彼が前もって電話をかけることはない。ウーバーやリフトとは違い、顧客は彼を追跡したりしない。担当のルートを回り終える頃には、自転車に15個のバッグをぶら下げている。彼は、ヴィール・パーレイ駅の向かいの歩道へとペダルを漕ぐ。そこでほどなく、ほかの10人のダッバーワーラーと落ち合う。彼らはバッグを自転車から降ろして地面の上に積み重ね、スリーカードモンテのディーラーのごとく、素早く落ち着いてバッグの仕分けを始める。次に、それぞれのダッバーワーラーは10から20個の弁当箱を集め、ひとまとめにして背中にかつぐ。それから駅に行き、ムンバイ近郊鉄道のウェスタン・ラインのホームに向かう。

ダッバーワーラーの仕事には、かなりの自由裁量がある。弁当箱の受け取りや配達について、どの順番でしろと命令する者はいない。高圧的に監督する者は誰もおらず、チームの中で仕事の分担を決める。

だが、ある一点において、彼らには自由裁量の余地がない。それは時間である。インド企業の昼休みは、一般的に午後1時から2時までだ。つまり、午後12時45分までに、ダッバーワーラーはすべての配達を終えなくてはならない。そのためには、アーダブのチームは午前10時51分にヴィール・パーレイ駅を発つ列車に乗らなくてはならない。その列車を逃すと、すべての予定が崩れる。ダッバーワーラーにとっては、鉄道の運行時刻がボスなのである。仕事のリズム、ペース、テンポを定める外部基準なのである。さもなければ混沌としかねない作業に、規律を課す力なのである。その権威に疑問の余地はなく、その決定が最終となる、揺るぎない専制君主であり、独裁的なツァイトゲーバーなのだ――鉄道の運行時刻に命があるわけではないが、いわば彼らにとっての舵手、もしくは指揮者なのだ。

したがって、この月曜日もほかの日と同じように、ダッバーワーラーたちは数分の余裕を見て駅のホームに着いた。頭上の時計が10時45分に近づくと、彼らはバッグを集めて、列車が完全に停車する前に、サウス・ムンバイに行くために、手荷物専用車両に乗り込む。

帰属意識――仲間が連携する力

ここで、ムンバイのダッバーワーラーについてお伝えしておくことがある。彼らの大半は、せいぜい8年生【日本の中学2年生に相当】までの教育しか受けていない。多くの者は読み書きができないので、彼らがなぜ的確に仕事をこなせるのか、信じがたい思いは深まる一方だ。

あなたがベンチャー・キャピタリストで、わたしが次の事業構想を売り込んだとしよう。

これは昼食デリバリー・サービスのビジネスです。手作りの昼食を顧客のアパートに取りに行き、町の反対側で働く家族のオフィスまで、昼休み前に届けるのです。ちなみに、その町は世界10位の大都市で、人口はニューヨーク・シティの2倍ですが、基本インフラは整備されていません。わたしたちの事業では、携帯電話やメール、オンライン地図サービス、その他通信技術は利用しません。また、この事業のスタッフとしては、中等学校を卒業しておらず、日常生活に必要な読み書きのできない人々を雇うつもりです。

あなたが彼らと仕事をすることはないだろうし、ましてや融資などもってのほかだろう。だが、ヌータン・ムンバイ・ティフィンボックス供給業者協会の会長、ラグナス・メドガは、ダッバーワーラーがミスをする割合は、1600万分の1だと主張する。この確率は広く知られているが、証明はされていない。それでも、ダッバーワーラーの実力は注目に値し、リチャード・ブランソンやチャールズ皇太子からも称賛され、ハーバード・ビジネス・スクールのケース・スタディにも取り上げられた。このサービスは1890年に始まって以来、何とか機能してきた。その理由の1つは、グループのタイミングの第2の原則にある。

ボス、つまり仕事のペースを設定する外部の基準に調子を合わせたら、今度は仲間の間で調子を合わせる必要がある。それには、深い帰属意識が求められる。

1995年、社会心理学者のロイ・バウマイスターとマーク・リアリーが「所属仮説」なる説を発表した。彼らは、「所属欲求は、人間の根本的モチベーションであり……人間の行為の大半は、所属性に役立つようになされている」と唱えた。ジークムント・フロイトやアブラハム・マズローなどの思想家も、同様の説を唱えていたが、バウマイスターとリアリーは、経験に基づく裏づけを見出そうとした。2人が収集した証拠は膨大な数に及んでいた（26ページの論文に、300件を超える資料を挙げている）。所属性が人間の思考と感情を大いに形成することに、2人は気づいた。所属性の欠如は悪影響をもたらし、所属性の存在は健康と満足感をもたらすとされる。[8]

この所属性には進化がいくらか関係する。[9] わたしたち霊長類が木から降りて、サバンナをうろつくようになると、生存のためには集団に属することが絶対に必要になった。ほかの人と仕事を共有し、ほかの人に自分を守ってもらうことが必要になった。集団に所属することによって、命を永らえることができた。所属していなければ、人間は先史時代の動物のエサになってしまうからだ。

こんにちまで続くこの所属志向は、現代社会において、自分の行動を他人と合わせるうえで役立っている。社会的結束がさらなる同時性を導くことを、多くの学者が発見してきた。[10] もしくは、シモンズが言ったように、「所属意識があれば、さらに声が響くようになる。練習への参加が増えるし、もっと笑みを浮かべるようになる」。だが、所属欲求が生来のものであるとはいえ、それを用いるにはいくらか労力も必要になる。グループが協調するためには、記号、服装、接触といった労力が必要になるのだ。

記号——単純化された共通認識

ダッバーワーラーの間で使われる暗号はすべての弁当箱の上に（マーカーなどで）書かれている。次のページの写真は、アーダブが配達する弁当容器の蓋を真上から写したものだ。

あなたやわたしにとって、それにランチボックスの持ち主にとっても、ここに書かれた記号に意味はない。しかしダッバーワーラーにとっては、仲間と一体になって働くためのカギなのである。列車がサウス・ムンバイに向かう途中、ガタガタ揺られながら（何しろ、これは贅沢旅行ではない）、アーダブはその記号について説明してくれた。VPとYは、その日の朝、このランチボックスを受け取った地域と建物を表す。0は、ランチを降ろす駅を指す。7は、どのダッバーワーラーが駅から配達先まで届けるかを示している。S137は、届け先の顧客が勤めている建物と階を表す。以上だ。バーコードもなければ住所もない。「これを見れば、全部わかります」とアーダブは言う。

手荷物専用車両――ムンバイの列車は超満員になるので、大きな荷物を普通車両に持ち込むことは認められていない――の中で、ダッバーワーラーたちは、山のように積まれた、ランチボックス入りのキャンバス地のバッグとビニール袋200個ほどに囲まれて、直に床に座る。彼らは、インドで主流のヒンディー語ではなく、マハーラーシュートラ州の公用語であるマラーティー語でおしゃべりし、冗談を言い合う。この車両に乗っているダッバーワーラーたちはみな、ムンバイの南西およそ150キロに位置する、小さな村の出身なのだ。多くの者が血縁関係にあり、アーダブとメドガも実はいとこ同士である。

言葉と故郷が同じなので、「兄弟のような親密な感情」が生まれると、ダッバーワーラーの1人であるスワップニル・バチェは話してくれた。ランチボックスに書かれた記号と同様、こうした帰属意識によって、ダッバーワーラー同士で普段から理解を深められる。そして、互いの行動を予測し、団結できるようになるのだ。

帰属感は、仕事の満足度とパフォーマンスを高める。MITのアレックス・ペントランドの研究から、「チームの結びつきとコミュニケーションが緊密になるほど――雑談したりうわさ話をしたりするほど——仕事の効率が上がる」ことがわかった。[11] 仕事の仕組みさえも、所属性を育む。ダッバーワーラーは企業ではなく、利益分配方式で営まれる協同組合で、各ダッバーワーラーに均等に報酬が支払われている。*

服装——一体感と役割のスイッチ

アーダブは痩身である。彼が白いシャツを着ていると、マネキンというよりハンガーに掛かっているように見えるほどだ。黒いズボンにサンダルを履き、ビンディーと呼ばれる印を額に2つつけている。しかし、彼の服装でもっとも重要なのは、ダッバーワーラーであることを示す、白いガンディー帽である。この仕事の数少ない制約の1つに、仕事中はいつもこの帽子を被るという決まりがある。この帽子は、彼らに同調性をもたせるまた別の要素である。これが互いを結びつけ、ダッバーワーラー以外の人々に対し、自分たちが何者かを示す役割を果たしている。

衣服は、帰属と一体感を示すものとして機能し、協調を可能にする。一流レストランを例に取ろう。その内部構造たるや、バレエ団のようでもあり軍隊のようでもある。フランス料理の草分

＊ダッバーワーラーのひと月の平均報酬額はおよそ210ドルだ。インドの基準からすると高額とは言えないが、地方で家族を養うには十分な額である。

けのオーギュスト・エスコフィエは、服装が同調を生み出すと考えていた。「エスコフィエは、自分のシェフたちをしつけ、たたき込み、服を着せた」と、ある分析家は記している。「制服の着用は背筋と物腰を正す。白いダブルのシェフジャケットは、清潔感と十分衛生的であることを際立たせる基準となった。また、それほど知られていないが、シェフジャケットは忠誠心や一体感、シェフの誇りを、シェフとレストラン・スタッフの間にもたらしたのである」[12]。

フランス料理のランチ作りに当てはまることは、インドのランチボックスのデリバリーにも当てはまるのだ。

エクナット・ハンバル（左）とスワップニル・バチェがランチの配達先を示す記号を確認している。

接触——スキンシップが多いチームが強い理由

指先まで同調させようとする合唱団もある。歌うときに、結びつきを深め発声の質を高めようとして、手を握り合うのだ。ダッバーワーラーが手を握り合うことはない。けれども、互いによく知っている者同士の間には、やはり気安さを示す動作がある。仲間の肩に腕を回したり、背中を軽く叩いたりするのだ。声が聞こえないほど離れていれば、指し示したり身振りで伝えたりして、互いにコミュニケーションを図る。列車の手荷物専用車両には座席がないので、互いの背中に寄りかかって座る。仲間の肩に頭を持たせかけて仮眠をとる者もいた。

接触も、やはり所属性を強化する要素である。たとえば、カリフォルニア大学バークレー校の研究者が、数年前、このようなスキンシップによる言語を検証して、ＮＢＡチームの成績を予測しようとした。シーズン開幕からしばらくの間、彼らは全チームの試合を観察し、選手がどのくらい頻繁に互いの身体に触れているか数えた。その項目は、たとえば次のようなものだ。「グータッチ、ハイタッチ、胸をぶつけ合う、飛び上がって互いの肩をぶつけ合う、胸に軽くパンチする、頭をペチンと叩く、頭をわしづかみする、ロータッチ、両手でハイタッチする、しっかりハグする、軽くハグする、チームで集まる」。その後、シーズンの残り試合の成績を観察した。

その結果、バスケットボールの試合結果を左右する明白な要因——選手の実力など——を調整しても、身体の接触により、個人とチームのパフォーマンスを予測できることがわかった。「触覚は、人の誕生時から高度に発達している感覚であり、ヒト科の進化において言語よりも先行していた」と彼らは述べている。「接触は集団内の協力的行動を助長し、結果として集団のパフォーマンスを向上させる」。触れることは、同調の現れであり、自分がどんな立場にいるのか、どうするつもりなのかを示す、原始的な方法である。バークレー校の研究者によれば、「バスケットボールは接触による独自の言語を発展させてきた」という。「ハイタッチやグータッチは、集団相互作用に起きる、芝居がかった小さな行為かもしれないが、チームの協力的働きについて、ひいてはチームの勝敗について多くのことを物語る」[13]。

グループのタイミングには所属性が求められ、それは記号や服装、接触によりもたらされる。仲間と同調していれば、次の段階、つまり最終段階に同調する準備が整ったことになる。

ハート——心の一体感は免疫力も高める

休憩が終わった。コングレッショナル・コーラスのメンバーは、『ロード・トリップ！』の第2部のために、4段のステージに上がった。これから70分間、メンバーはまた、24人のアカペラで披露する『朝もやの二人』をはじめ、10曲以上も歌う。

メンバーの声はもちろんそろっている。聴けば誰にでもわかる。ところが、耳には聞こえなくても、彼らの体内で起こっていることもまた重要で興味深い。パフォーマンス中、このアマチュア合唱団のメンバーの心臓は、同じ速さで鼓動しているようなのだ[14]。

ハートを合わせることが、グループのタイミングの3つ目の原則である。同調すれば気分が良くなる——良い気分に後押しされて、グループの歯車がスムーズに回り出すようになる。他人と協調すれば、やはりパフォーマンスが高まる――すると、それが同調を高めることになる。

運動は、人生で間違いなく役立つ、数少ない行為の1つである。運動によって大きな恩恵を受けるが、費用はほとんどかからない。運動は長寿にも一役買う。心臓病や糖尿病を防ぐ。体重を減らし、体力を強化する。そのうえ、運動が心理面に及ぼす影響はとてつもなく大きい。鬱病の人にとっては薬物治療と同じほど効果的な場合もある。健康な人は、運動すれば即座に気分が良くなり、しかもその気分は長続きする。[15] 運動を科学的に検証した人々は、同じ結論に達する――運動しないことは大変愚かなことだ。

合唱も、新しい運動の形かもしれない。

グループで歌うことにより驚くほどの恩恵が得られると、研究で明らかにされている。合唱は心拍数を安定させ、エンドルフィン値を高める。[16] 肺機能が改善する。[17] 痛みを感じにくくなり、鎮痛剤の必要性を減らす。[18] 過敏性腸症候群の症状を緩和する。[19] グループで歌うことにより――演奏会だけではなく練習でも――免疫グロブリンの生成が促され、感染症に対する抵抗が高まる。[20] さらに、合唱の練習に一度参加しただけで、ガン患者の免疫反応が改善された例もある。[21]

生理的な利点が多くあるうえに、それを上回る心理的な利点もあるとされる。複数の研究で、合唱がポジティブな気分を引き起こすという結果が示された。[22] 自尊心を高め、ストレス感と抑鬱状態を緩和する。[23] 日的意識と意義を高め、他人を思いやる気持ちを高める。[24] こうした効果は、歌うという行為ではなく、グループで歌うという行為から生じるのだ。たとえば、合唱団で歌う人は、1人で歌っている人よりもはるかに高い幸福感を抱くとされている[25]。

その結果、良い気分とさらなる協調という好循環が生まれる。良い気分は社会的結束を強め、それにより同調しやすくなる。他人と同調することは気分が良く、それが愛着を深め、さらに同調を高めるようになる。

この現象は、合唱でもっとも色濃く表れるが、参加者が他人と息を合わせることで展開するその他の活動でも、やはり同様の良い気分が生まれる。オックスフォード大学の研究では、グループで踊ること――「努めて音楽に合わせて動くという、あらゆる場所で見られる人間の活動」――により、参加者の痛みの閾値が上がることが判明した[26]。これは、汗だくになって奮闘するボート競技にも当てはまる。大学のボート部員を対象に行われた、オックスフォード大学の別の研究では、一緒にボートを漕ぐ場合は痛みの閾値が上がるが、1人で漕ぐ場合はそれほど上がらないという結果が出た。息を合わせて動く参加者が、痛みを感じなくなる心理状態を、彼らは「ローワーズ・ハイ」と名づけた[27]。

ダニエル・ジェイムズ・ブラウンの『ヒトラーのオリンピックに挑んだ若者たち――ボートに託した夢』【原題"The Boys in the Boat" 早川書房】は、ワシントン大学のボート部の9人が、1936年のベルリン・オリンピックで金メダルを獲得する話である。この話のなかに、とくに鮮明な描写がある。

……青年たちを結ぶ信頼と愛情のきずなが、正しく培われればまるで魔法のように、チーム全体を別の次元に飛翔させることを徐々に知った。その次元に達したチームは、ばらばらの九人ではなくひとつの、定義しがたい何かになる。櫂を漕ぐ辛さすら恍惚に感じられるような、水や大地や空と完璧に調和した何かになる。[28]【『ヒトラーのオリンピックに挑んだ若者たち——ボートに託した夢』森内薫訳、早川書房より引用】

９人の青年が１つのエネルギーのまとまりになれること、その結果として恍惚感が労力に取って代わること、これはわたしたちに深く根づいた同調への欲求を示している。他者と同じテンポを感じたいという欲求が、人間に本来備わっていると主張する研究者もいる。[29]ある土曜日の午後、わたしはデイヴィッド・シモンズに、コングレッショナル・コーラスが息を合わせて歌える理由よりも、さらに大きな問いを投げかけた。なぜ人はグループで歌うのだろうか？

彼は少し考えてから答えた。「合唱は、自分が世界で独りぼっちではないと思わせてくれるからだと思う」。

コングレッショナル・コーラスのコンサートに戻ろう。ミュージカル『ハミルトン』で歌われる『マイ・ショット』の情熱的な合唱に、聴衆は立ち上がっている。今や聴衆も一体になり、リズミカルな拍手と喝采が沸き上がった。

シモンズが、最後から2番目の曲は『ディス・ランド・イズ・ユア・ランド』だと聴衆に紹介した。「この曲の最後の部分をみなさんも一緒に歌ってください。わたしが合図します」。音楽が始まり、メンバーが歌い出した。やがて、シモンズは客席に向けて手を差し出し合図した。徐々にではあるが、３００人の聴衆――ほとんどが見知らぬ者同士で、再び同じ部屋に居合わせる機会などなさそうな人々――が一緒に歌い始めた。決して正確ではないが、嬉々として、「この国はあなたとわたしのために作られた」という歌詞の最後の部分を歌った。

40分間列車に揺られたのち、アーダブはマリン・ラインズ駅で下車した。そこは、アラビア海に面するムンバイの南端近くだ。彼は、ムンバイ近郊のその他地域から来た別のダッバーワーラーたちと合流した。書かれた記号をもとに、彼らはバッグを迅速に分類する。別のダッバーワーラーが駅に残していった自転車をつかみ、アーダブは配達に向かった。

しかし、自転車には乗らない。道路は自動車であふれており、ほとんどの車はレーンを無視している。停車中の車や、走行中のスクーター、ときには牛の間を縫って自転車を押すほうが、自転車に乗って配達するよりも速いからだ。最初の配達先は、ヴィサルダス通りという活気に満ちた商店街にある電気部品店だ。アーダブは年季の入ったバッグを店主のデスクの上に置く。顧客（とダッバーワーラー）が午後1時から2時の間に昼食がとれるように、午後12時45分までにすべてのバッグを届けることが目標だ。そうすれば、アーダブは空になったランチボックスを回収し、午後2時48分の帰りの列車に乗れる。この日は、12時46分にすべての配達を終了した。

その前日の午後に協会長のメドガと会ったとき、彼はダッバーワーラーの仕事を「神聖な任務」だと言っていた。彼はこの昼食配達の仕事を、宗教用語交じりに説明する傾向がある。ダッバーワーラーの信条の重要な柱は、「仕事は礼拝である」と「顧客は神様である」の2つだという。この崇高な理念には、世俗的な効果もある。メドガが、ハーバード・ビジネス・スクールのケース・スタディを作成したステファン・トムキに説明したように、「ダッパーを容器として扱うならば、この仕事を真剣にとらえていない。だがダッバーには、病気で死ぬかもしれない患者に届ける薬が入っていると考えるなら、緊迫感からいやおうなく責任感が生まれる[30]」。

混み合うムンバイの商店街で昼食を配達するアヒル・アーダブ。

この高尚な目的は、ダッバーワーラーにとってはハートに同調するということである。共通の任務は彼らに協調を促すが、これがまた別の好循環を引き起こす。人は他者と調和して働くことにより善行をなす傾向が高まることが、科学的に証明されている。たとえば、オックスフォード大学のバハール・テュンチェンツとエマ・コーエンの研究によれば、ほかの子どもと調子を合わせて手を叩くゲームで遊んだ子どもは、ほかの人と合わせる必要のないゲームで遊んだ子どもよりも、あとから仲間を助けることが多かった。[31] ほかの子どもと調子を合わせるゲームで最初に遊んだ子どもと、そうでない子どもを比べた同様の実験がある。次に遊ぶときには、最初そのグループにいなかった子どもと一緒に遊んでもいいと言った子どもは、後者よりも前者のほうがはるかに多かったという。[32] さらには、ほかの子どもにペースを合わせてブランコを漕いでいた子どもは、その後、協力や共同作業に必要なスキルを高めたという結果もある。[33] 息を合わせて何かを行うことにより、部外者に対する寛容さが高まり、わたしたちは「社会性のある」行動をとるようになる。言い換えるなら、協調することにより、わたしたちはさらに良い人間になる――そして、良い人間になることにより、さらにうまく協調できるようになる。

アーダブが容器を最後に回収するのは、ジェイマン・インダストリーという、手術用備品製造会社の２部屋の狭いオフィスだ。アーダブが到着したとき、経営者のヒテンドラ・ザヴェリは、多忙のためまだ昼食を食べていなかった。そこで、彼が全部食べ終わるまで、アーダブは待った。これは悲しきデスク・ランチではない。チャパティ、ライス、ダール、野菜が入ったおいしそうな昼食だった。

ザヴェリはこのサービスを23年間も利用している。彼が手作りの昼食を好むのは、材料や味が保証されており、外食は「健康に良くない」からだという。「時間の正確さ」にも満足している。しかし、彼が長年顧客でいる理由には、隠れた別の理由もある。昼食は彼の妻が調理する。

彼女はもう20年もそうしている。ザヴェリが長距離通勤をし、慌ただしい時間を過ごしていても、この日中の短い休憩時間のおかげで、妻との絆を保てる。ダッバーワーラーの仕事のおかげだ。アーダブは神聖な任務に殉じているわけではないかもしれないが、それに近いと言える。家族が家族の一員のために用意した手作りの食事を、アーダブは届ける。しかも、一度だけ、または月に一度のペースで届けているのではない。ほとんど毎日届けているのだ。

アーダブの仕事は、ドミノピザの配達員とは根本的に異なる。朝、家族の1人と会い、その日のうちに、その家族の別の1人と会う。前者が後者に栄養を与え、後者が前者に感謝することに一役買うのだ。いわば、アーダブは家族をつなぎとめる結合組織である。ピザの配達員は手際がいいかもしれないが、仕事は配達の域を越えない。しかし、アーダブの場合、この配達は仕事の域を越えているので、彼は手際がいいのである。

彼はまず、ボスに合わせる。つまり、ヴィール・パーレイから午前10時51分に発つ列車のことだ。次に、彼は仲間と協調する。同じ言葉を話し、記号を知っている、白い帽子を被った仕事仲間だ。だが彼は最終的に、人に栄養を与え、家族を結びつける、厄介で肉体的にもきつい仕事をこなすことによって、さらに高尚なこと、つまりハートに同調する。

アーダブがランチバッグを届ける客の1人に、ペリカンビルと呼ばれる建物の7階の男性がいる。ダッバーワーラーのサービスを15年間利用しているという。著者がムンバイで会った大勢の人々と同様に、その男性も、ダッバーワーラーが来なかったり昼食の遅配や誤配に遭ったりしたことはないと語った。

ところが、１つだけ不満があるという。

自宅のキッチンから、アーダブの自転車へ、鉄道の最初の駅へ、ダッバーワーラーの背中へ、別の駅へ、混雑するムンバイの通りへ、彼のオフィスのデスクへと、昼食がはるばる運ばれる間に、「容器の中で、カレーがライスと混ざっていることがある」。

【タイム・ハッカーのハンドブック】

〝シンカーズ・ハイ〟を見つける7つの方法

他人と協調し息を合わせること《シンクロナイズ》は、身体的健全性や心理的幸福を高めるのに効果的だ。自分の〝シンカーズ・ハイ〟を見つけるには次のような方法がある。

1．グループで歌う。

音楽グループに入ったことがない人でも、ほかの人たちと一緒に歌えば、すぐに気分が明るくなる。世界各地にある歌好きの人たちのサークルや集まりを紹介するサイトを参考に、歌う機会を探してみるといい（https://www.meetup.com/topics/choir/）。

2．一緒に走る。

ほかの人と一緒に走ることには、運動、交流、同調《シンキング》という3つの恩恵がすべて含まれている。ロード・ランナーズ・クラブ・オブ・アメリカ（http://www.rrca.org/resources/runners/find-a-running-club）のようなサイトで、ランニング・サークルを探してみよう。

3．ボートを漕ぐ。

ボート競技ほど、完全な同時性《シンクロニー》が求められる活動はない。また全身運動でもある。2000メートルのレースは、全面コートで2試合続けて激しいバスケの試合をしたときと、同じくらいのカロリーを消費するという生理学者もいる。次のサイトを参考に、ボート・クラブを探してみるといい（http://archive.usrowing.org/domesticrowing/organizations/findaclub）。

4．ダンス。

社交ダンスにとって大事なのは、他人と呼吸を合わせ《シンクロナイズ》、音楽に動きを合わせることだ。次のサイトを参考に、近所の教室を探してみよう。

（https://www.thumbtack.com/k/ballroom-dance-lessons/near-me/）

5．ヨガのクラスに参加する。

ヨガはもちろん健康にいいが、ほかの人と一緒に行えば、シンカーズ・ハイを経験できるかもしれない。

6．フラッシュモブ。

社交ダンスよりも大胆で、ヨガよりもにぎやかなことがしたいなら、フラッシュモブはどうだろうか。見知らぬ者同士が、ほかの見知らぬ人のためにパフォーマンスする楽しい活動だ。たいていは無料で参加できる。そのうえ——何の前触れもなく始まる——フラッシュモブの参加は、事前に公募される。詳しい情報は、次のサイトを参考のこと。

(http://www.makeuseof.com/tag/5-websites-tells-flash-mob-place-organize/)

7. 協力して料理する。

自分1人で料理し、食事し、片づけると考えると、気が重いかもしれない。これを誰かと一緒にすると、同調《シンクロナイズ》することが必要になるので、前向きになれる(それに、きちんとした食事もとれる)。次のサイトを参考にして試してみよう。

(https://www.acouplecooks.com/menu-for-a-cooking-date-tips-for-cooking-together/)

定期的に問い続けるべき「3つの問い」

グループの息が合うようになっても、メンバーは気を抜いてはいけない。グループの協調を維持するには、いったん協調したらあとは放っておいてもいい、というわけにはいかない。たびたび刺激を与え、注意深く見守る必要がある。グループが呼吸の合った状態を維持するためには、定期的に——1週間に一度、少なくとも1ヵ月に一度——次の3つを問いかけるべきである。

1. 人物であれ外部の基準であれ、敬意を払う対象で、明確な役割を担い、誰もが真っ先にフォーカスするような、はっきりボスだとわかる存在がいるか？
2. 各自のアイデンティティを豊かにし、愛着を深め、誰もが仲間と同調できる、帰属意識を育てているか？
3. グループの発展に必要な、道徳的向上——良い気分と善行——を促進しているか？

グループの同調性を高める4つのエクササイズ

即興劇《インプロ》には、素早い思考のみならず、同調する能力も大いに求められる。脚本の力を借りずに、セリフと動作をタイミングよく他人のパフォーマンスに合わせるのは、観客が思うよりはるかに難しい。だからこそ、即興劇グループはさまざまなタイミングと協調運動を練習するのだ。インプロの第一人者キャシー・サリットが推奨する4つのエクササイズは、あなたのチームに役立つかもしれない。

1. ミラー

2人1組になって向き合う。自分の腕や足をゆっくりと動かす。または、眉を吊り上げたり、表情を変えたりする。パートナーは、あなたのすることを真似る。つまり、あなたが肘を伸ばしたり、眉を吊り上げたりしたら、相手は同じタイミングと速さであなたを真似るようにする。次に、役割を交代して、相手が動作しあなたが真似る。このエクササイズは大人数で行ってもいい。輪になって座り、輪の中にいる人を誰でもいいので真似る。サリットによれば、「最初はたいてい動きがおとなしいが、やがて全員が同じ動きをするまでになる」そうだ。

2. 思考の融合

このエクササイズは、同調の概念的側面を促進する。まず2人1組になる。2人で一緒に3つ数えてから、何でもいいので何か1つの単語を2人同時に言う。たとえば、あなたが「バナナ」と言い、相手は「自転車」と言ったとしよう。次に、また一緒に3つ数えたら、先ほどの2つの言葉に関連した言葉を言う。このとき、2人とも「シート」と言うかもしれない【バナナ型サドル（バナナ・シート）の自転車がある】。ほら、思考が融合された！　しかし、2人が違う言葉を発する場合のほうが、圧倒的に多い。たとえば、片方が「お店」と言い、もう片方が「タイヤ」と言ったとしよう。その場合は、3つ数えて、「お店」と「タイヤ」に関連する言葉を２人で同時に発し、このプロセスを繰り返す。もう同じ言葉を思いついただろうか？（わたしは「車」と言おうと考えている――あなたは？）同じ言葉でなかったら、２人が同じ言葉を発するまで続ける。これは想像以上に難しいが、思考の協調に必要な筋肉を間違いなく鍛える。

３．手拍子をパスする。

これはインプロのウォームアップとして定着しているエクササイズだ。まず参加者で輪を作り、最初の人を決める。その人は右側にいる人のほうを向き、アイコンタクトをとってから、２人で同時にパチンと1回手を叩く。次に、最初の人の右側にいる人、つまり2番目の人は、やはり自分の右側にいる人のほうを向き、アイコンタクトをとり、２人一緒にパチンと1回手を叩く（つまり、2番目の人は3番目の人に手拍子をパスする）。それから3番目の人以降、同じことを繰り返す。この一本締めのような手拍子が人から人へ伝わっていく間に、誰かが「逆方向に」と指示して、伝える向きを変えてもいい。その後も、誰でも指示を出して向きを変えられる。1人の人と息を合わせることに集中するのが目的だが、これにより、グループ全体が協調し、目に見えないものを順番に回せるようになる。ユーチューブで「パス・ザ・クラップ（pass the clap）」を検索して、実際にどうやるのか見てみよう。

4. ビースティ・ボーイズのラップ。

ヒップホップの音楽ユニットにちなむこのゲームは、ほかの人たちが一体となって参加できるような構造を作ることが必要になる。まず1人が、強弱をつけたラップの一文を作る。The Improv Resource Center wiki（https://wiki.improvresourcecenter.com）では、次のような例を挙げている。最初の人が、"LIVing at HOME is SUCH a DRAG."とラップを歌ったら、これを受けてほかの人たちは、"YAH buh-buh-BAH buh-BAH buh-BAH BAH!"のようにリズムをとる。そしてまた、次の人が別の一文を作る。ほかの人たちが、そろってリズムをとれるように、最後の語を言う前にほんの少し間をあける。たとえばこんな具合だ。

2人目："I always pack my lunch in the same brown BAG."
その他全員："YAH buh-buh-BAH buh-BAH buh-BAH BAH!"
3人目："I ike to take a nap on carpet made of SHAG."
その他全員："YAH buh-buh-BAH buh-BAH buh-BAH BAH!"

以上のエクササイズは、すぐに誰もが熱中できるものではないかもしれない。ただ、ときには同調を実感するために奮闘しなくてはならない。

グループで所属性を高める4つのテクニック

1. メールに迅速に返信する。

コングレッショナル・コーラスの指揮者デイヴィッド・シモンズに、所属性を高める戦略を尋ねたところ、その答えを聞いて驚いた。「メンバーのメールにすぐに返信すること」と言うのだ。次の研究は彼の直感を裏づけている。

コロンビア大学教授の社会学者でマイクロソフトリサーチの主席研究員であるダンカン・ワッツによれば、メール返信のスピードによって、部下が上司に満足しているかどうか予測できるという。上司の部下に対するメール返信のスピードが遅いほど、部下はその上司に不満を抱く。[1]

2. 苦労話をする。

集団の結束を強める方法の1つはストーリーを語ることだ。ただし、成功談でなくてもいい。失敗談や苦労話も所属意識を育む。スタンフォード大学のグレゴリー・ウォルトンは、集団と結びついていないと感じる人――たとえば、ほとんど男性しかいない環境にいる女性、白人学生が多い大学の白人以外の学生など――には、この種のストーリーが有効であることを発見した。[2] 大学1年のときにはなじめなかったのに、その後、自分の居場所を見つけた別の学生の話を読んだだけでも、所属意識が高まった。

3．グループが定めた決まり事を守る。

結束した協調的なグループにはみな習慣的な決まり事がある。それがアイデンティティを築き、所属性を深める。しかし、すべての決まり事に同じ効果があるわけではない。もっとも有益なものは、トップが企画したり押しつけたりしたものではなく、グループの間から現れたものである。ボートの漕ぎ手にとっては、ウォーミング・アップのときに全員で歌う歌かもしれない。合唱団員にとっては、練習前にみんなでカフェに集まることかもしれない。スタンフォード大学のロブ・ウィラーが明らかにしたように、「職場の行事や決まり事をマネジャーが率先して定めた場合は、あまり効果的ではない。チームにとって都合のいい時間と場所で、ワーカーが設けた約束事のほうが、はるかに効果的である」[3]。人工的な決まり事ではなく、自然の決まり事が結束を生み出す。

4．教室でジグソー法を試してみる。

1970年代初め、社会心理学者のエリオット・アロンソンと彼の教え子のテキサス大学大学院生は、当時オースティンの公立校で導入された人種統合に取り組むために、協同学習の技法を開発した。彼らはこれを「ジグソー法」と名づけた。これが学校に徐々に定着するにしたがい、この技法はどんな種類のグループでも共同作業を推進できるということを、教育者は理解するようになった。

どのように行うのか紹介しよう。

教師は生徒を、5人から成る「ジグソー・グループ」に分ける。次に、教師はその日の授業内容を5つに分割する。たとえば、エイブラハム・リンカーンの人生について学習する予定ならば、リンカーンの子ども時代、政治家としてのキャリア初期、アメリカ南北戦争勃発直前の大統領就任、奴隷解放宣言の調印、リンカーン暗殺の5つに分けられるだろう。このテーマのなかから1つのテーマを調べるよう、教師は各生徒に割り当てる。

次に、ほかのジグソー・グループで同じテーマを担当する生徒たちと一緒に、「専門家グループ」を編成し、そのテーマについて調べる（たとえば、奴隷解放宣言を担当する生徒たちが集まり、そのテーマの「専門家グループ」を作る）。調べ終えたら、各生徒は「ジグソー・グループ」に戻り、ほかの4人の生徒に自分のテーマで調べたことを教える。

この学習方法のカギは、相互依存で構築されている点である。全体を構成するために必要な一部を各生徒が提供する。それは、ほかの生徒たちが全体像をとらえるために欠かせないものだ。また、各生徒の学習の成功は、自分とほかの生徒たちがグループにどれほど貢献できるかにかかっている。あなたが教師なら、是非試してほしい。教師や学生でなくても、このジグソー法は、多くの職場環境で使えるはずだ。

第7章

時制で考えることについて
――最後に一言

トキバエは矢を好み、ミバエはバナナを好む（Time flies like an arrow. Fruit flies like a banana.）。

――グルーチョ・マルクス（が言ったとされる）

このユーモアあふれるトキバエのフレーズを聞くたびに、思わず笑いがこみ上げる。これはいかにもグルーチョらしい、「犬のほかには、本が人間の最高の友だちだ。犬のなかでは、暗すぎて本が読めない（Outside of a dog, a book is a man's best friend. Inside of a dog, it's too dark to read.）」の流れを汲んだ、頭の柔らかい、言葉をひねった、気の利いたフレーズだ。[1]だがあいにく、冒頭のフレーズは、マルクス兄弟のなかでもっとも有名なジュリアス・ヘンリー・マルクス（芸名グルーチョ・マルクス）が言ったものではないらしい。とは言え、このフレーズが生まれた経緯と、これが体現する驚くほど複雑な思考は、本書が最後に提示する概念を示している。

このフレーズの生みの親は、あるいは少なくとも遺伝物質を提供した人物は、言語学者で数学者、コンピューター科学者である、アンソニー・エッティンガーである。現在、人工知能と機械学習は実に白熱したテーマであり、世間の耳目を引き、巨額の研究費と投資の対象になっている。だが1950年代、エッティンガーがハーバードで教鞭をとったばかりの頃、人工知能も機械学習もほとんど知られていなかった。エッティンガーはこの分野の先駆者の1人である。多数の言語に通じた博識家で、コンピューターが人間の言語を理解できる術《すべ》を探った、世界で最初の人物だ。

「コンピューターが言語を翻訳できるという初期の主張は、きわめて誇張されていた」と、エッティンガーは1966年に『サイエンティフィック・アメリカン』誌で述べた。この記事は、後世におけるコンピューターの科学利用の数々を不気味なほど正確に予測したものだった。[2] 科学者や技術者が最初に直面したコンピューターの困難は、フレーズが実生活の文脈から切り離された場合、往々にして多義的な解釈が可能になるという点である。その例として彼が挙げた文章が、「Time flies like an arrow」である。これは、時は矢が空中を切るように素早く過ぎるという意味かもしれない。だが、エッティンガーが指摘したように、「time」は動詞の命令形という可能性もある。昆虫のスピードを計る調査員に対し、「ストップウォッチを使って、矢のように速く飛ぶハエ(flies)のスピードを計るように」と指示したのかもしれない。あるいは、「time flies」という種類の空中を飛ぶ虫が、矢を好きだという意味にもとれる。エッティンガーは、この3つの解釈の違いをコンピューターが理解するようにプログラミングすることは可能だと言ったが、基本的な一連の規則は問題を生み出すだろうとも述べた。そのような規則は、構文的には同じでも意味的には異なる文章を説明できなかった。そう、たとえば、「Fruit flies like a banana」のような文章は【文法上は、「フルーツはバナナのように飛ぶ」とも、「ミバエ（fruit flies）はバナナを好む」とも解釈できるから】。これは難問だった。

やがて、「Time flies like an arrow」の文は、機械学習の直面する問題を会議や講演で示す際に、格好の例となった。「この文の time は、名詞かもしれないし、形容詞かもしれないし、動詞かもしれない。異なる3つの構文的解釈を生み出す」と、ノートルダム大学の教授で、人工知能についてごく初期に書かれた教科書の編集者でもある、フレデリック・クロッソンは記した。[3]「Time flies like an arrow」と「Fruit flies like a banana」の組み合わせはその後も残り、後日どういうわけか、グルーチョ・マルクスに結びつけられた。だが、イェール大学の図書館司書で、引用句の第一人者であるフレッド・シャピロによれば、「グルーチョが実際に言ったという根拠は何もない」[4]。

それでも、この文章が現在まで残り、くり返し取り上げられることから、重要な側面が明らかになる。クロッソンが指摘したように、わずか5語から成るこの文章において、「time」は、名詞、形容詞、動詞の機能を果たしうる。これは、英語のなかでも、広義的かつ多義的な言葉だ。名詞で「time」は、グリニッジ標準時（Greenwich Mean Time）のように固有名詞でも使われる。

使われる場合は、区切りのある継続時間（"How much time is left in the second period?"「第2ピリオドにはあとどのくらいの時間が残っていますか？」）、特定の瞬間（"What time does the bus to Narita arrive?"「このバスは何時に成田に着きますか？」）、抽象的な概念（"Where did the time go?"「時間はどこに行ってしまったのだろう？」）、一般的な経験（"I'm having a good time"「楽しいひと時を過ごしています」）、何かをするときの順番や回数（"He rode the roller coaster only one time"「彼はジェットコースターに一度だけ乗ったことがある」）、歴史上の時代（"In Winston Churchill's time ..."「ウィンストン・チャーチルの時代には……」）などを示すこともある。実際、オックスフォード大学出版局のリサーチャーによれば、「time」は英語のなかで、もっともよく使われる名詞だという[5]。

動詞としても、多角的な意味を持つ。時計を用いてレース時間を計る（time a race）し、時計を用いないが、攻撃のときを選ぶ（time an attack）という言い方もする。テンポを守って（in keeping time）楽器を演奏する、というときにも「time」を使う。さらに、ダッバーワーラーやボート競技の選手のように、他人と行動のタイミングを合わせる（time our actions with others）。また、時限爆弾（time bomb）、時間帯（time zone）、タイムレコーダー（time clock）などのように、形容詞としても使われる。それに、〝時を表す副詞〟（"adverbs of time"）は、品詞の独立したカテゴリーである。

だが、時間（time）は、わたしたちの言葉に行き渡っているので、わたしたちの思考にさらに深く影響を与えている。世界中の言語の大半において、意味を伝え考えを明らかにするために、動詞には、過去、現在、未来などの時制がある。わたしたちが発するほとんどすべてのフレーズには時制が伴う。ある意味、わたしたちは時制で考える。自分について考えるときに、それはとくに当てはまる。

過去について考えてみよう。くよくよと過去を考えてはいけないと言われるが、過去形で考えることにより、自分自身についての理解が深まることが、研究から明らかになっている。たとえば、ノスタルジア――過去を懐かしみ、ときには心がうずくこと――はかつて、現在の目標からわたしたちの気をそらす、病的状態や障害とみなされた。17世紀と18世紀の学者は、これを肉体的な病だと考えた。「脳中央部の繊維を通して、動物の魂による絶え間ない振動」によって促進される「基本的に悪魔が引き起こす大脳疾患」だとされた。ノスタルジアは、気圧の変化、または「血中の過剰な黒胆汁」によって起きる、あるいはスイス人特有の苦悩だと考える者もいた。19世紀を迎える頃には、こうした考えは退けられたが、ノスタルジアを病的なものとみなす考え方は健在だった。当時の学者や医者は、精神機能障害や、精神病や強迫に関連する精神疾患、またはエディプスコンプレックスによるものだと考えていた。[6]

現在、サウサンプトン大学の心理学者コンスタンティン・セディキデスらのおかげで、ノスタルジアの名誉は回復した。セディキデスはノスタルジアを、「活力を与える内面のリソースであり心理的平衡に資するもの……心理的滋養の宝庫」だとする。過去を懐かしむことによる恩恵は甚大である。それは、ノスタルジアが、幸福に欠かせない2つのもの、すなわち、意義と他者とのつながりをもたらすからである。懐かしく思い出すとき、わたしたちは自分自身を、自分が心から大切に思う人たちが関わる重大な出来事（たとえば、結婚式や卒業式など）の主人公とみなしていることが多い。[7] ノスタルジアによって、前向きな気分になり、不安やストレスに対抗できるようになり、クリエイティビティが高まることが、研究からわかっている。[8] 楽観主義的傾向を高め、共感を深め、退屈を紛らわせる効果もある。[9] ノスタルジアは、快適さや温かさなどの生理的感覚までも高める。肌寒い日にはノスタルジーを感じやすくなる。実験者が被験者に、たとえば音楽や匂いなどを用いて、ノスタルジーを感じるように仕向けたとき、被験者は寒さに耐えられる傾向にあり、温度が実際よりも高いと受け止めた。[10]

悲喜こもごもの感情のように、ノスタルジアは「ほろ苦いが、圧倒的に肯定的で、根本的に社会的感情」である。過去形で考えることは、「内なる自己をのぞき込む窓」、本当の自分自身にたどりつく入り口を授ける。[11] 現在を意味のあるものにする。

この原理は未来についても当てはまる。著名な社会科学者である、ハーバード大学のダニエル・ギルバートとヴァージニア大学のティモシー・ウィルソンは、「あらゆる動物は時間を通して旅する」のに対し、人間はその先を行っていると主張した。レイヨウとサンショウウオは、過去に経験した出来事の結果を予期できる。だが、人間だけが、頭の中でシミュレーションすることで、未来を「先に経験する」ことができる。ギルバートとウィルソンはこれを「先見」と呼んでいる。[12] とはいえ、自分たちが思うほど、人間はその能力に長けているわけではない。その理由はさまざまだが、わたしたちの言葉——文字通り時制——が、それに影響を与えているのかもしれない。

UCLAの経済学者、M・キース・チェンは、最初に言語と経済行動の関係を探った1人である。彼はまず、36の言語を、未来形が明確に使われる言語と、未来形が曖昧かまったく存在しない言語の2つに分類した。チェンは、中国語を話す家庭で生まれ育ったアメリカ人なので、その区別を明らかにするために、英語と中国語の違いを示した。「今日このあとのミーティングに出席できない理由を、英語を話す同僚に説明する場合、『セミナーに行く』(I go to a seminar) からとは言わない」。英語では、「セミナーに行く予定がある」(I *will be going to* a seminar) または「セミナーに行かなくてはならない」(I *have to go* to a seminar) と、明確に未来形で示す必要があるだろう。「一方で、中国語で話すとしたら、未来形を省略して、『我去听讲座』(セミナーを聞きに行く、I *go* listen seminar) という言い方がごく自然だ」とチェンは語る。[13] 英語やイタリア語、韓国語のように未来形をはっきり示す言語では、現在と未来を厳格に区別して話す必要がある。中国語や日本語、フィンランド語、エストニア語などのようにはっきり未来形を示さない言語では、その2つをあまり区別しないか、まったく区別しない。

チェンは次に、未来形を区別する人々と、あまり区別しない人々の行動に違いがあるのか——収入や教育、年齢その他要因を調整して——検証した。その結果、少々驚くような違いがあることがわかった。未来形をはっきり示さない人々——つまり現在形と未来形を明確に区別しない人々——は、はっきり区別する人々と比べて、定年後に備えた貯蓄をする人が30パーセント多く、喫煙者は24パーセント少なかった。また、前者は後者よりも、安全な性行為をし、定期的に運動し、定年後も健康で経済的に恵まれていた。この傾向は同じ国でも、たとえば未来形をはっきり示さない言語（ドイツ語）を話す国民と、はっきり示す言語（フランス語）を話す国民が共存するスイスなどでも見られた[14]。

チェンは、人の話す言語がこうした行動を引き起こすとは結論づけなかった。単に深い相違を反映する可能性があると指摘するに留めた。そのため、言語が思考を、ひいては行為を形成するのか、言語学の分野ではいまだに議論を呼んでいる[15]。そうはいうものの、未来が、現状および現在の自分と緊密に結びついていると感じるとき、わたしたちはより効率的に計画を立て、責任ある行動をとるということが、その他の研究から判明している。たとえば、老後に備えて蓄えていない人は、どういうわけか、未来の自分を現在の自分とは異なる人物とみなしていることが、その理由の1つとされている。ところが、高齢化した自分のイメージを写真で見せると、貯蓄する傾向が強まる[16]。年ごとではなく日々などの、小さな時間単位で将来を思い描くだけで、「未来の自分を身近に感じ、現在の自分と未来の自分は違う人物だと考えないようになる」ことも、研究から明らかになった[17]。ノスタルジアと同様に、未来を考えるという行為の最大の役目は、現在の重要性を高めることなのである。

こうしたことが現在につながる。最後に紹介する2つの研究は、大いに参考になる。1つ目の研究では、ハーバード大学の5人の研究者が、現在を詰めた小さな〝タイムカプセル〟（最近聴いた歌3曲、内輪ネタ、最近参加した社交行事、最近撮った写真など）を作るか、最近交わした会話について書くように、実験の参加者に指示した。次に、数ヵ月後にこうした記録がどれほど興味を引くか予測してもらった。実際にタイムカプセルを開ける段になると、参加者は予想以上に興味を示した。さらに、思い出として詰めた中身が、自分の思った以上に意味のあるものだということにも気づいた。複数の実験から、参加者は、現在の体験を未来に再発見する価値を過小評価していることが浮き彫りになった。

「ありふれた日々を記録することにより、現在《プレゼント》を未来へのプレゼントにできる」と研究者は述べている[18]。

もう1つの研究では、畏怖の効果を検証した。この研究を行った2人によれば、畏怖は、「喜びの上流に、かつ畏れとの境界に」あるという。これは「ほとんど研究されていない感情で……宗教や政治、自然、芸術の経験の中核」にある[19]。畏怖には2点の重要な特性がある。広大さ（自分より大きなものに直面するという経験）と順応（広大さにより自分の精神構造が否応なしに調整される）である。

メラニー・ラッド、キャスリーン・ボーズ、ジェニファー・アーカーは、畏怖の念を抱く経験――グランドキャニオンの絶景、子どもの誕生、すさまじい雷雨など――が、時間のとらえ方を変えることを明らかにした。畏怖の念を抱くとき、時間の流れが遅くなる。時間は拡大する。時間が増えたように感じる。その衝撃により、わたしたちの幸福感は高まる。「畏怖を覚えるとき、人は今この瞬間に立ち戻る。今この瞬間に在ることは、時間知覚を調整し、決断に影響力を及ぼし、人生の満足感をさらに高めるという、畏怖の持つ力の根底をなすものである」[20]。

こうした研究はどれも、重要かつ有意義な人生にいたる道筋は、精神世界の多くの指導者たちがよく助言する「今を生きる」ことではない、と示唆している。その道筋とは、自分が何者であるか、なぜここにいるかという理解をわたしたちに促す、統一のとれた全体に時間の見方を融合させることである。

１９３０年公開の映画『けだもの組合』（Animal Crackers）に、ともすれば忘れられがちな場面がある。グルーチョ・マルクスが、本来は「だった」と言うべきところを、「である」という動詞で話すのだ。彼は、「わたしは過去形《パスト・テンス》のかわりに仮定法を使っていたのだ」と説明する。それから一瞬間を置いて言い添える。「もうテントの時代《パスト・テンツ》はとっくに過ぎて、わたしたちは今バンガローで暮らしている」。

わたしたちも時制《テンス》を重視しなくてもいい。人間が直面している課題は、過去と現在と未来を統合することなのである。

本書に取りかかったとき、タイミングが重要であることは承知していた。だが一方で、タイミングは不可解なものであることも承知していた。本書のプロジェクトを開始した時点で、自分がどこに行き着くのか見当もつかなかった。わたしの目標は、真実に似たものに到達すること、わたしも含めて、人々がもう少し賢明に、より良く生きられるような事実や見識を突き止めることだった。

執筆の成果である本書には、質問よりも答えのほうが多く書かれている。しかし、執筆の過程は、正反対だ。書くことは、自分の思考と信念を発見する行為である。

以前は、１日の波を無視するほうがいいと思っていた。今では、波に乗ったほうがいいと思っている。

以前は、ランチ休憩をとったり、仮眠をしたり、散歩したりなどは優雅な過ごし方だと思っていた。今では、必要なことだと思っている。

以前は、職場や学校、家庭での滑り出しの失敗を乗り越える最善の策は、それを振り払って先に進むことだと思っていた。今では、その場合はスタートし直すか、ほかの人たちと同時にスタートするほうが好ましいと思っている。

以前は、中間地点は重要ではないと思っていた。それどころか、たいていはその存在すら失念していた。今では、人間のふるまいや世の中の動きについて、中間地点はその根本的なところを物語ると思っている。

以前は、ハッピーエンドに価値があると思っていた。今では、終了の持つ力は、純然たる明るさではなく、悲喜こもごもの感情と意義にあると思っている。

以前は、他人と同調することは単に機械的なプロセスだと思っていた。今では、同調には帰属意識が必要であり、目的意識を抱くに値し、わたしたちの本質の一部を明らかにするものだと思っている。

以前は、タイミングがすべてだと思っていた。今では、すべてがタイミング次第だと思っている。

お薦めの書籍

時間とタイミングはきわめて興味深いテーマなので、このテーマに巧みに切り込み、情熱を込めて取り組んだ本がほかにも出版されている。次に紹介する6冊は、このテーマについての理解を深めてくれるだろう。順番はタイトルのアルファベット順による。

168 Hours: You Have More Time Than You Think (2010)
（168時間――思っているよりも時間はある）

ローラ・ヴァンダーカム著

誰にとっても1週間は168時間。ヴァンダーカムは、物事に優先順位をつけ、不必要な事柄を切り捨て、本当に重要な事柄に集中することで、この時間を有効に使える、賢明で実行可能な方法をアドバイスする。

A Geography of Time: The Temporal Misadventures of a Social Psychologist, or How Every Culture Keeps Time Just a Little Bit Differently (1997)

（邦訳『あなたはどれだけ待てますか――せっかち文化とのんびり文化の徹底比較』草思社）

ロバート・レヴィーン著

なぜせっかちな文化とのんびりした文化があるのだろうか？ なぜ「時計時間」に厳格に従う文化と、「出来事時間」で成り立つ文化があるのだろうか？ 行動科学者である著者が自身の現地調査を基に、この問いに対して興味深い答えを授ける。

Daily Rituals: How Artists Work (2013)

（邦訳『天才たちの日課――クリエイティブな人々の必ずしもクリエイティブでない日々』フィルムアート社）

メイソン・カリー著

世界の超一流のクリエイターたちは、どのように時間を管理していたのか？ アガサ・クリスティ、シルヴィア・プラス、チャールズ・ダーウィン、トニ・モリソン、アンディ・ウォーホルをはじめとする、総勢161人のそうそうたる著名人の日課や日常生活が、本書で明かされる。

Internal Time: Chronotypes, Social Jet Lag, and Why You're So Tired (2012)

（邦訳『なぜ生物時計は、あなたの生き方まで操っているのか？』インターシフト）

ティル・レネベルク著

時間生物学について1冊読むなら、本書だ。ポイントを的確に押さえた良書で、ほかのどの本よりもこのテーマについて学べる。24時間を象徴するように、24章で構成されている。

The Dance of Life: The Other Dimension of Time (1983)

（邦訳『文化としての時間』TBSブリタニカ）

エドワード・T・ホール著

アメリカの文化人類学者である著者が、世界の文化はどのように時間をとらえているかについて検証する。少しばかり時代遅れの分析もたまに見られるが、間違いなく慧眼の書であり、今なお大学講座の必読書たるゆえんである。

Why Time Flies: A Mostly Scientific Investigation (2017)

（なぜ時間は早く過ぎるのか——主に科学的調査を基に）

アラン・バーディック著

時間の性質をとらえようとすることの複雑さ、困難、高揚感を描いた、ウィットに富んだ科学ジャーナリズム作品。

謝辞

謝辞を読むと、年齢を重ねるにつれて社会的ネットワークが縮小するという、ローラ・カーステンセンの発見と似た傾向があることに気づかれるのではないかと思う。著者は、処女作で途方もなく幅広い交際範囲にまで言及し、感謝の言葉を述べるものだ（「小学3年生のときの体育の先生のおかげで、綱登りの恐怖を克服できた。もしかすると、作家としてもっとも重要な教訓を学んだかもしれない」という具合に）。

ところが、その後本を出版するたびに、謝辞で感謝を捧げる人たちのリストは短くなる。内側の円に入る人だけになるのだ。わたしは今回、次の人たちに感謝を捧げたい。

キャメロン・フレンチは、仕事を熱心にどんどん遂行する、作家にとって理想のリサーチャーだ。ドロップボックスのフォルダーに大量の論文や論評を保存し、数多くのツールやワザに磨きをかけ、事実や引用を逐一チェックしてくれた。その知性と誠実さと活力あふれる仕事ぶりから、今後は、彼のようにオレゴン育ちでスワースモア大学出身者としか仕事をしたくない、という気持ちになったほどだ。現在デューク大学フュークア・スクール・オブ・ビジネスの博士課程に在籍するシュレイヤス・ラガヴァンは、本書で取り上げた格好の事例をいくつも探し当て、取り組み甲斐のある反論を何度も提示し、わたしがなかなか理解できない統計的手法と定量分析を説明してくれた。

わたしの著作権代理人で20年来の友人であるレイフ・サガリンは、いつもどおり素晴らしい仕事をしてくれた。構想を練り、原稿を書き、本書が世に出るまでのどの段階においても、彼の存在は欠かせなかった。

リバーヘッド・ブックスの聡明で慧眼のジェイク・モリッシーは、1ページ1ページに細やかな注意を払いながら、原稿を何度も読み返してくれた。「これはテレビ番組の台本ではない」「この用語は適切だろうか?」「ここはもっと掘り下げることができる」など、コメントや疑問を次々とわたしに浴びせた。うっとうしく感じたこともなきにしもあらずだが、彼の指摘はいつも正しかった。ケイティ・フリーマン、リディア・ハート、ジェフ・クロースキ、ケイト・スタークという、ジェイクの超優秀な同僚たちの支援を受けられ、とても幸運だった。

タニア・マイボローダは、ポイントとなる考えを明確に丁寧にとらえた20ものグラフを作成してくれた。エリザベス・マカロウは今回も、誰もが見逃すような文章の誤りを見つけてくれた。ラジェシュ・パドマシャリは、ムンバイでコーディネーターとして、通訳として、大変素晴らしい仕事をしてくれた。大学1年からの友人であるジョン・アワーバック、マーク・テテル、レネ・ズッカーブロットは、インタビューのテーマを探してくれた。また、アダム・グラント、チップ・ハース、ロバート・サットンとの会話から大いに恩恵を受けた。彼らは調査について優れた提案を授け、アダムは、わたしが当初示したひどい原案を思いとどまらせてくれた。フランチェスコ・シリロと故アマー・ボーズに、そして社会に対する2人の功績に、深く感謝する。

わたしが執筆業を始めた頃、3人の子どものうち1人はまだ小さく、2人はまだこの世に誕生していなかった。今では3人ともすっかり立派な若者に成長し、さして立派ではない父親を手伝うまでになった。娘のソフィアはいくつかの章を読んで、鋭い視点で編集を加えた。息子のソールは大変なバスケットボール通であり、また電話によるリサーチスキルを発揮してくれたおかげで、第4章で素晴らしいスポーツの話題を書くことができた。末っ子のイライザは、本書執筆中に高校最後の年を迎えた。イライザの気骨と意欲をわたしは見習わなくてはならない。

家族の中心となるのは、3人の子どもの母親であり、わたしの妻であるジェシカ・ラーナーだ。妻は本書を隅から隅まで読んでくれた。それだけではない。本書の一言一句にいたるまで、声に出して読んでくれたのだ（それがどれほど大変なことか、最初のページから音読してみればわかる。そのうえ、「そこはもっと強調して読んで」などと、途中でしょっちゅう遮る人の前で音読すれば、なおさら大変だ）。妻の知力と共感力のおかげで、本書はさらに良い仕上がりになった。ちょうど、一緒にいる四半世紀の間に、彼女の知力と共感のおかげでわたしがより良い人間になったように。いついかなるときでも、過去も現在も未来も、彼女はわたしにとって最愛の人である。

監訳者あとがき

全てに「タイミング」を意識する重要性を喚起させる本

勝間和代

ダニエル・ピンク氏のとにかくすごいところは、著書を出してから10年後には「常識」になっていることを、その10年以上前に明確に表現し、私達にわかりやすく説明するところです。『フリーエージェント社会の到来』（ダイヤモンド社）も、『ハイ・コンセプト』（三笠書房）も、『モチベーション3・0』（講談社）もみなそうでした。

そして、二〇一八年、氏が新たな軸として提示したのが、この『Ｗｈｅｎ　完璧なタイミングを科学する』です。

林修さんの「いつやるか？　今でしょ！」がブームになったのはもう5年前ですが、まさしく、私達はいつでも、

「いつ何をやるか」

という決断に迫られ続けています。

いつ結婚すればいいのか、いつ転職すればいいのか、いつ家を買えばいいのか、いつパソコンやスマホを買い換えればいいのか、いつ重要な決断をすればいいのか、いつトレーニングをすればいいのか、まさしく、日々の生活が「いつ○○すればいいのか」の連続です。

それにもかかわらず、世の中の多くの指南本は「何をすればいいのか」ということについて、常に私たちに指摘をしてきましたが、「いつ」すればいいのかということについてはほとんどノウハウを提供してくれていません。

ある意味、私達の行動に対する様々なアドバイスというのは「何をすべき」という50％の要素しか捕捉していないということになります。しかし、ここで「いつすべき」という残る50％の要素が入れば、ぐっと私たちの人生の決断は正確になるし、簡単になるのです。

この原稿を夜10時に書いている理由

睡眠のパターンをよく、朝型、中間型、夜型に分けますが、この睡眠のパターン一つとっても私たちのパフォーマンスのピークがどこに来るかが人によって異なるわけです。したがってもし自分の仕事のパフォーマンスを上げたいと思った場合、自分の睡眠パターンに合った仕事を選ばなければなりません。

例えば私はこの本で言う「フクロウ型」の夜型ですが、朝早くに起きる必要があった銀行や証券会社の時代は、もう、毎日がめんどうでした。特に午前中の生産性が自分で言うのもなんですが、低くて仕方がないのです。

それが独立して自分の好きな時間帯に仕事ができるようになってから、概ね集中できる時間帯に仕事をすれば良くなったので、本当に楽になりました。このあとがきの原稿も午後10時20分に書いています。その方がやる気も頭もさえているからです。

つまり、「When」の観点から言うと、典型的な会社勤めの時間帯では、パフォーマンスを出せない人がいるのです。

著者は私のようなフクロウ型の人間を、この世界では「左利きのようだ」と表現しました。つまりこの世界は世の中の大半を占める朝型や中間型の人のために設計されており、夜型の人が必ずしもパフォーマンスが発揮しきれないと言うわけです。

また思春期の子どもは他の世代よりもフクロウ型になりやすいため、アメリカでも高校の授業の開始が7時台では早すぎるということが分かってきました。単純に授業の開始時間を8時半かそれ以降にしただけで子ども達の成績が簡単に上がったのです。

ただ、私達は思春期が終わると、だんだんと中間型や朝型がまた増えていきます。そして、朝型や中間型の人は逆に午前中にパフォーマンスが高く、午後には落ちてきます。事故なども午後や夜に増えていきます。

もしこの著書を読んでいる方が配偶者やパートナーとなかなかうまくコミュニケーションが取れないとしたら、配偶者と自分のクロノタイプが違うのかもしれません。

また、もしあなたが会社の上司だったとしたら、部下のクロノタイプを理解することで、それぞれの部下のピークパフォーマンスを管理しながらより適切なコーチングができるようになるでしょう。

さらに言ってしまうと、大体の人は午前中のほうがパフォーマンスが高いため、例えばあなたが病院に行った場合、午前に診断や手術を受けるより、午後に受ける方が誤診や手術ミスの可能性が高くなるのです。

私はこの本を読んでから病院に行ったり、美容院に行ったりする時は必ず午前中に予約を取るように行動を変えました。

休憩と中だるみの科学とは?

休憩の重要性も同様です。とにかく私達は定期的に休憩を取らないとパフォーマンスがありとあらゆる場面で下がっていきます。そして、その休憩の間も1人で過ごすよりは同僚とちょっとしたおしゃべりを屋外で行うなどの方法が有効です。

そして、日本でもありますが「ロストジェネレーション」のように、就職時期に不況か、好況かでなんと自分達の生涯の年収が決まってしまうということも分かりました。

この「いつ就職するのか」という影響が生涯にわたる不公平をもたらす可能性があるのです。

そういえば、日本の選挙にも「風」という言葉があります。風が吹いたタイミングを捉えた政党が躍進するし、また、そのときにその政党から出た候補者は、その人の能力や人気の有無にかかわらず、さくっと当選してしまうし、また、逆風の場合はどんなに優れた候補者でも簡単に落選してしまうわけです。

まさしく、「どの党からいつ出馬するのか」というほうが、本人の能力よりもよほど重要です。

また、私達は中年期になると幸福度が下がり中だるみになりますが、これは生涯にわたって中間地点がたるむのと同じように、もっと短いスパンのさまざまなプロジェクトや試合も中間の辺りはだいたいみんなたるんでいます。

この中間地点のモチベーションをいかに高めるかということも、タイミングの科学としては考えなければいけないのです。

さらに、「正月だから、これから○○しよう」と考えるのも、これも日本だけではなく、世界共通のようです。フンドマーク効果と呼んでいますが、私達は普段の生活で様々な区切りの日を意識し、そこからリスタートをしようとするのです。

ですので、三日坊主を恐れずに、そのようにリスタートをできるタイミングがあれば、どんどんした方がいいということになります。

これの逆がラストスパート効果でして、例えば私達は29歳や39歳、49歳の時には「新しくフルマラソンに参加しよう」など、今しかできないと考えること、やる気になります。これはまさしく締め切りが私達にやる気を与える効果と同じです。締め切り間際しか結局なかなかやる気が出ないのであれば、その締め切りを上手に使えばいい訳です。

タイミングと幸福感のつながり

このタイミングは集団全体を同調させ、コントロールするにも必要です。ボートの舵手《コックスン》も、オーケストラの指揮者も、チーム全体のタイミングを合わせるためにリーダーシップをとります。私達がスポーツなどでハイタッチを行ったり、肩を叩きあったり、軽くハグするのも、これも、チームメンバーと同調するため、接触を使う方法だということがわかってきました。そして、このような行為が多いチームほどパフォーマンスが上がるのです。

私達は人とタイミングを一緒にして、同じような行動をするとポジティブな気分になります。だから、プロ野球の観戦や、フェスに行って、他の観客と同調することは、その集団への帰属意識を促し、私達の自尊心を高め、他人を思いやり、ストレスと抑うつを減らします。

グループでシンクロして行動するということは、私達に単純に幸福感をもたらすわけです。この仕組を知っているだけでも、どうやったら私達が自分を幸せにできるかということについて、例えば余暇にどのような行動をするかということにヒントが生まれると思います。

そしてさらに英語やフランス語のようにはっきりと時制に「未来形」がある言語と、そうでない言語（中国語、ドイツ語や、日本語を含みます）を比べると、それぞれの話者がどのくらい「タイミング」を知らず知らずに意識しているかについて影響しています。

すると、未来形がはっきり区分されている人たちのほうが、将来の自分と現在の自分を切り離す傾向があり、喫煙率が高く、貯蓄率が低く、運動をしなくなるそうです。もちろん、これが言葉だけで生まれた違いなのかについてはまだ議論の余地があるそうですが、私たち日本人は、はっきりと未来の自分と現在の自分を区分しない言語を持っているということで、自分の将来を現在と常に連結して考えることができ、恵まれていると考えることもできます。

これからの日本の「タイミング」は？

これまで、いつやるかということについて、私達は「何をやるのか」に比べると、ずっと低い優先順位で考えてきました。しかし、この本は何をやるのかよりは、「いつやるか」について、同等か、それ以上に高い優先順位で取り組む必要性があることを、強力な証拠とともに示唆しています。

例えば現代において、経済では日本は中国に追い付かれ、追い越されました。これは日本が中国より劣っているということではなく、まさしくタイミングの問題として日本がすでに発展すぎていたから、新しいものを取り入れることができなかったのです。

中国の最新都市の一つ、深圳《しんせん》はほんの30年前まで人口の少ない漁業を中心とした地方都市でした。それがわずかの間に人口1500万人余りとなり、タブレットやスマホで有名なファーウェイや、ドローンの世界最大のシェアをもつＤＪＩなど、著名な企業が立ち上がっています。

そして、何よりも深圳ではキャッシュレス化が進み、屋台や小さな商店を含めて、ほとんど誰も現金を使いません。それはまさしく、その都市が発展した「タイミング」がそのような文化と先進インフラ状況をもたらしたのです。

２０２０年には東京オリンピックがやってきます。もうあと2年を切りました。しかし、なぜここまで日本がオリンピックに盛り上がっていないのか、それもまさしく、

「日本がどのような発展のタイミングにあるか」

ということで説明がつくでしょう。

私達はある意味、この本で指摘しているような「中だるみ」状態なのです。だからこそ、未来をもっと見つめてしっかりと連係をし、ランドマーク効果でも、あるいはエンド効果でもいいのですが、モチベーションを高めて「タイミング」を味方につけていく必要があるでしょう。

注

はじめに——ターナー船長の決断

1. Tad Fitch and Michael Poirier, *Into the Danger Zone: Sea Crossings of the First World War* (Stroud, UK: The History Press, 2014), 108［未邦訳］
2. Erik Larson, *Dead Wake: The Last Crossing of the Lusitania* (New York: Broadway Books, 2016), 1［未邦訳］
3. Colin Simpson, "A Great Liner with Too Many Secrets," *Life*, October 13, 1972, 58.
4. Fitch and Poirier, *Into the Danger Zone*, 118; Adolph A. Hoehling and Mary Hoehling, *The Last Voyage of the Lusitania* (Lanham, MD: Madison Books, 1996), 247［未邦訳］
5. Daniel Joseph Boorstin, *The Discoverers: A History of Man's Search to Know His World and Himself* (New York: Vintage, 1985), 1［邦訳　ダニエル・J. ブアスティン『大発見——未知に挑んだ人間の歴史』鈴木主税・野中邦子訳、集英社、1988年］

第1章　日常生活——朝・昼・晩のパターンと完璧なタイミング

1. Kit Smith, "44 Twitter Statistics for 2016," *Brandwatch*, May 17, 2016. これは、https://www.brandwatch.com/2016/05/44-twitter-stats-2016で閲覧できる。
2. Scott A. Golder and Michael W. Macy, "Diurnal and Seasonal Mood Vary with Work, Sleep, and Daylength Across Diverse Cultures," *Science* 333, no. 6051 (2011): 1878–81. この調査は、ドナルド・トランプが大統領に選ばれ彼のツイートが政治的議論を呼ぶようになる前に実施されたものであるという点に留意されたい。
3. ドゥ・メランの発見の全容については、次を参照のこと。 Till Roenneberg, *Internal Time: Chronotypes, Social Jet Lag, and Why You're So Tired* (Cambridge, MA: Harvard University Press, 2012), 31–35［邦訳　ティル・レネベルク『なぜ生物時計は、あなたの生き方まで操っているのか？』渡会圭子訳、インターシフト 、2014年］
4. William J. Cromie, "Human Biological Clock Set Back an Hour," *Harvard University Gazette*, July 15, 1999.
5. Peter Sheridan Dodds et al., "Temporal Patterns of Happiness and Information in a Global Social Network: Hedonometrics and Twitter," *PloS ONE* 6, no. 12 (2011): e26752. また、次も参照のこと。 Riccardo Fusaroli et al., "Timescales of Massive Human Entrainment," *PloS ONE* 10, no. 4 (2015): e0122742.
6. Daniel Kahneman et al., "A Survey Method for Characterizing Daily Life Experience: The Day Reconstruction Method," *Science* 306, no. 5702 (2004): 1776

-80.
7 . Arthur A. Stone et al., "A Population Approach to the Study of Emotion: Diurnal Rhythms of a Working Day Examined with the Day Reconstruction Method," *Emotion* 6, no. 1 (2006): 139-49.
8 . Jing Chen, Baruch Lev, and Elizabeth Demers, "The Dangers of Late-Afternoon Earnings Calls," *Harvard Business Review*, October 2013.
9 . 同上
10. Jing Chen, Elizabeth Demers, and Baruch Lev, "Oh What a Beautiful Morning! Diurnal Variations in Executives' and Analysts' Behavior: Evidence from Conference Calls." これについては、次のサイトで閲覧できる。https://www.darden.virginia.edu.uploadedfiles/darden_web/content/faculty_research/seminars_and_conferences/CDL_March_2016.pdf.
11. 同上
12. Amos Tversky and Daniel Kahneman, "Extensional Versus Intuitive Reasoning: The Conjunction Fallacy in Probability Judgment," *Psychological Review* 90, no. 4 (1983): 293-315.
13. Galen V. Bodenhausen, "Stereotypes as Judgmental Heuristics: Evidence of Circadian Variations in Discrimination," *Psychological Science* 1, no. 5 (1990): 319-22.
14. 同上
15. Russell G. Foster and Leon Kreitzman, *Rhythms of Life: The Biological Clocks That Control the Daily Lives of Every Living Thing* (New Haven, CT: Yale University Press, 2005), 11［邦訳　ラッセル・フォスター、レオン・クライツマン『生物時計はなぜリズムを刻むのか』本間徳子訳、日経BP社、2006年］
16. Carolyn B. Hines, "Time-of-Day Effects on Human Performance," *Journal of Catholic Education* 7, no. 3 (2004): 390-413. これは、次を引用している。Tamsin L. Kelly, *Circadian Rhythms: Importance for Models of Cognitive Performance*, U.S. Naval Health Research Center Report, no. 96-1 (1996): 1-24.
17. Simon Folkard, "Diurnal Variation in Logical Reasoning," *British Journal of Psychology* 66, no. 1 (1975): 1-8; Timothy H. Monk et al., "Circadian Determinants of Subjective Alertness," *Journal of Biological Rhythms* 4, no. 4 (1989): 393-404.
18. Robert L. Matchock and J. Toby Mordkoff, "Chronotype and Time-of-Day Influences on the Alerting, Orienting, and Executive Components of Attention," *Experimental Brain Research* 192, no. 2 (2009): 189-198.
19. Hans Henrik Sievertsen, Francesca Gino, and Marco Piovesan, "Cognitive Fatigue Influences Students' Performance on Standardized Tests," *Proceedings of the National Academy of Sciences* 113, no. 10 (2016): 2621-24.
20. Nolan G. Pope, "How the Time of Day Affects Productivity: Evidence from School Schedules," *Review of Economics and Statistics* 98, no. 1 (2016): 1-11.
21. Mareike B. Wieth and Rose T. Zacks, "Time of Day Effects on Problem Solving:

When the Non-optimal Is Optimal," *Thinking & Reasoning* 17, no. 4 (2011): 387-401.

22. Lynn Hasher, Rose T. Zacks, and Cynthia P. May, "Inhibitory Control, Circadian Arousal, and Age," in Daniel Gopher and Asher Koriat, eds., *Attention and Performance XVII: Cognitive Regulation of Performance: Interaction of Theory and Application* (Cambridge, MA: MIT Press, 1999), 653-75.
23. Cindi May, "The Inspiration Paradox: Your Best Creative Time Is Not When You Think," *Scientific American*, March 6, 2012.
24. Mareike B. Wieth and Rose T. Zacks, "Time of Day Effects on Problem Solving: When the Non-optimal Is Optimal," *Thinking & Reasoning* 17, no. 4 (2011): 387-401.
25. Inez Nellie Canfield McFee, *The Story of Thomas A. Edison* (New York: Barse & Hopkins, 1922)［未邦訳］
26. Till Roenneberg et al., "Epidemiology of the Human Circadian Clock," *Sleep Medicine Reviews* 11, no. 6 (2007): 429-38.
27. Ana Adan et al., "Circadian Typology: A Comprehensive Review," *Chronobiology International* 29, no. 9 (2012): 1153-75; Franzis Preckel et al., "Chronotype, Cognitive Abilities, and Academic Achievement: A Meta-Analytic Investigation," *Learning and Individual Differences* 21, no. 5 (2011): 483-92; Till Roenneberg, Anna Wirz-Justice, and Martha Merrow, "Life Between Clocks: Daily Temporal Patterns of Human Chronotypes," *Journal of Biological Rhythms* 18, no. 1 (2003): 80-90; Iwona Chelminski et al., "Horne and Ostberg Questionnaire: A Score Distribution in a Large Sample of Young Adults," *Personality and Individual Differences* 23, no. 4 (1997): 647-52; G. M. Cavallera and S. Giudici, "Morningness and Eveningness Personality: A Survey in Literature from 1995 up till 2006." *Personality and Individual Differences* 44, no. 1 (2008): 3-21.
28. Renuka Rayasam, "Why Sleeping In Could Make You a Better Worker," *BBC Capital*, February 25, 2016.
29. Markku Koskenvuo et al., "Heritability of Diurnal Type: A Nationwide Study of 8753 Adult Twin Pairs," *Journal of Sleep Research* 16, no. 2 (2007): 156-62; Yoon-Mi Hur, Thomas J. Bouchard, Jr., and David T. Lykken, "Genetic and Environmental Influence on Morningness-Eveningness," *Personality and Individual Differences* 25, no. 5 (1998): 917-25.
30. 日照時間が少なく日差しが弱い季節に生まれた人は、限られた日光を利用するために、ほかの季節に生まれた人よりも概日リズムのピークが早く訪れるのではないかと考えられている。Vincenzo Natale and Ana Adan, "Season of Birth Modulates Morning-Eveningness Preference in Humans," *Neuroscience Letters* 274, no. 2 (1999): 139-41; Hervé Caci et al., "Transcultural Properties of the Composite Scale of Morningness: The Relevance of the 'Morning Affect' Factor," *Chronobiology International* 22, no. 3 (2005): 523-40.

31. Till Roenneberg et al., "A Marker for the End of Adolescence," *Current Biology* 14, no. 24 (2004): R1038–39.
32. Till Roenneberg et al., "Epidemiology of the Human Circadian Clock," *Sleep Medicine Reviews* 11, no. 6 (2007): 429–38. 次も参照のこと。Ana Adan et al., "Circadian Typology: A Comprehensive Review," *Chronobiology International* 29, no. 9 (2012): 1153–75.
33. Ana Adan et al., "Circadian Typology: A Comprehensive Review," *Chronobiology International* 29, no. 9 (2012): 1153–75. 次も参照のこと。Ryan J. Walker et al., "Age, the Big Five, and Time-of-Day Preference: A Mediational Model," *Personality and Individual Differences* 56 (2014): 170–74; Christoph Randler, "Proactive People Are Morning People," *Journal of Applied Social Psychology* 39, no. 12 (2009): 2787–97; Hervé Caci, Philippe Robert, and Patrice Boyer, "Novelty Seekers and Impulsive Subjects Are Low in Morningness," *European Psychiatry* 19, no. 2 (2004): 79–84; Maciej Stolarski, Maria Ledzińska, and Gerald Matthews, "Morning Is Tomorrow, Evening Is Today: Relationships Between Chronotype and Time Perspective," *Biological Rhythm Research* 44, no. 2 (2013): 181–96.
34. Renée K. Biss and Lynn Hasher, "Happy as a Lark: Morning-Type Younger and Older Adults Are Higher in Positive Affect," *Emotion* 12, no. 3 (2012): 437–41.
35. Ryan J. Walker et al., "Age, the Big Five, and Time-of-Day Preference: A Mediational Model," *Personality and Individual Differences* 56 (2014): 170–74; Christoph Randler, "Morningness-Eveningness, Sleep-Wake Variables and Big Five Personality Factors," *Personality and Individual Differences* 45, no. 2 (2008): 191–96.
36. Ana Adan, "Chronotype and Personality Factors in the Daily Consumption of Alcohol and Psychostimulants," *Addiction* 89, no. 4 (1994): 455–62.
37. Ji Hee Yu et al., "Evening Chronotype Is Associated with Metabolic Disorders and Body Composition in Middle-Aged Adults," *Journal of Clinical Endocrinology & Metabolism* 100, no. 4 (2015): 1494–1502; Seog Ju Kim et al., "Age as a Moderator of the Association Between Depressive Symptoms and Morningness-Eveningness," *Journal of Psychosomatic Research* 68, no. 2 (2010): 159–164; Iwona Chelminski et al., "Horne and Ostberg Questionnaire: A Score Distribution in a Large Sample of Young Adults," *Personality and Individual Differences* 23, no. 4 (1997): 647–52; Michael D. Drennan et al., "The Effects of Depression and Age on the Horne-Ostberg Morningness-Eveningness Score," *Journal of Affective Disorders* 23, no. 2 (1991): 93–98; Christoph Randler et al., "Eveningness Is Related to Men's Mating Success," *Personality and Individual Differences* 53, no. 3 (2012): 263–67; J. Kasof, "Eveningness and Bulimic Behavior," *Personality and Individual Differences* 31, no. 3 (2001): 361–69.
38. Kai Chi Yam, Ryan Fehr, and Christopher M. Barnes, "Morning Employees Are Perceived as Better Employees: Employees' Start Times Influence Supervisor Performance Ratings," *Journal of Applied Psychology* 99, no. 6 (2014): 1288–99.

39. Catharine Gale and Christopher Martyn, "Larks and Owls and Health, Wealth, and Wisdom," *British Medical Journal* 317, no. 7174 (1998): 1675–77.
40. Richard D. Roberts and Patrick C. Kyllonen, "Morning-Eveningness and Intelligence: Early to Bed, Early to Rise Will Make You Anything but Wise!" *Personality and Individual Differences* 27 (1999): 1123–33; Davide Piffer et al., "Morning-Eveningness and Intelligence Among High-Achieving US Students: Night Owls Have Higher GMAT Scores than Early Morning Types in a Top-Ranked MBA Program," *Intelligence* 47 (2014): 107–12.
41. Christoph Randler, "Evening Types Among German University Students Score Higher on Sense of Humor After Controlling for Big Five Personality Factors," *Psychological Reports* 103, no. 2 (2008): 361–70.
42. Galen V. Bodenhausen, "Stereotypes as Judgmental Heuristics: Evidence of Circadian Variations in Discrimination," *Psychological Science* 1, no. 5 (1990): 319–22.
43. Mareike B. Wieth and Rose T. Zacks, "Time-of-Day Effects on Problem Solving: When the Non-optimal is Optimal," *Thinking & Reasoning* 17, no. 4 (2011): 387–401.
44. Cynthia P. May and Lynn Hasher, "Synchrony Effects in Inhibitory Control over Thought and Action," *Journal of Experimental Psychology: Human Perception and Performance* 24, no. 2 (1998): 363–79; Ana Adan et al., "Circadian Typology: A Comprehensive Review," *Chronobiology International* 29, no. 9 (2012): 1153–75.
45. Ángel Correa, Enrique Molina, and Daniel Sanabria, "Effects of Chronotype and Time of Day on the Vigilance Decrement During Simulated Driving," *Accident Analysis & Prevention* 67 (2014): 113–18.
46. John A. E. Anderson et al., "Timing Is Everything: Age Differences in the Cognitive Control Network Are Modulated by Time of Day," *Psychology and Aging* 29, no. 3 (2014): 648–58.
47. Brian C. Gunia, Christopher M. Barnes, and Sunita Sah, "The Morality of Larks and Owls: Unethical Behavior Depends on Chronotype as Well as Time of Day," *Psychological Science* 25, no. 12 (2014): 2272–74; Maryam Kouchaki and Isaac H. Smith, "The Morning Morality Effect: The Influence of Time of Day on Unethical Behavior," *Psychological Science* 25, no. 1 (2013): 95–102.
48. Mason Currey, ed., *Daily Rituals: How Artists Work* (New York: Knopf, 2013), 62–63［邦訳　メイソン・カリー『天才たちの日課——クリエイティブな人々の必ずしもクリエイティブでない日々』金原瑞人・石田文子訳、フィルムアート社、2014年］
49. 同上、29–32、62–63。
50. Céline Vetter et al., "Aligning Work and Circadian Time in Shift Workers Improves Sleep and Reduces Circadian Disruption," *Current Biology* 25, no. 7 (2015): 907–11.

【タイム・ハッカーのハンドブック】

1. Karen Van Proeyen et al., "Training in the Fasted State Improves Glucose Tolerance During Fat-Rich Diet," *Journal of Physiology* 588, no. 21 (2010): 4289–302.
2. Michael R. Deschenes et al., "Chronobiological Effects on Exercise: Performance and Selected Physiological Responses," *European Journal of Applied Physiology and Occupational Physiology* 77, no. 3 (1998): 249–560.
3. Elise Facer-Childs and Roland Brandstaetter, "The Impact of Circadian Phenotype and Time Since Awakening on Diurnal Performance in Athletes," *Current Biology* 25, no. 4 (2015): 518–22.
4. Boris I. Medarov, Valentin A. Pavlov, and Leonard Rossoff, "Diurnal Variations in Human Pulmonary Function," *International Journal of Clinical Experimental Medicine* 1, no. 3 (2008): 267–73.
5. Barry Drust et al., "Circadian Rhythms in Sports Performance: An Update," *Chronobiology International* 22, no. 1 (2005): 21–44; João Paulo P. Rosa et al., "2016 Rio Olympic Games: Can the Schedule of Events Compromise Athletes' Performance?" *Chronobiology International* 33, no. 4 (2016): 435–40.
6. American Council on Exercise, "The Best Time to Exercise," *Fit Facts* (2013). これは、https://www.acefitness.org/fitfacts/pdfs/fitfacts/itemid_2625.pdfで閲覧できる。
7. Miguel Debono et al., "Modified-Release Hydrocortisone to Provide Circadian Cortisol Profiles," *Journal of Clinical Endocrinology & Metabolism* 94, no. 5 (2009): 1548–54.
8. Alicia E. Meuret et al., "Timing Matters: Endogenous Cortisol Mediates Benefits from Early-Day Psychotherapy," *Psychoneuroendocrinology* 74 (2016): 197–202.

第2章　休む力――休憩・ランチ・昼寝とパフォーマンスの関係

1. Melanie Clay Wright et al., "Time of Day Effects on the Incidence of Anesthetic Adverse Events," *Quality and Safety in Health Care* 15, no. 4 (2006): 258–63. 段落の最後の引用は、この論文の主執筆者の発言であり、"Time of Surgery Influences Rate of Adverse Health Events Due to Anesthesia," *Duke News*, August 3, 2006に記載されている。
2. Alexander Lee et al., "Queue Position in the Endoscopic Schedule Impacts Effectiveness of Colonoscopy," *American Journal of Gastroenterology* 106, no. 8 (2011): 1457–65.
3. この検査は性別によって差があり、「午後に実施された大腸内視鏡検査は、ポリープとアデノーマの検出率が低い傾向にある…… ［が］ 午後の低いアデノーマ検出率は、主に女性患者に当てはまるようである」と結論づけた研究がある。

Shailendra Singh et al., "Differences Between Morning and Afternoon Colonoscopies for Adenoma Detection in Female and Male Patients," *Annals of Gastroenterology* 29, no. 4 (2016): 497–501. 1日の時間帯による影響に対して慎重な姿勢を示すその他数件の研究がある。たとえば、次を参照のこと。Jerome D. Waye, "Should All Colonoscopies Be Performed in the Morning?" *Nature Reviews: Gastroenterology & Hepatology* 4, no. 7 (2007): 366–67.

4 . Madhusudhan R. Sanaka et al., "Afternoon Colonoscopies Have Higher Failure Rates Than Morning Colonoscopies," *American Journal of Gastroenterology* 101, no. 12 (2006): 2726–30; Jerome D. Waye, "Should All Colonoscopies Be Performed in the Morning?" *Nature Reviews: Gastroenterology & Hepatology* 4, no. 7 (2007): 366–67.

5 . Jeffrey A. Linder et al., "Time of Day and the Decision to Prescribe Antibiotics," *JAMA Internal Medicine* 174, no. 12 (2014): 2029–31.

6 . Hengchen Dai et al., "The Impact of Time at Work and Time Off from Work on Rule Compliance: The Case of Hand Hygiene in Health Care," *Journal of Applied Psychology* 100, no. 3 (2015): 846–62. the 38 percent figure represents "the fitted odds of compliance over the course of a 12-hr shift or an 8.7-percentage-point decrease in the rate of compliance for an average caregiver over the course of a 12-hr shift."

7 . 同上

8 . Jim Horne and Louise Reyner, "Vehicle Accidents Related to Sleep: A Review," *Occupational and Environmental Medicine* 56, no. 5 (1999): 289–94.

9 . Justin Caba, "Least Productive Time of the Day Officially Determined to Be 2:55 PM: What You Can Do to Stay Awake?" *Medical Daily*, June 4, 2013. これは、http://www.medicaldaily.com/least-productive-time-day-officially-determined-be-255-pm-what-you-can-do-stay-awake-246495のサイトで閲覧できる。

10. Maryam Kouchaki and Isaac H. Smith, "The Morning Morality Effect: The Influence of Time of Day on Unethical Behavior," *Psychological Science* 25, no. 1 (2014): 95–102; Maryam Kouchaki, "In the Afternoon, the Moral Slope Gets Slipperier," *Harvard Business Review*, May 2014.

11. Julia Neily et al., "Association Between Implementation of a Medical Team Training Program and Surgical Mortality," *JAMA* 304, no. 15 (2010): 1693–1700.

12. Hans Henrik Sievertsen, Francesca Gino, and Marco Piovesan, "Cognitive Fatigue Influences Students' Performance on Standardized Tests," *Proceedings of the National Academy of Sciences* 113, no. 10 (2016): 2621–24.

13. Francesca Gino, "Don't Make Important Decisions Late in the Day," *Harvard Business Review*, February 23, 2016.

14. Hans Henrik Sievertsen, Francesca Gino, and Marco Piovesan, "Cognitive Fatigue Influences Students' Performance on Standardized Tests," *Proceedings of the National Academy of Sciences* 113, no. 10 (2016): 2621–24.

15. Kyoungmin Cho, Christopher M. Barnes, and Cristiano L. Guanara, "Sleepy Punishers Are Harsh Punishers: Daylight Saving Time and Legal Sentences," *Psychological Science* 28, no. 2 (2017): 242–47.
16. Shai Danziger, Jonathan Levav, and Liora Avnaim-Pesso, "Extraneous Factors in Judicial Decisions," *Proceedings of the National Academy of Sciences* 108, no. 17 (2011): 6889–92.
17. Atsunori Ariga and Alejandro Lleras, "Brief and Rare Mental 'Breaks' Keep You Focused: Deactivation and Reactivation of Task Goals Preempt Vigilance Decrements," *Cognition* 118, no. 3 (2011): 439–43.
18. Emily M. Hunter and Cindy Wu, "Give Me a Better Break: Choosing Workday Break Activities to Maximize Resource Recovery," *Journal of Applied Psychology* 101, no. 2 (2016): 302–11.
19. Hannes Zacher, Holly A. Brailsford, and Stacey L. Parker, "Micro-Breaks Matter: A Diary Study on the Effects of Energy Management Strategies on Occupational Well-Being," *Journal of Vocational Behavior* 85, no. 3 (2014): 287–97.
20. Audrey Bergouignan et al., "Effect of Frequent Interruptions of Prolonged Sitting on Self-Perceived Levels of Energy, Mood, Food Cravings and Cognitive Function," *International Journal of Behavioral Nutrition and Physical Activity* 13, no. 1 (2016): 13–24.
21. Li-Ling Wu et al., "Effects of an 8-Week Outdoor Brisk Walking Program on Fatigue in Hi-Tech Industry Employees: A Randomized Control Trial," *Workplace Health & Safety* 63, no. 10 (2015): 436–45; Marily Oppezzo and Daniel L. Schwartz, "Give Your Ideas Some Legs: The Positive Effect of Walking on Creative Thinking," *Journal of Experimental Psychology: Learning, Memory, and Cognition* 40, no. 4 (2014): 1142–52.
22. Johannes Wendsche et al., "Rest Break Organization in Geriatric Care and Turnover: A Multimethod Cross-Sectional Study," *International Journal of Nursing Studies* 51, no. 9 (2014): 1246–57.
23. Sooyeol Kim, Young Ah Park, and Qikun Niu, "Micro-Break Activities at Work to Recover from Daily Work Demands," *Journal of Organizational Behavior* 38, no. 1 (2016): 28–41.
24. Kristen M. Finkbeiner, Paul N. Russell, and William S. Helton, "Rest Improves Performance, Nature Improves Happiness: Assessment of Break Periods on the Abbreviated Vigilance Task," *Consciousness and Cognition* 42 (2016): 277–85.
25. Jo Barton and Jules Pretty, "What Is the Best Dose of Nature and Green Exercise for Improving Mental Health? A Multi-Study Analysis," *Environmental Science & Technology* 44, no. 10 (2010): 3947–55.
26. Elizabeth K. Nisbet and John M. Zelenski, "Underestimating Nearby Nature: Affective Forecasting Errors Obscure the Happy Path to Sustainability," *Psychological Science* 22, no. 9 (2011): 1101–6; Kristen M. Finkbeiner, Paul N.

Russell, and William S. Helton, "Rest Improves Performance, Nature Improves Happiness: Assessment of Break Periods on the Abbreviated Vigilance Task," *Consciousness and Cognition* 42 (2016): 277–85.

27. Sooyeol Kim, Young Ah Park, and Qikun Niu, "Micro-Break Activities at Work to Recover from Daily Work Demands," *Journal of Organizational Behavior* 38, no. 1 (2016): 28–41.
28. Hongjai Rhee and Sudong Kim, "Effects of Breaks on Regaining Vitality at Work: An Empirical Comparison of 'Conventional' and 'Smartphone' Breaks," *Computers in Human Behavior* 57 (2016): 160–67.
29. Marjaana Sianoja et al., "Recovery During Lunch Breaks: Testing Long-Term Relations with Energy Levels at Work," *Scandinavian Journal of Work and Organizational Psychology* 1, no. 1 (2016): 1–12.
30. たとえば、次の2件を参照。 Megan A. McCrory, "Meal Skipping and Variables Related to Energy Balance in Adults: A Brief Review, with Emphasis on the Breakfast Meal," *Physiology & Behavior* 134 (2014): 51–54; Hania Szajewska and Marek Ruszczyński, "Systematic Review Demonstrating That Breakfast Consumption Influences Body Weight Outcomes in Children and Adolescents in Europe," *Critical Reviews in Food Science and Nutrition* 50, no. 2 (2010): 113–19. 論文執筆者は、「検討プロセスの報告が不十分であること、および掲載される研究の質に関する情報の欠如のため、結果についてはかなりの注意を払い解釈する必要がある」と注意を促している。
31. Emily J. Dhurandhar et al., "The Effectiveness of Breakfast Recommendations on Weight Loss: A Randomized Controlled Trial," *American Journal of Clinical Nutrition* 100, no. 2 (2014): 507–13.
32. Andrew W. Brown, Michelle M. Bohan Brown, and David B. Allison, "Belief Beyond the Evidence: Using the Proposed Effect of Breakfast on Obesity to Show 2 Practices That Distort Scientific Evidence," *American Journal of Clinical Nutrition* 98, no. 5 (2013): 1298–1308; David A. Levitsky and Carly R. Pacanowski, "Effect of Skipping Breakfast on Subsequent Energy Intake," *Physiology & Behavior* 119 (2013): 9–16.
33. Enhad Chowdhury and James Betts, "Should I Eat Breakfast? Health Experts on Whether It Really Is the Most Important Meal of the Day," *Independent*, February 15, 2016. 次も参照のこと。Dara Mohammadi, "Is Breakfast Really the Most Important Meal of the Day?" *New Scientist*, March 22, 2016.
34. たとえば、この段落で示した62パーセントという少々疑わしい数字の出所である、http://saddesklunch.com を参照。
35. Marjaana Sianoja et al., "Recovery During Lunch Breaks: Testing Long-Term Relations with Energy Levels at Work," *Scandinavian Journal of Work and Organizational Psychology* 1, no. 1 (2016): 1–12.
36. Kevin M. Kniffin et al., "Eating Together at the Firehouse: How Workplace Commensality Relates to the Performance of Firefighters," *Human Performance*

28, no. 4 (2015): 281–306.

37. John P. Trougakos et al., "Lunch Breaks Unpacked: The Role of Autonomy as a Moderator of Recovery During Lunch," *Academy of Management Journal* 57, no. 2 (2014): 405–21.
38. Marjaana Sianoja et al., "Recovery During Lunch Breaks: Testing Long-Term Relations with Energy Levels at Work," *Scandinavian Journal of Work and Organizational Psychology* 1, no. 1 (2016): 1–12. 次も参照のこと。 Hongjai Rhee and Sudong Kim, "Effects of Breaks on Regaining Vitality at Work: An Empirical Comparison of 'Conventional' and 'Smartphone' Breaks," *Computers in Human Behavior* 57 (2016): 160–67.
39. Wallace Immen, "In This Office, Desks Are for Working, Not Eating Lunch," *Globe and Mail*, February 27, 2017.
40. Mark R. Rosekind et al., "Crew Factors in Flight Operations 9: Effects of Planned Cockpit Rest on Crew Performance and Alertness in Long-Haul Operations," *NASA Technical Reports Server*, 1994. これは、https://ntrs.nasa.gov/search.jsp?R=19950006379で閲覧できる。
41. Tracey Leigh Signal et al., "Scheduled Napping as a Countermeasure to Sleepiness in Air Traffic Controllers," *Journal of Sleep Research* 18, no. 1 (2009): 11–19.
42. Sergio Garbarino et al., "Professional Shift-Work Drivers Who Adopt Prophylactic Naps Can Reduce the Risk of Car Accidents During Night Work," *Sleep* 27, no. 7 (2004): 1295–1302.
43. Felipe Beijamini et al., "After Being Challenged by a Video Game Problem, Sleep Increases the Chance to Solve It," *PloS ONE* 9, no. 1 (2014): e84342.
44. Bryce A. Mander et al., "Wake Deterioration and Sleep Restoration of Human Learning," *Current Biology* 21, no. 5 (2011): R183–84; Felipe Beijamini et al., "After Being Challenged by a Video Game Problem, Sleep Increases the Chance to Solve It," *PloS ONE* 9, no. 1 (2014): e84342.
45. Nicole Lovato and Leon Lack, "The Effects of Napping on Cognitive Functioning," *Progress in Brain Research* 185 (2010): 155–66; Sara Studte, Emma Bridger, and Axel Mecklinger, "Nap Sleep Preserves Associative but Not Item Memory Performance," *Neurobiology of Learning and Memory* 120 (2015): 84–93.
46. Catherine E. Milner and Kimberly A. Cote, "Benefits of Napping in Healthy Adults: Impact of Nap Length, Time of Day, Age, and Experience with Napping," *Journal of Sleep Research* 18, no. 2 (2009): 272–81; Scott S. Campbell et al., "Effects of a Month-Long Napping Regimen in Older Individuals," *Journal of the American Geriatrics Society* 59, no. 2 (2011): 224–32; Junxin Li et al., "Afternoon Napping and Cognition in Chinese Older Adults: Findings from the China Health and Retirement Longitudinal Study Baseline Assessment," *Journal of the American Geriatrics Society* 65, no. 2 (2016): 373–80.
47. Catherine E. Milner and Kimberly A. Cote, "Benefits of Napping in Healthy

Adults: Impact of Nap Length, Time of Day, Age, and Experience with Napping," *Journal of Sleep Research* 18, no. 2 (2009): 272–81.

48. これは、明るい光と組み合わせた場合、とくに当てはまる。次を参照のこと。Kosuke Kaida, Yuji Takeda, and Kazuyo Tsuzuki, "The Relationship Between Flow, Sleepiness and Cognitive Performance: The Effects of Short Afternoon Nap and Bright Light Exposure," *Industrial Health* 50, no. 3 (2012): 189–96.
49. Nicholas Bakalar, "Regular Midday Snoozes Tied to a Healthier Heart," *New York Times,* February 13, 2007, reporting on Androniki Naska et al., "Siesta in Healthy Adults and Coronary Mortality in the General Population," *Archives of Internal Medicine* 167, no. 3 (2007): 296–301. この研究は、昼寝と心臓病のリスクの軽減との相関関係を示すものであり，昼寝が健康効果をもたらすと言っているわけではないことに注意してほしい。
50. Brice Faraut et al., "Napping Reverses the Salivary Interleukin-6 and Urinary Norepinephrine Changes Induced by Sleep Restriction," *Journal of Clinical Endocrinology & Metabolism* 100, no. 3 (2015): E416–26.
51. Mohammad Zaregarizi et al., "Acute Changes in Cardiovascular Function During the Onset Period of Daytime Sleep: Comparison to Lying Awake and Standing," *Journal of Applied Physiology* 103, no. 4 (2007): 1332–38.
52. Amber Brooks and Leon C. Lack, "A Brief Afternoon Nap Following Nocturnal Sleep Restriction: Which Nap Duration Is Most Recuperative?" *Sleep* 29, no. 6 (2006): 831–40.
53. Amber J. Tietzel and Leon C. Lack, "The Recuperative Value of Brief and Ultra-Brief Naps on Alertness and Cognitive Performance," *Journal of Sleep Research* 11, no. 3 (2002): 213–18.
54. Catherine E. Milner and Kimberly A. Cote, "Benefits of Napping in Healthy Adults: Impact of Nap Length, Time of Day, Age, and Experience with Napping," *Journal of Sleep Research* 18, no. 2 (2009): 272–81.
55. Luise A. Reyner and James A. Horne, "Suppression of Sleepiness in Drivers: Combination of Caffeine with a Short Nap," *Psychophysiology* 34, no. 6 (1997): 721–25.
56. Mitsuo Hayashi, Akiko Masuda, and Tadao Hori, "The Alerting Effects of Caffeine, Bright Light and Face Washing After a Short Daytime Nap," *Clinical Neurophysiology* 114, no. 12 (2003): 2268–78.
57. Renwick McLean, "For Many in Spain, Siesta Ends," *New York Times,* January 1, 2006; Jim Yardley, "Spain, Land of 10 P.M. Dinners, Asks If It's Time to Reset Clock," *New York Times*, February 17, 2014; Margarita Mayo, "Don't Call It the 'End of the Siesta': What Spain's New Work Hours Really Mean, *Harvard Business Review*, April 13, 2016.
58. Ahmed S. BaHammam, "Sleep from an Islamic Perspective," *Annals of Thoracic Medicine* 6, no. 4 (2011): 187–92.
59. Dan Bilefsky and Christina Anderson, "A Paid Hour a Week for Sex? Swedish

Town Considers It," *New York Times*, February 23, 2017.

【タイム・ハッカーのハンドブック】

1. Mayo Clinic staff, "Napping: Do's and Don'ts for Healthy Adults". これは、https://www.mayoclinic.org/healthy-lifestyle/adult-health/in-depth/napping/art-20048319で閲覧できる。
2. Hannes Zacher, Holly A. Brailsford, and Stacey L. Parker, "Micro-Breaks Matter: A Diary Study on the Effects of Energy Management Strategies on Occupational Well-Being," *Journal of Vocational Behavior* 85, no. 3 (2014): 287-97.
3. Daniel Z. Levin, Jorge Walter, and J. Keith Murnighan, "The Power of Reconnection: How Dormant Ties Can Surprise You," *MIT Sloan Management Review* 52, no. 3 (2011): 45-50.
4. Christopher Peterson et al., "Strengths of Character, Orientations to Happiness, and Life Satisfaction," *Journal of Positive Psychology* 2, no. 3 (2007): 149-56.
5. 次を参照。Anna Brones and Johanna Kindvall, *Fika: The Art of the Swedish Coffee Break* (Berkeley, CA: Ten Speed Press, 2015); Anne Quito, "This Four-Letter Word Is the Swedish Key to Happiness at Work," *Quartz*, March 14, 2016.
6. Charlotte Fritz, Chak Fu Lam, and Gretchen M. Spreitzer, "It's the Little Things That Matter: An Examination of Knowledge Workers' Energy Management," *Academy of Management Perspectives* 25, no. 3 (2011): 28-39.
7. Lesley Alderman, "Breathe. Exhale. Repeat: The Benefits of Controlled Breathing," *New York Times*, November 9, 2016.
8. Kristen M. Finkbeiner, Paul N. Russell, and William S. Helton, "Rest Improves Performance, Nature Improves Happiness: Assessment of Break Periods on the Abbreviated Vigilance Task," *Consciousness and Cognition* 42 (2016): 277-85.
9. Angela Duckworth, *Grit: The Power of Passion and Perseverance* (New York: Scribner, 2016), 118［邦訳　アンジェラ・ダックワース『やり抜く力 GRIT（グリット）――人生のあらゆる成功を決める「究極の能力」を身につける』神崎朗子訳、ダイヤモンド社、2016年］
10. Stephanie Pappas, "As Schools Cut Recess, Kids' Learning Will Suffer, Experts Say," *Live Science* (2011). これは、https://www.livescience.com/15555-schools-cut -recess-learning-suffers.htmlで閲覧できる。
11. Claude Brodesser-Akner, "Christie: 'Stupid' Mandatory Recess Bill Deserved My Veto," NJ.com, January 20, 2016. これは、http://www.nj.com/politics/index.ssf/2016/01/christie_stupid_law_assuring_kids_recess_deserved.htmlで閲覧できる。
12. Olga S. Jarrett et al., "Impact of Recess on Classroom Behavior: Group Effects and Individual Differences," *Journal of Educational Research* 92, no. 2 (1998): 121

-26.
13. Catherine N. Rasberry et al., "The Association Between School-Based Physical Activity, Including Physical Education, and Academic Performance: A Systematic Review of the Literature," *Preventive Medicine* 52 (2011): S10-20.
14. Romina M. Barros, Ellen J. Silver, and Ruth E. K. Stein, "School Recess and Group Classroom Behavior," *Pediatrics* 123, no. 2 (2009): 431-36; Anthony D. Pellegrini and Catherine M. Bohn, "The Role of Recess in Children's Cognitive Performance and School Adjustment," *Educational Researcher* 34, no. 1 (2005): 13-19.
15. Sophia Alvarez Boyd, "Not All Fun and Games: New Guidelines Urge Schools to Rethink Recess," National Public Radio, February 1, 2017.
16. Timothy D. Walker, "How Kids Learn Better by Taking Frequent Breaks Throughout the Day," *KQED News Mind Shift*, April 18, 2017; Christopher Connelly, "More Playtime! How Kids Succeed with Recess Four Times a Day at School," *KQED News*, January 4, 2016.

第3章　開始――正しいスタート・再スタート・同時スタートの科学

1. Anne G. Wheaton, Gabrielle A. Ferro, and Janet B. Croft, "School Start Times for Middle School and High School Students-United States, 2011-12 School Year," *Morbidity and Mortality Weekly Report* 64, no. 3 (August 7, 2015): 809-13.
2. Karen Weintraub, "Young and Sleep Deprived," *Monitor on Psychology* 47, no. 2 (2016): 46, citing Katherine M. Keyes et al., "The Great Sleep Recession: Changes in Sleep Duration Among US Adolescents, 1991-2012," *Pediatrics* 135, no. 3 (2015): 460-68.
3. Finley Edwards, "Early to Rise? The Effect of Daily Start Times on Academic Performance," *Economics of Education Review* 31, no. 6 (2012): 970-83.
4. Reut Gruber et al., "Sleep Efficiency (But Not Sleep Duration) of Healthy School-Age Children Is Associated with Grades in Math and Languages," *Sleep Medicine* 15, no. 12 (2014): 1517-25.
5. Adolescent Sleep Working Group, "School Start Times for Adolescents," *Pediatrics* 134, no. 3 (2014): 642-49.
6. Kyla Wahlstrom et al., "Examining the Impact of Later High School Start Times on the Health and Academic Performance of High School Students: A Multi-Site Study," Center for Applied Research and Educational Improvement (2014). 次も参照のこと。 Robert Daniel Vorona et al., "Dissimilar Teen Crash Rates in Two Neighboring Southeastern Virginia Cities with Different High School Start Times," *Journal of Clinical Sleep Medicine* 7, no. 2 (2011): 145-51.
7. Pamela Malaspina McKeever and Linda Clark, "Delayed High School Start Times Later than 8:30 AM and Impact on Graduation Rates and Attendance Rates," *Sleep Health* 3, no. 2 (2017): 119-25; Carolyn Crist, "Later School Start

Times Catch on Nationwide," *District Administrator*, March 28, 2017.

8. Anne G. Wheaton, Daniel P. Chapman, and Janet B. Croft, "School Start Times, Sleep, Behavioral, Health, and Academic Outcomes: A Review of the Literature," *Journal of School Health* 86, no. 5 (2016): 363–81.

9. Judith A. Owens, Katherine Belon, and Patricia Moss, "Impact of Delaying School Start Time on Adolescent Sleep, Mood, and Behavior," *Archives of Pediatrics & Adolescent Medicine* 164, no. 7 (2010): 608–14; Nadine Perkinson-Gloor, Sakari Lemola, and Alexander Grob, "Sleep Duration, Positive Attitude Toward Life, and Academic Achievement: The Role of Daytime Tiredness, Behavioral Persistence, and School Start Times," *Journal of Adolescence* 36, no. 2 (2013): 311–18; Timothy I. Morgenthaler et al., "High School Start Times and the Impact on High School Students: What We Know, and What We Hope to Learn," *Journal of Clinical Sleep Medicine* 12, no. 12 (2016): 168–89; Julie Boergers, Christopher J. Gable, and Judith A. Owens, "Later School Start Time Is Associated with Improved Sleep and Daytime Functioning in Adolescents," *Journal of Developmental & Behavioral Pediatrics* 35, no. 1 (2014): 11–17; Kyla Wahlstrom, "Changing Times: Findings from the First Longitudinal Study of Later High School Start Times," *NASSP Bulletin* 86, no. 633 (2002): 3–21; Dubi Lufi, Orna Tzischinsky, and Stav Hadar, "Delaying School Starting Time by One Hour: Some Effects on Attention Levels in Adolescents," *Journal of Clinical Sleep Medicine* 7, no. 2 (2011): 137–43.

10. Scott E. Carrell, Teny Maghakian, and James E. West, "A's from Zzzz's? The Causal Effect of School Start Time on the Academic Achievement of Adolescents," *American Economic Journal: Economic Policy* 3, no. 3 (2011): 62–81.

11. M.D.R. Evans, Paul Kelley, and Johnathan Kelley, "Identifying the Best Times for Cognitive Functioning Using New Methods: Matching University Times to Undergraduate Chronotypes," *Frontiers in Human Neuroscience* 11 (2017): 188.

12. Finley Edwards, "Early to Rise? The Effect of Daily Start Times on Academic Performance," *Economics of Education Review* 31, no. 6 (2012): 970–83.

13. Brian A. Jacob and Jonah E. Rockoff, "Organizing Schools to Improve Student Achievement: Start Times, Grade Configurations, and Teacher Assignments," *Education Digest* 77, no. 8 (2012): 28–34.

14. Anne G. Wheaton, Gabrielle A. Ferro, and Janet B. Croft, "School Start Times for Middle School and High School Students-United States, 2011–12 School Year," *Morbidity and Mortality Weekly Report* 64, no. 30 (August 7, 2015): 809–13; Karen Weintraub, "Young and Sleep Deprived," *Monitor on Psychology* 47, no. 2 (2016): 46.

15. この用語は本来、Michael S. Shum, "The Role of Temporal Landmarks in Autobiographical Memory Processes," *Psychological Bulletin* 124, no. 3 (1998): 423で使われていた。シャムはノースウェスタン大学で心理学の博士号を取得し

たが、行動科学の世界を離れて英語の博士号を取得し、現在は小説家となっている。

16. Hengchen Dai, Katherine L. Milkman, and Jason Riis, "The Fresh Start Effect: Temporal Landmarks Motivate Aspirational Behavior," *Management Science* 60, no. 10 (2014): 2563–82.
17. 同上
18. Johanna Peetz and Anne E. Wilson, "Marking Time: Selective Use of Temporal Landmarks as Barriers Between Current and Future Selves," *Personality and Social Psychology Bulletin* 40, no. 1 (2014): 44–56.
19. Hengchen Dai, Katherine L. Milkman, and Jason Riis, "The Fresh Start Effect: Temporal Landmarks Motivate Aspirational Behavior," *Management Science* 60, no. 10 (2014): 2563–82.
20. Jason Riis, "Opportunities and Barriers for Smaller Portions in Food Service: Lessons from Marketing and Behavioral Economics," *International Journal of Obesity* 38 (2014): S19–24.
21. Hengchen Dai, Katherine L. Milkman, and Jason Riis, "The Fresh Start Effect: Temporal Landmarks Motivate Aspirational Behavior," *Management Science* 60, no. 10 (2014): 2563–82.
22. Sadie Stein, "I Always Start on 8 January," *Paris Review*, January 8, 2013; Alison Beard, "Life's Work: An Interview with Isabel Allende," *Harvard Business Review*, May 2016.
23. Hengchen Dai, Katherine L. Milkman, and Jason Riis, "Put Your Imperfections Behind You: Temporal Landmarks Spur Goal Initiation When They Signal New Beginnings," *Psychological Science* 26, no. 12 (2015): 1927–36.
24. Jordi Brandts, Christina Rott, and Carles Solà, "Not Just Like Starting Over: Leadership and Revivification of Cooperation in Groups," *Experimental Economics* 19, no. 4 (2016): 792–818.
25. Jason Riis, "Opportunities and Barriers for Smaller Portions in Food Service: Lessons from Marketing and Behavioral Economics," *International Journal of Obesity* 38 (2014): S19–24.
26. John C. Norcross, Marci S. Mrykalo, and Matthew D. Blagys, "Auld Lang Syne: Success Predictors, Change Processes, and Self-Reported Outcomes of New Year's Resolvers and Nonresolvers," *Journal of Clinical Psychology* 58, no. 4 (2002): 397–405.
27. Lisa B. Kahn, "The Long-Term Labor Market Consequences of Graduating from College in a Bad Economy," *Labour Economics* 17, no. 2 (2010): 303–16.
28. この概念はカオス理論や複雑系の理論の基礎である。たとえば、次を参照。Dean Rickles, Penelope Hawe, and Alan Shiell, "A Simple Guide to Chaos and Complexity," *Journal of Epidemiology & Community Health* 61, no. 11 (2007): 933–37.
29. Philip Oreopoulos, Till von Wachter, and Andrew Heisz, "The Short- and Long-

Term Career Effects of Graduating in a Recession," *American Economic Journal: Applied Economics* 4, no. 1 (2012): 1–29.

30. Antoinette Schoar and Luo Zuo, "Shaped by Booms and Busts: How the Economy Impacts CEO Careers and Management Styles," *Review of Financial Studies* (forthcoming). これは次のSSRNのサイトで閲覧できる。 https://ssrn.com/abstract=1955612 またはhttp://dx.doi.org/10.2139/ssrn.1955612
31. Paul Oyer, "The Making of an Investment Banker: Stock Market Shocks, Career Choice, and Lifetime Income," *Journal of Finance* 63, no. 6 (2008): 2601–28.
32. Joseph G. Altonji, Lisa B. Kahn, and Jamin D. Speer, "Cashier or Consultant? Entry Labor Market Conditions, Field of Study, and Career Success," *Journal of Labor Economics* 34, no. S1 (2016): S361–401.
33. Jaison R. Abel, Richard Deitz, and Yaqin Su, "Are Recent College Graduates Finding Good Jobs?" *Current Issues in Economics and Finance* 20, no. 1 (2014).
34. Paul Beaudry and John DiNardo, "The Effect of Implicit Contracts on the Movement of Wages over the Business Cycle: Evidence from Micro Data," *Journal of Political Economy* 99, no. 4 (1991): 665–88. 次も参照のこと。Darren Grant, "The Effect of Implicit Contracts on the Movement of Wages over the Business Cycle: Evidence from the National Longitudinal Surveys," *ILR Review* 56, no. 3 (2003): 393–408.
35. David P. Phillips and Gwendolyn E. C. Barker, "A July Spike in Fatal Medication Errors: A Possible Effect of New Medical Residents," *Journal of General Internal Medicine* 25, no. 8 (2010): 774–79.
36. Michael J. Englesbe et al., "Seasonal Variation in Surgical Outcomes as Measured by the American College of Surgeons-National Surgical Quality Improvement Program (ACS-NSQIP)," *Annals of Surgery* 246, no. 3 (2007): 456–65.
37. David L. Olds et al., "Effect of Home Visiting by Nurses on Maternal and Child Mortality: Results of a 2-Decade Follow-up of a Randomized Clinical Trial," *JAMA Pediatrics* 168, no. 9 (2014): 800–806; David L. Olds et al., "Effects of Home Visits by Paraprofessionals and by Nurses on Children: Follow-up of a Randomized Trial at Ages 6 and 9 Years," *JAMA Pediatrics* 168, no. 2 (2014): 114–21; Sabrina Tavernise, "Visiting Nurses, Helping Mothers on the Margins," *New York Times*, March 8, 2015.
38. David L. Olds, Lois Sadler, and Harriet Kitzman, "Programs for Parents of Infants and Toddlers: Recent Evidence from Randomized Trials," *Journal of Child Psychology and Psychiatry* 48, no. 3–4 (2007): 355–91; William Thorland et al., "Status of Breastfeeding and Child Immunization Outcomes in Clients of the Nurse-Family Partnership," *Maternal and Child Health Journal* 21, no. 3 (2017): 439–45; Nurse-Family Partnership, "Trials and Outcomes" (2017). これは、http://www.nursefamilypartnership.org/proven-results/published-researchで閲覧でき

る。

【タイム・ハッカーのハンドブック】

1．Gary Klein, "Performing a Project Premortem," *Harvard Business Review* 85, no. 9 (2007): 18-19.
2．Marc Meredith and Yuval Salant, "On the Causes and Consequences of Ballot Order Effects," *Political Behavior* 35, no. 1 (2013): 175-97; Darren P. Grant, "The Ballot Order Effect Is Huge: Evidence from Texas," May 9, 2016. これは、https://ssrn.com/abstract=2777761で閲覧できる。
3．Shai Danziger, Jonathan Levav, and Liora Avnaim-Pesso, "Extraneous Factors in Judicial Decisions," *Proceedings of the National Academy of Sciences* 108, no. 17 (2011): 6889-92.
4．Antonia Mantonakis et al., "Order in Choice: Effects of Serial Position on Preferences," *Psychological Science* 20, no. 11 (2009): 1309-12.
5．Uri Simonsohn and Francesca Gino, "Daily Horizons: Evidence of Narrow Bracketing in Judgment from 10 Years of MBA Admissions Interviews," *Psychological Science* 24, no. 2 (2013): 219-24.
6．Shai Danziger, Jonathan Levav, and Liora Avnaim-Pesso. "Extraneous Factors in Judicial Decisions," *Proceedings of the National Academy of Sciences* 108, no. 17 (2011): 6889-92.
7．Lionel Page and Katie Page, "Last Shall Be First: a Field Study of Biases in Sequential Performance Evaluation on the Idol Series," *Journal of Economic Behavior & Organization* 73, no. 2 (2010): 186-98; Adam Galinsky and Maurice Schweitzer, *Friend & Foe: When to Cooperate, When to Compete, and How to Succeed at Both* (New York: Crown Business, 2015), 229［邦訳　アダム・ガリンスキー、モーリス・シュヴァイツァー『競争と協調のレッスン――コロンビア×ウォートン流 組織を生き抜く行動心理学』石崎比呂美訳、TAC出版 、2018年］
8．Wändi Bruine de Bruin, "Save the Last Dance for Me: Unwanted Serial Position Effects in Jury Evaluations," *Acta Psychologica* 118, no. 3 (2005): 245-60.
9．Steve Inskeep and Shankar Vedantan, "Deciphering Hidden Biases During Interviews," National Public Radio's *Morning Edition*, March 6, 2013, interview with Uri Simonsohn, citing Uri Simonsohn and Francesca Gino, "Daily Horizons: Evidence of Narrow Bracketing in Judgment from 10 Years of MBA Admissions Interviews," *Psychological Science* 24, no. 2 (2013): 219-24.
10. Michael Watkins, *The First 90 Days: Critical Success Strategies for New Leaders at All Levels*,［邦訳　マイケル・ワトキンス『ハーバード・ビジネス式マネジメント――最初の90日で成果を出す技術 』村井章子訳、アスペクト、2005年］のオーディオブック（朗読 Kevin T. Norris, Flushing, NY: Gildan Media LLC, 2013）
11. Ram Charan, Stephen Drotter, and James Noel, *The Leadership Pipeline: How*

to Build the Leadership Powered Company, 2nd ed. (San Francisco: Jossey-Bass, 2011) ［邦訳　ラム・チャラン、ステファン・ドロッター、ジェームズ・ノエル『リーダーを育てる会社・つぶす会社――人材育成の方程式』グロービス・マネジメントインスティテュート訳、英治出版、2004年］

12. Harrison Wellford, "Preparing to Be President on Day One," *Public Administration Review* 68, no. 4 (2008): 618-23.
13. Corinne Bendersky and Neha Parikh Shah, "The Downfall of Extraverts and the Rise of Neurotics: The Dynamic Process of Status Allocation in Task Groups," *Academy of Management Journal* 56, no. 2 (2013): 387-406.
14. Brian J. Fogg, "A Behavior Model for Persuasive Design" in *Proceedings of the 4th International Conference on Persuasive Technology* (New York: ACM, 2009). モチベーションの波の説明については、https://www.youtube.com/watch?v=fqUSjHjIEFgを参照のこと。
15. Karl E. Weick, "Small Wins: Redefining the Scale of Social Problems," *American Psychologist* 39, no. 1 (1984): 40-49.
16. Teresa Amabile and Steven Kramer, *The Progress Principle: Using Small Wins to Ignite Joy, Engagement, and Creativity at Work* (Cambridge, MA: Harvard Business Review Press, 2011) ［邦訳　テレサ・アマビール、スティーブン・クレイマー『マネジャーの最も大切な仕事――95%の人が見過ごす「小さな進捗」の力』中竹竜二監訳、樋口武志訳、英治出版 、2017年］
17. Nicholas Wolfinger, "Want to Avoid Divorce? Wait to Get Married, but Not Too Long," *Institute for Family Studies,* July 16, 2015. これは次のデータを分析したものである。 Casey E. Copen et al., "First Marriages in the United States: Data from the 2006-2010 National Survey of Family Growth," *National Health Statistics Reports*, no. 49, March 22, 2012.
18. Scott Stanley et al., "Premarital Education, Marital Quality, and Marital Stability: Findings from a Large, Random Household Survey," *Journal of Family Psychology* 20, no. 1 (2006): 117-26.
19. Andrew Francis-Tan and Hugo M. Mialon, "'A Diamond Is Forever' and Other Fairy Tales: The Relationship Between Wedding Expenses and Marriage Duration," *Economic Inquiry* 53, no. 4 (2015): 1919-30.

第4章　中間地点――中だるみと中年の危機の科学

1. Elliot Jaques, "Death and the Mid-Life Crisis," *International Journal of Psycho-Analysis* 46 (1965): 502-14.
2. 人気は、1974年に刊行された *Passages: Predictable Crises of Adult Life* ［邦訳　ゲール・シーヒィ『パッセージ――人生の危機』深沢道子訳、プレジデント社、1978年］の著者であるゲール・シーヒィにも後押しされた。この本はさまざまな中年の危機を描いているが、369ページまでジャックの説を支持する記述はない。

3. Elliot Jaques, "Death and the Mid-Life Crisis," *International Journal of Psycho-Analysis* 46 (1965): 502–14.
4. Arthur A. Stone et al., "A Snapshot of the Age Distribution of Psychological Well-Being in the United States," *Proceedings of the National Academy of Sciences* 107, no. 22 (2010): 9985–90.
5. David G. Blanchflower and Andrew J. Oswald, "Is Well-Being U-Shaped over the Life Cycle?" *Social Science & Medicine* 66, no. 8 (2008): 1733–49.
6. 次も参照のこと。Terence Chai Cheng, Nattavudh Powdthavee, and Andrew J. Oswald, "Longitudinal Evidence for a Midlife Nadir in Human Well-Being: Results from Four Data Sets," *Economic Journal* 127, no. 599 (2017): 126–42; Andrew Steptoe, Angus Deaton, and Arthur A. Stone, "Subjective Wellbeing, Health, and Ageing," *Lancet* 385, no. 9968 (2015): 640–48; Paul Frijters and Tony Beatton, "The Mystery of the U-Shaped Relationship Between Happiness and Age," *Journal of Economic Behavior & Organization* 82, no. 2–3 (2012): 525–42; Carol Graham, *Happiness Around the World: The Paradox of Happy Peasants and Miserable Millionaires* (Oxford: Oxford University Press, 2009) [邦訳　キャロル・グラハム『人類の幸福論――貧しくても幸せな人と裕福でも不満な人』猪口孝訳、西村書店、2017年]. U字型曲線は世界中の国々で見られるが、「転換点」、すなわちどん底に達して上昇に転じる時点は、国によって異なることが、複数の研究から判明している。次も参照されたい。Carol Graham and Julia Ruiz Pozuelo, "Happiness, Stress, and Age: How the U-Curve Varies Across People and Places," *Journal of Population Economics* 30, no. 1 (2017): 225–64; Bert van Landeghem, "A Test for the Convexity of Human Well-Being over the Life Cycle: Longitudinal Evidence from a 20-Year Panel," *Journal of Economic Behavior & Organization* 81, no. 2 (2012): 571–82.
7. David G. Blanchflower and Andrew J. Oswald, "Is Well-Being U-Shaped over the Life Cycle?" *Social Science & Medicine* 66, no. 8 (2008): 1733–49.
8. Hannes Schwandt, "Unmet Aspirations as an Explanation for the Age U-Shape in Wellbeing," *Journal of Economic Behavior & Organization* 122 (2016): 75–87.
9. Alexander Weiss et al., "Evidence for a Midlife Crisis in Great Apes Consistent with the U-Shape in Human Well-Being," *Proceedings of the National Academy of Sciences* 109, no. 49 (2012): 19949–52.
10. Maferima Touré-Tillery and Ayelet Fishbach, "The End Justifies the Means, but Only in the Middle," *Journal of Experimental Psychology: General* 141, no. 3 (2012): 570–83.
11. 同上
12. Niles Eldredge and Stephen Jay Gould, "Punctuated Equilibria: An Alternative to Phyletic Gradualism," in Thomas Schopf, ed., *Models in Paleobiology* (San Francisco: Freeman, Cooper and Company, 1972), 82–115; Stephen Jay Gould and Niles Eldredge, "Punctuated Equilibria: The Tempo and Mode of Evolution Reconsidered," *Paleobiology* 3, no. 2 (1977): 115–51.

13. Connie J. G. Gersick, "Time and Transition in Work Teams: Toward a New Model of Group Development," *Academy of Management Journal* 31, no. 1 (1988): 9–41.
14. 同上
15. Connie J. G. Gersick, "Marking Time: Predictable Transitions in Task Groups," *Academy of Management Journal* 32, no. 2 (1989): 274–309.
16. Connie J. G. Gersick, "Pacing Strategic Change: The Case of a New Venture," *Academy of Management Journal* 37, no. 1 (1994): 9–45.
17. Malcolm Moran, "Key Role for Coaches in Final," *New York Times*, March 29, 1982; Jack Wilkinson, "UNC's Crown a Worthy One," *New York Daily News*, March 20, 1982; Curry Kirkpatrick, "Nothing Could Be Finer," *Sports Illustrated*, April 5, 1982.
18. Curry Kirkpatrick, "Nothing Could Be Finer," *Sports Illustrated*, April 5, 1982.
19. Malcolm Moran, "North Carolina Slips Past Georgetown by 63–62," *New York Times*, March 30, 1982.
20. Jonah Berger and Devin Pope, "Can Losing Lead to Winning?" *Management Science* 57, no. 5 (2011): 817–27.
21. 同上
22. "Key Moments in Dean Smith's Career," *Charlotte Observer*, February 8, 2015.

【タイム・ハッカーのハンドブック】

1. Andrea C. Bonezzi, Miguel Brendl, and Matteo De Angelis, "Stuck in the Middle: The Psychophysics of Goal Pursuit," *Psychological Science* 22, no. 5 (2011): 607–12.
2. 次を参照。Colleen M. Seifert and Andrea L. Patalano, "Memory for Incomplete Tasks: A Re-Examination of the Zeigarnik Effect," *Proceedings of the Thirteenth Annual Conference of the Cognitive Science Society* (Mahwah, NJ: Lawrence Erlbaum Associates, 1991), 114.
3. Brad Isaac, "Jerry Seinfeld's Productivity Secret," *Lifehacker*, July 24, 2007, 276–86.
4. Adam Grant, *2 Fail-Proof Techniques to Increase Your Productivity* (Inc. Video). これは、次のサイトで閲覧できる。https://www.inc.com/adam-grant/productivity-playbook-failproof-productivity-techniques.html
5. Minjung Koo and Ayelet Fishbach, "Dynamics of Self-Regulation: How (Un) Accomplished Goal Actions Affect Motivation," *Journal of Personality and Social Psychology* 94, no. 2 (2008): 183–95.
6. Cameron Ford and Diane M. Sullivan, "A Time for Everything: How the Timing of Novel Contributions Influences Project Team Outcomes," *Journal of Organizational Behavior* 25, no. 2 (2004): 279–92.
7. J. Richard Hackman and Ruth Wageman, "A Theory of Team Coaching,"

Academy of Management Review 30, no. 2 (2005): 269–87.

8. Hannes Schwandt, "Why So Many of Us Experience a Midlife Crisis," *Harvard Business Review,* April 20, 2015. これは、https://hbr.org/2015/04/why-so-many-of-us-experience-a-midlife-crisisで閲覧できる。
9. Minkyung Koo et al., "It's a Wonderful Life: Mentally Subtracting Positive Events Improves People's Affective States, Contrary to Their Affective Forecasts," *Journal of Personality and Social Psychology* 95, no. 5 (2008): 1217–24.
10. Juliana G. Breines and Serena Chen, "Self-Compassion Increases Self-Improvement Motivation," *Personality and Social Psychology Bulletin* 38, no. 9 (2012): 1133–43; Kristin D. Neff and Christopher K. Germer, "A Pilot Study and Randomized Controlled Trial of the Mindful Self-Compassion Program," *Journal of Clinical Psychology* 69, no. 1 (2013): 28–44; Kristin D. Neff, "The Development and Validation of a Scale to Measure Self-Compassion," *Self and Identity* 2, no. 3 (2003): 223–50; Leah B. Shapira and Myriam Mongrain, "The Benefits of Self-Compassion and Optimism Exercises for Individuals Vulnerable to Depression," *Journal of Positive Psychology* 5, no. 5 (2010): 377–89; Lisa M. Yarnell et al., "Meta-Analysis of Gender Differences in Self-Compassion," *Self and Identity* 14, no. 5 (2015): 499–520.

第5章　終了——ラストスパートとハッピーエンドの科学

1. Running USA, *2015 Running USA Annual Marathon Report,* May 25, 2016は、http://www.runningusa.org/marathon-report-2016で、Ahotu Marathons, *2017-2018 Marathon Schedule*は、http://marathons.ahotu.com/calendar/marathonで、Skechers Performance Los Angeles Marathon, *Race History*は、http://www.lamarathon.com/press/race-historyで閲覧できる。 Andrew Cave and Alex Miller, "Marathon Runners Sign Up in Record Numbers," *Telegraph,* March 24, 2016.
2. Adam L. Alter and Hal E. Hershfield, "People Search for Meaning When They Approach a New Decade in Chronological Age," *Proceedings of the National Academy of Sciences* 111, no. 48 (2014): 17066–70. オルターとハーシュフィールドのデータと結論に関する批判については、次を参照。Erik G. Larsen, "Commentary On: People Search for Meaning When They Approach a New Decade in Chronological Age," *Frontiers in Psychology* 6 (2015): 792.
3. Adam L. Alter and Hal E. Hershfield, "People Search for Meaning When They Approach a New Decade in Chronological Age," *Proceedings of the National Academy of Sciences* 111, no. 48 (2014): 17066–70.
4. Jim Chairusmi, "When Super Bowl Scoring Peaks-or Timing Your Bathroom Break," *Wall Street Journal,* February 4, 2017.
5. Clark L. Hull, "The Goal-Gradient Hypothesis and Maze Learning," *Psychological*

Review 39, no. 1 (1932): 25.

6. Clark L. Hull, "The Rat's Speed-of-Locomotion Gradient in the Approach to Food," *Journal of Comparative Psychology* 17, no. 3 (1934): 393.
7. Arthur B. Markman and C. Miguel Brendl, "The Influence of Goals on Value and Choice," *Psychology of Learning and Motivation* 39 (2000): 97-128; Minjung Koo and Ayelet Fishbach, "Dynamics of Self-Regulation: How (Un)Accomplished Goal Actions Affect Motivation," *Journal of Personality and Social Psychology* 94, no. 2 (2008): 183-95; Andrea Bonezzi, C. Miguel Brendl, and Matteo De Angelis, "Stuck in the Middle: The Psychophysics of Goal Pursuit," *Psychological Science* 22, no. 5 (2011): 607-12; Szu-Chi Huang, Jordan Etkin, and Liyin Jin, "How Winning Changes Motivation in Multiphase Competitions," *Journal of Personality and Social Psychology* 112, no. 6 (2017): 813-37; Kyle E. Conlon et al., "Eyes on the Prize: The Longitudinal Benefits of Goal Focus on Progress Toward a Weight Loss Goal," *Journal of Experimental Social Psychology* 47, no. 4 (2011): 853-55.
8. Kristen Berman, "The Deadline Made Me Do It," *Scientific American*, November 9, 2016. これは、次のサイトで閲覧できる。 https://blogs.scientificamerican.com/mind-guest-blog/the-deadline-made-me-do-it/
9. John C. Birkimer et al., "Effects of Refutational Messages, Thought Provocation, and Decision Deadlines on Signing to Donate Organs," *Journal of Applied Social Psychology* 24, no. 19 (1994): 1735-61.
10. Suzanne B. Shu and Ayelet Gneezy, "Procrastination of Enjoyable Experiences," *Journal of Marketing Research* 47, no. 5 (2010): 933-44.
11. Uri Gneezy, Ernan Haruvy, and Alvin E. Roth, "Bargaining Under a Deadline: Evidence from the Reverse Ultimatum Game," *Games and Economic Behavior* 45, no. 2 (2003): 347-68; Don A. Moore, "The Unexpected Benefits of Final Deadlines in Negotiation," *Journal of Experimental Social Psychology* 40, no. 1 (2004): 121-27.
12. Szu-Chi Huang and Ying Zhang, "All Roads Lead to Rome: The Impact of Multiple Attainment Means on Motivation," *Journal of Personality and Social Psychology* 104, no. 2 (2013): 236-48.
13. Teresa M. Amabile, William DeJong, and Mark R. Lepper, "Effects of Externally Imposed Deadlines on Subsequent Intrinsic Motivation," *Journal of Personality and Social Psychology* 34, no. 1 (1976): 92-98; Teresa M. Amabile, "The Social Psychology of Creativity: A Componential Conceptualization," *Journal of Personality and Social Psychology* 45, no. 2 (1983): 357-77; Edward L. Deci and Richard M. Ryan, "The 'What' and 'Why' of Goal Pursuits: Human Needs and the Self-Determination of Behavior," *Psychological Inquiry* 11, no. 4 (2000): 227-68.
14. たとえば、次を参照。 Marco Pinfari, "Time to Agree: Is Time Pressure Good for Peace Negotiations?" *Journal of Conflict Resolution* 55, no. 5 (2011): 683-709.

15. Ed Diener, Derrick Wirtz, and Shigehiro Oishi, "End Effects of Rated Life Quality: The James Dean Effect," *Psychological Science* 12, no. 2 (2001): 124-28.
16. Daniel Kahneman et al., "When More Pain Is Preferred to Less: Adding a Better End," *Psychological Science* 4, no. 6 (1993): 401-405; Barbara L. Fredrickson and Daniel Kahneman, "Duration Neglect in Retrospective Evaluations of Affective Episodes," *Journal of Personality and Social Psychology* 65, no. 1 (1993): 45-55; Charles A. Schreiber and Daniel Kahneman, "Determinants of the Remembered Utility of Aversive Sounds," *Journal of Experimental Psychology: General* 129, no. 1 (2000): 27-42.
17. Donald A. Redelmeier and Daniel Kahneman, "Patients' Memories of Painful Medical Treatments: Real Time and Retrospective Evaluations of Two Minimally Invasive Procedures," *Pain* 66, no. 1 (1996): 3-8.
18. Daniel Kahneman, *Thinking, Fast and Slow* (New York: Farrar, Straus and Giroux, 2011), 380［邦訳　ダニエル・カーネマン『ファスト＆スロー（上・下）――あなたの意思はどのように決まるか？』村井章子訳、早川書房、2012年］
19. George F. Loewenstein and Dražen Prelec, "Preferences for Sequences of Outcomes," *Psychological Review* 100, no. 1 (1993): 91-108; Hans Baumgartner, Mita Sujan, and Dan Padgett, "Patterns of Affective Reactions to Advertisements: The Integration of Moment-to-Moment Responses into Overall Judgments," *Journal of Marketing Research* 34, no. 2 (1997): 219-32; Amy M. Do, Alexander V. Rupert, and George Wolford, "Evaluations of Pleasurable Experiences: The Peak-End Rule," *Psychonomic Bulletin & Review* 15, no. 1 (2008): 96-98.
20. Andrew Healy and Gabriel S. Lenz, "Substituting the End for the Whole: Why Voters Respond Primarily to the Election-Year Economy," *American Journal of Political Science* 58, no. 1 (2014): 31-47; Andrews Healy and Neil Malhotra, "Myopic Voters and Natural Disaster Policy," *American Political Science Review* 103, no. 3 (2009): 387- 406.
21. George E. Newman, Kristi L. Lockhart, and Frank C. Keil, "'End-of-Life' Biases in Moral Evaluations of Others," *Cognition* 115, no. 2 (2010): 343-49.
22. 同上
23. Tammy English and Laura L. Carstensen, "Selective Narrowing of Social Networks Across Adulthood Is Associated with Improved Emotional Experience in Daily Life," *International Journal of Behavioral Development* 38, no. 2 (2014): 195-202.
24. Laura L. Carstensen, Derek M. Isaacowitz, and Susan T. Charles, "Taking Time Seriously: A Theory of Socioemotional Selectivity," *American Psychologist* 54, no. 3 (1999): 165-81.
25. 同上
26. その他の研究でも同様の結果が得られた。たとえば、次を参照。 Frieder R. Lang, "Endings and Continuity of Social Relationships: Maximizing Intrinsic Benefits

Within Personal Networks When Feeling Near to Death," *Journal of Social and Personal Relationships* 17, no. 2 (2000): 155–82; Cornelia Wrzus et al., "Social Network Changes and Life Events Across the Life Span: A Meta-Analysis," *Psychological Bulletin* 139, no. 1 (2013): 53–80.

27. Laura L. Carstensen, Derek M. Isaacowitz, and Susan T. Charles, "Taking Time Seriously: A Theory of Socioemotional Selectivity," *American Psychologist* 54, no. 3 (1999): 165–81.

28. Angela M. Legg and Kate Sweeny, "Do You Want the Good News or the Bad News First? The Nature and Consequences of News Order Preferences," *Personality and Social Psychology Bulletin* 40, no. 3 (2014): 279–88; Linda L. Marshall and Robert F. Kidd, "Good News or Bad News First?" *Social Behavior and Personality* 9, no. 2 (1981): 223–26.

29. Angela M. Legg and Kate Sweeny, "Do You Want the Good News or the Bad News First? The Nature and Consequences of News Order Preferences," *Personality and Social Psychology Bulletin* 40, no. 3 (2014): 279–88.

30. たとえば、次を参照。William T. Ross, Jr., and Itamar Simonson, "Evaluations of Pairs of Experiences: A Preference for Happy Endings," *Journal of Behavioral Decision Making* 4, no. 4 (1991): 273–82. この傾向はどんな場合でも有益に働くわけではない。たとえば、人は競馬のその日最後のレースで大穴に賭ける傾向がある。最後に一山当てようとするのだが、たいていは所持金をすべてすって終わる。Craig R. M. McKenzie et al., "Are Longshots Only for Losers? A New Look at the Last Race Effect," *Journal of Behavioral Decision Making* 29, no. 1 (2016): 25–36. Martin D. Vestergaard and Wolfram Schultz, "Choice Mechanisms for Past, Temporally Extended Outcomes," *Proceedings of the Royal Society B* 282, no. 1810 (2015): 20141766も参照。

31. Ed O'Brien and Phoebe C. Ellsworth, "Saving the Last for Best: A Positivity Bias for End Experiences," *Psychological Science* 23, no. 2 (2012): 163–65.

32. Robert McKee, *Story: Substance, Structure, Style, and the Principles of Screenwriting* (New York: ReaganBooks/HarperCollins, 1997), 311［邦訳　ロバート・マッキー『ザ・ストーリー――ハリウッド式人を感動させる物語の創り方』ダイレクト出版、2015年］

33. John August, "Endings for Beginners," *Scriptnotes* podcast 44, July 3, 2012. これは、http://scriptnotes.net/endings-for-beginnersのサイトで閲覧できる。

34. Hal Hershfield et al., "Poignancy: Mixed Emotional Experience in the Face of Meaningful Endings," *Journal of Personality and Social Psychology* 94, no. 1 (2008): 158–67.

【タイム・ハッカーのハンドブック】

1. Jon Bischke, "Entelo Study Shows When Employees Are Likely to Leave Their Jobs," October 6, 2014. これは、https://blog.entelo.com/new-entelo-study-shows-

when-employees-are-likely-to-leave-their-jobsで閲覧できる。

2. Robert I. Sutton, *Good Boss, Bad Boss: How to Be the Best ... and Learn from the Worst* (New York: Business Plus/Hachette, 2010) [邦訳　ロバート・I・サットン『マル上司、バツ上司——なぜ上司になると自分が見えなくなるのか』矢口誠訳、講談社、2012年]。こんなひどい上司は上司本人も惨めかもしれない。次を参照。Trevor Foulk et al., "Heavy Is the Head That Wears the Crown: An Actor-Centric Approach to Daily Psychological Power, Abusive Leader Behavior, and Perceived Incivility," *Academy of Management Journal* 60, forthcoming.
3. Patrick Gillespie, "The Best Time to Leave Your Job Is ... ," *CNN Money*, May 12, 2016. これは、http://money.cnn.com/2016/05/12/news/economy/best-time-to-leave-your-job/で閲覧できる。
4. Peter Boxall, "Mutuality in the Management of Human Resources: Assessing the Quality of Alignment in Employment Relationships," *Human Resource Management Journal* 23, no. 1 (2013): 3–17; Mark Allen Morris, "A Meta-Analytic Investigation of Vocational Interest-Based Job Fit, and Its Relationship to Job Satisfaction, Performance, and Turnover," PhD diss., University of Houston, 2003; Christopher D. Nye et al., "Vocational Interests and Performance: A Quantitative Summary of over 60 Years of Research," *Perspectives on Psychological Science* 7, no. 4 (2012): 384–403.
5. Deborah Bach, "Is Divorce Seasonal? UW Research Shows Biannual Spike in Divorce Filings," *UW Today*, August 21, 2016. これは、次のサイトで閲覧できる。http://www.washington.edu/news/2016/08/21/is-divorce-seasonal-uw-research-shows-biannual-spike-in-divorce-filings/
6. Claire Sudath, "This Lawyer Is Hollywood's Complete Divorce Solution," *Bloomberg Businessweek*, March 2, 2016.
7. Teresa Amabile and Steven Kramer, *The Progress Principle: Using Small Wins to Ignite Joy, Engagement, and Creativity at Work* (Boston: Harvard Business Review Press, 2011) [邦訳　テレサ・アマビール、スティーブン・クレイマー『マネジャーの最も大切な仕事——95%の人が見過ごす「小さな進捗」の力』中竹竜二監訳、樋口武志訳、英治出版、2017年]
8. Jesse Singal, "How to Maximize Your Vacation Happiness," *New York*, July 5, 2015.

第6章　ファスト&スロー——息の合ったグループの秘密

1. Suketu Mehta, *Maximum City: Bombay Lost and Found* (New York: Vintage, 2009), 264 [未邦訳]
2. Ian R. Bartky, *Selling the True Time: Nineteenth-Century Timekeeping in America* (Stanford, CA: Stanford University Press, 2000) [未邦訳]
3. Deborah G. Ancona and Chee-Leong Chong, "Timing Is Everything:

Entrainment and Performance in Organization Theory," *Academy of Management Proceedings* 1992, no. 1 (1992): 166-69. このような考え方については、これ以前にミシガン大学の社会心理学者ジョゼフ・マクグラスが以下で言及していた。Joseph E. McGrath, "Continuity and Change: Time, Method, and the Study of Social Issues," *Journal of Social Issues* 42, no. 4 (1986): 5-19; Joseph E. McGrath and Janice R. Kelly, *Time and Human Interaction: Toward a Social Psychology of Time* (New York: Guilford Press, 1986) [未邦訳] ; and Joseph E. McGrath and Nancy L. Rotchford, "Time and Behavior in Organizations," in L. L. Cummings and Barry M. Staw, eds., *Research in Organizational Behavior* 5 (Greenwich, CT: JAI Press, 1983), 57-101 [未邦訳]

4. Ken-Ichi Honma, Christina von Goetz, and Jürgen Aschoff, "Effects of Restricted Daily Feeding on Freerunning Circadian Rhythms in Rats," *Physiology & Behavior* 30, no. 6 (1983): 905-13.
5. アンコナは組織のエントレインメントを、「他者のふるまいに同調またはリズムを合わせるための行動や節制」と定義している。さらに「それは意識的、無意識的であり、本能的でもある」とも主張する。
6. Till Roenneberg, *Internal Time: Chronotypes, Social Jet Lag, and Why You're So Tired* (Cambridge, MA: Harvard University Press, 2012), 249 [邦訳 ティル・レネベルク『なぜ生物時計は、あなたの生き方まで操っているのか？』渡会圭子訳、インターシフト、2014年]
7. Ya-Ru Chen, Sally Blount, and Jeffrey Sanchez-Burks, "The Role of Status Differentials in Group Synchronization" in Sally Blount, Elizabeth A. Mannix, and Margaret Ann Neale, eds., *Time in Groups*, vol. 6 (Bingley, UK: Emerald Group Publishing, 2004), 111-13 [未邦訳]
8. Roy F. Baumeister and Mark R. Leary, "The Need to Belong: Desire for Interpersonal Attachments as a Fundamental Human Motivation," *Psychological Bulletin* 117, no. 3 (1995): 497-529.
9. C. Nathan DeWall et al., "Belongingness as a Core Personality Trait: How Social Exclusion Influences Social Functioning and Personality Expression," *Journal of Personality* 79, no. 6 (2011): 1281-1314を参照。
10. Dan Monster et al., "Physiological Evidence of Interpersonal Dynamics in a Cooperative Production Task," *Physiology & Behavior* 156 (2016): 24-34.
11. Michael Bond and Joshua Howgego, "I Work Therefore I Am," *New Scientist* 230, no. 3079 (2016): 29-32.
12. Oday Kamal, "What Working in a Kitchen Taught Me About Teams and Networks," *The Ready*, April 1, 2016. これは、次のサイトで閲覧できる。https://medium.com/the-ready/schools-don-t-teach-you-organization-professional-kitchens-do-7c6cf5145c0a#.jane98bnh.
13. Michael W. Kraus, Cassy Huang, and Dacher Keltner, "Tactile Communication, Cooperation, and Performance: An Ethological Study of the NBA," *Emotion* 10, no. 5 (2010): 745-49.

14. Björn Vickhoff et al., "Music Structure Determines Heart Rate Variability of Singers," *Frontiers in Psychology* 4 (2013): 1-16.
15. James A. Blumenthal, Patrick J. Smith, and Benson M. Hoffman, "Is Exercise a Viable Treatment for Depression?" *ACSM's Health & Fitness Journal* 16, no. 4 (2012): 14-21.
16. Daniel Weinstein et al., "Singing and Social Bonding: Changes in Connectivity and Pain Threshold as a Function of Group Size," *Evolution and Human Behavior* 37, no. 2 (2016): 152-58; Bronwyn Tarr, Jacques Launay, and Robin I. M. Dunbar, "Music and Social Bonding: 'Self-Other' Merging and Neurohormonal Mechanisms," *Frontiers in Psychology* 5 (2014): 1-10; Björn Vickhoff et al., "Music Structure Determines Heart Rate Variability of Singers," *Frontiers in Psychology* 4 (2013): 1-16.
17. Stephen M. Clift and Grenville Hancox, "The Perceived Benefits of Singing: Findings from Preliminary Surveys of a University College Choral Society," *Perspectives in Public Health* 121, no. 4 (2001): 248-56; Leanne M. Wade, "A Comparison of the Effects of Vocal Exercises/Singing Versus Music-Assisted Relaxation on Peak Expiratory Flow Rates of Children with Asthma," *Music Therapy Perspectives* 20, no. 1 (2002): 31-37.
18. Daniel Weinstein et al., "Singing and Social Bonding: Changes in Connectivity and Pain Threshold as a Function of Group Size," *Evolution and Human Behavior* 37, no. 2 (2016): 152-58; Gene D. Cohen et al., "The Impact of Professionally Conducted Cultural Programs on the Physical Health, Mental Health, and Social Functioning of Older Adults," *Gerontologist* 46, no. 6 (2006): 726-34.
19. Christina Grape et al., "Choir Singing and Fibrinogen: VEGF, Cholecystokinin and Motilin in IBS Patients," *Medical Hypotheses* 72, no. 2 (2009): 223-25.
20. R. J. Beck et al., "Choral Singing, Performance Perception, and Immune System Changes in Salivary Immunoglobulin A and Cortisol," *Music Perception* 18, no. 1 (2000): 87-106.
21. Daisy Fancourt et al., "Singing Modulates Mood, Stress, Cortisol, Cytokine and Neuropeptide Activity in Cancer Patients and Carers," *Ecancermedicalscience* 10 (2016): 1-13.
22. Daniel Weinstein et al., "Singing and Social Bonding: Changes in Connectivity and Pain Threshold as a Function of Group Size," *Evolution and Human Behavior* 37, no. 2 (2016): 152-58; Daisy Fancourt et al., "Singing Modulates Mood, Stress, Cortisol, Cytokine and Neuropeptide Activity in Cancer Patients and Carers," *Ecancermedicalscience* 10 (2016): 1-13; Stephen Clift and Grenville Hancox, "The Significance of Choral Singing for Sustaining Psychological Wellbeing: Findings from a Survey of Choristers in England, Australia and Germany," *Music Performance Research* 3, no. 1 (2010): 79-96; Stephen Clift et al., "What Do Singers Say About the Effects of Choral Singing on Physical

Health? Findings from a Survey of Choristers in Australia, England and Germany". 最後の論文は、2009年にフィンランドのユヴァスキュラで開催された、3年ごとの第7回ヨーロッパ音楽認知科学協会会議で発表された。

23. Ahmet Munip Sanal and Selahattin Gorsev, "Psychological and Physiological Effects of Singing in a Choir," *Psychology of Music* 42, no. 3 (2014): 420–29; Lillian Eyre, "Therapeutic Chorale for Persons with Chronic Mental Illness: A Descriptive Survey of Participant Experiences," *Journal of Music Therapy* 48, no. 2 (2011): 149–68; Audun Myskja and Pål G. Nord, "The Day the Music Died: A Pilot Study on Music and Depression in a Nursing Home," *Nordic Journal of Music Therapy* 17, no. 1 (2008): 30–40; Betty A. Baily and Jane W. Davidson, "Effects of Group Singing and Performance for Marginalized and Middle-Class Singers," *Psychology of Music* 33, no. 3 (2005): 269–303; Nicholas S. Gale et al., "A Pilot Investigation of Quality of Life and Lung Function Following Choral Singing in Cancer Survivors and Their Carers," *Ecancermedicalscience* 6, no. 1 (2012): 1–13.
24. Jane E. Southcott, "And as I Go, I Love to Sing: The Happy Wanderers, Music and Positive Aging," *International Journal of Community Music* 2, no. 2–3 (2005): 143–56; Laya Silber, "Bars Behind Bars: The Impact of a Women's Prison Choir on Social Harmony," *Music Education Research* 7, no. 2 (2005): 251–71.
25. Nick Alan Joseph Stewart and Adam Jonathan Lonsdale, "It's Better Together: The Psychological Benefits of Singing in a Choir," *Psychology of Music* 44, no. 6 (2016): 1240–54.
26. Bronwyn Tarr et al., "Synchrony and Exertion During Dance Independently Raise Pain Threshold and Encourage Social Bonding," *Biology Letters* 11, no. 10 (2015).
27. Emma E. A. Cohen et al., "Rowers' High: Behavioural Synchrony Is Correlated with Elevated Pain Thresholds," *Biology Letters* 6, no. 1 (2010): 106–108.
28. Daniel James Brown, *The Boys in the Boat: Nine Americans and Their Epic Quest for Gold at the 1936 Berlin Olympics* (New York: Penguin Books, 2014), 48［邦訳　ダニエル・ジェイムズ・ブラウン『ヒトラーのオリンピックに挑んだ若者たち――ボートに託した夢』森内薫訳、早川書房、2014年］
29. Sally Blount and Gregory A. Janicik, "Getting and Staying In-Pace: The 'In-Synch' Preference and Its Implications for Work Groups," in Harris Sondak, Margaret Ann Neale, and E. Mannix, eds., *Toward Phenomenology of Groups and Group Membership*, vol. 4 (Bingley, UK: Emerald Group Publishing, 2002), 235–66［未邦訳］。次も参照のこと。 Reneeta Mogan, Ronald Fischer, and Joseph A. Bulbulia, "To Be in Synchrony or Not? A Meta-Analysis of Synchrony's Effects on Behavior, Perception, Cognition and Affect," *Journal of Experimental Social Psychology* 72 (2017): 13–20; Sophie Leroy et al., "Synchrony Preference: Why Some People Go with the Flow and Some Don't," *Personnel Psychology* 68, no. 4 (2015): 759–809.

30. Stefan H. Thomke and Mona Sinha, "The Dabbawala System: On-Time Delivery, Every Time," Harvard Business School case study, 2012. これは、http://www.hbs.edu/faculty/Pages/item.aspx?num=38410で閲覧できる。
31. Bahar Tunçgenç and Emma Cohen, "Interpersonal Movement Synchrony Facilitates Pro-Social Behavior in Children's Peer-Play," *Developmental Science* (forthcoming).
32. Bahar Tunçgenç and Emma Cohen, "Movement Synchrony Forges Social Bonds Across Group Divides," *Frontiers in Psychology* 7 (2016): 782.
33. Tal-Chen Rabinowitch and Andrew N. Meltzoff, "Synchronized Movement Experience Enhances Peer Cooperation in Preschool Children," *Journal of Experimental Child Psychology* 160 (2017). 21 32.

【タイム・ハッカーのハンドブック】

1. Duncan Watts, "Using Digital Data to Shed Light on Team Satisfaction and Other Questions About Large Organizations," *Organizational Spectroscope*, April 1, 2016. これは、https://medium.com/@duncanjwatts/the-organizational-spectroscope-7f9f239a897cで閲覧できる。
2. Gregory M. Walton and Geoffrey L. Cohen, "A Brief Social-Belonging Intervention Improves Academic and Health Outcomes of Minority Students," *Science* 331, no. 6023 (2011): 1447–51; Gregory M. Walton et al., "Two Brief Interventions to Mitigate a 'Chilly Climate' Transform Women's Experience, Relationships, and Achievement in Engineering," *Journal of Educational Psychology* 107, no. 2 (2015): 468–85.
3. Lily B. Clausen, "Robb Willer: What Makes People Do Good?" *Insights by Stanford Business*, November 16, 2015. これは、https://www.gsb.stanford.edu/insights /robb-willer-what-makes-people-do-goodで閲覧できる。

第7章　時制で考えることについて――最後に一言

1. やはりグルーチョが言ったという100パーセントの確証はない。Fred R. Shapiro, *The Yale Book of Quotations* (New Haven, CT: Yale University Press, 2006), 498［未邦訳］も参照。
2. Anthony G. Oettinger, "The Uses of Computers in Science," *Scientific American* 215, no. 3 (1966): 161–66.
3. Frederick J. Crosson, *Human and Artificial Intelligence* (New York: Appleton-Century- Crofts, 1970), 15［未邦訳］
4. Fred R. Shapiro, *The Yale Book of Quotations* (New Haven, CT: Yale University Press, 2006), 498［未邦訳］
5. "The Popularity of 'Time' Unveiled," *BBC News,* June 22, 2006. これは、http://news.bbc.co.uk/2/hi/5104778.stmで閲覧できる。アラン・バーディックは洞察に

優れた自著でもこの点を指摘している。次を参照のこと。Alan Burdick, *Why Time Flies: A Mostly Scientific Investigation* (New York: Simon & Schuster, 2017), 25［未邦訳］

6. ノスタルジアの経緯に関する素晴らしい記述、およびこの引用の出所については、次を参照。Constantine Sedikides et al., "To Nostalgize: Mixing Memory with Affect and Desire," *Advances in Experimental Social Psychology* 51 (2015): 189–273.
7. Tim Wildschut et al., "Nostalgia: Content, Triggers, Functions," *Journal of Personality and Social Psychology* 91, no. 5 (2006): 975–93.
8. Clay Routledge et al., "The Past Makes the Present Meaningful: Nostalgia as an Existential Resource," *Journal of Personality and Social Psychology* 101, no. 3 (2011): 638–22; Wijnand A. P. van Tilburg, Constantine Sedikides, and Tim Wildschut, "The Mnemonic Muse: Nostalgia Fosters Creativity Through Openness to Experience," *Journal of Experimental Social Psychology* 59 (2015): 1–7.
9. Wing-Yee Cheung et al., "Back to the Future: Nostalgia Increases Optimism," *Personality and Social Psychology Bulletin* 39, no. 11 (2013): 1484–96; Xinyue Zhou et al., "Nostalgia: The Gift That Keeps on Giving," *Journal of Consumer Research* 39, no. 1 (2012): 39–50; Wijnand A. P. van Tilburg, Eric R. Igou, and Constantine Sedikides, "In Search of Meaningfulness: Nostalgia as an Antidote to Boredom," *Emotion* 13, no. 3 (2013): 450–61.
10. Xinyue Zhou et al., "Heartwarming Memories: Nostalgia Maintains Physiological Comfort," *Emotion* 12, no. 4 (2012): 678–84; Rhiannon N. Turner et al., "Combating the Mental Health Stigma with Nostalgia," *European Journal of Social Psychology* 43, no. 5 (2013): 413–22.
11. Matthew Baldwin, Monica Biernat, and Mark J. Landau, "Remembering the Real Me: Nostalgia Offers a Window to the Intrinsic Self," *Journal of Personality and Social Psychology* 108, no. 1 (2015): 128–47.
12. Daniel T. Gilbert and Timothy D. Wilson, "Prospection: Experiencing the Future," *Science* 317, no. 5843 (2007): 1351–54.
13. M. Keith Chen, "The Effect of Language on Economic Behavior: Evidence from Savings Rates, Health Behaviors, and Retirement Assets," *American Economic Review* 103, no. 2 (2013): 690–731.
14. 同上
15. The conversation began with Edward Sapir, "The Status of Linguistics as a Science," *Language* 5, no. 4 (1929): 207–14. この見解はとりわけ、Noam Chomsky, *Syntactic Structures*, 2nd. ed. (Berlin and New York: Mouton de Gruyter, 2002)［邦訳　ノーム・チョムスキー『統辞構造論 付「言語理論の論理構造」序論』福井直樹・辻子美保子訳、岩波書店、2014年］で疑問視され、ごく最近になりようやく再検討されるようになった。たとえば、次を参照のこと。John J. Gumperz and Stephen C. Levinson, "Rethinking Linguistic Relativity," *Current*

Anthropology 32, no. 5 (1991): 613–23; Martin Pütz and Marjolyn Verspoor, eds., *Explorations in Linguistic Relativity*, vol. 199 (Amsterdam and Philadelphia: John Benjamins Publishing, 2000)［未邦訳］

16. Hal E. Hershfield, "Future Self-Continuity: How Conceptions of the Future Self Transform Intertemporal Choice," *Annals of the New York Academy of Sciences* 1235, no. 1 (2011): 30–43を参照。
17. Daphna Oyserman, "When Does the Future Begin? A Study in Maximizing Motivation," *Aeon*, April 22, 2016. これは、https://aeon.co/ideas/when-does-the-future-begin-a-study-in-maximising-motivationで閲覧できる。 次も参照のこと。Neil A. Lewis, Jr., and Daphna Oyserman, "When Does the Future Begin? Time Metrics Matter, Connecting Present and Future Selves," *Psychological Science* 26, no. 6 (2015): 816–25; Daphna Oyserman, Deborah Bybee, and Kathy Terry, "Possible Selves and Academic Outcomes: How and When Possible Selves Impel Action," *Journal of Personality and Social Psychology* 91, no. 1 (2006): 188–204; Daphna Oyserman, Kathy Terry, and Deborah Bybee, "A Possible Selves Intervention to Enhance School Involvement," *Journal of Adolescence* 25, no. 3 (2002): 313–26.
18. Ting Zhang et al., "A 'Present' for the Future: The Unexpected Value of Rediscovery," *Psychological Science* 25, no. 10 (2014): 1851–60.
19. Dacher Keltner and Jonathan Haidt, "Approaching Awe, a Moral, Spiritual, and Aesthetic Emotion," *Cognition & Emotion* 17, no. 2 (2003): 297–314.
20. Melanie Rudd, Kathleen D. Vohs, and Jennifer Aaker, "Awe Expands People's Perception of Time, Alters Decision Making, and Enhances Well-Being," *Psychological Science* 23, no. 10 (2012): 1130–36. 他人を助けることも、「時間の豊かさ」の感覚を強めて、わたしたちの時間感覚を拡大する。Cassie Mogilner, Zoë Chance, and Michael I. Norton, "Giving Time Gives You Time," *Psychological Science* 23, no. 10 (2012): 1233–38を参照。

プロフィール

【著者】ダニエル・ピンク（Daniel H. Pink）
1964年生まれ。米国ノースウエスタン大学卒業後、イェール大学ロースクールで法学博士号取得。米上院議員の経済政策担当補佐官を務めた後、クリントン政権下でゴア副大統領の首席スピーチライターなどを務める。フリーエージェント宣言後、経済変革やビジネス戦略についての講義を行うかたわら、「ワシントン・ポスト」「ニューヨーク・タイムズ」などに寄稿。著書に、『ハイ・コンセプト』（三笠書房）、『モチベーション3.0』『人を動かす、新たな3原則』（ともに講談社）など。

【監訳者】勝間和代（Kazuyo Katsuma）
1968年東京都生まれ。経済評論家、中央大学ビジネススクール客員教授。慶應義塾大学商学部卒業、早稲田大学大学院ファイナンス研究科MBA。当時最年少の19歳で会計士補の資格を取得、大学在学中から監査法人に勤務。アーサー・アンダーセン、マッキンゼー、JPモルガンを経て独立。現在、株式会社監査と分析取締役、国土交通省社会資本整備審議会委員、中央大学ビジネススクール客員教授として活躍中。

When《ウェン》　完璧《かんぺき》なタイミングを科学《かがく》する

2018年９月４日　第１刷発行

著者……………………ダニエル・ピンク
監訳者…………………勝間和代《かつまかずよ》

装幀……………………重原　隆
発行者…………………渡瀬昌彦
発行所…………………株式会社講談社
東京都文京区音羽2丁目12－21［郵便番号］112－8001
電話［編集］03－5395－3522
［販売］03－5395－4415
［業務］03－5395－3615

印刷所…………………慶昌堂印刷株式会社
製本所…………………株式会社国宝社
本文データ制作………講談社デジタル製作

定価はカバーに表示してあります。
落丁本・乱丁本は購入書店名を明記のうえ、小社業務あてにお送りください。送料小社負担にてお取り替えいたします。なお、この本の内容についてのお問い合わせは第一事業局企画部あてにお願いいたします。

ISBN978-4-06-219997-1